À CEUX QUI SONT PARTIS,
À CEUX QUI SONT RESTÉS

DU MÊME AUTEUR

Le Voile de Téhéran
Robert Laffont, 2015
et Points « Grands romans », n° P4335

La Voix cachée
Robert Laffont, 2017
et « Points », n° P4704

Parinoush Saniee

À CEUX QUI SONT PARTIS, À CEUX QUI SONT RESTÉS

Traduit de l'anglais
par Odile Demange

Éditions Robert Laffont

TITRE ORIGINAL
AANHAA KE RAFTAND VA AANHAA KE MAANDAND

ISBN 978-2-7578-9022-6

LE PREMIER JOUR

Le sol fuyait sous mes yeux. Des arbres clairsemés semblaient avancer avec moi, tandis que, dans le lointain, les montagnes violettes étaient parfaitement immobiles. La voix d'oncle Mohsen m'a fait sursauter.

« Qu'est-ce que tu regardes ? »

Quand était-il entré dans mon compartiment ?

« La nature, le paysage, le monde. Je veux voir comment ils sont, de l'autre côté.

– Et alors ? Tu les trouves différents ?

– Non ! La terre a la même couleur, les arbres, le fleuve aussi, et même les montagnes, là-bas. Tout est pareil. Pour le moment, en tout cas. Ça change peut-être selon le temps qu'il fait.

– Tu croyais vraiment que tout serait transformé dès que nous aurions franchi la frontière ?

– Pas tout, non. Mais tout de même, il y a quelque chose qui a changé. Tu n'as rien remarqué ?

– Quoi donc ? D'autres espèces d'arbres ?

– Non ! C'est en moi que quelque chose a changé. Le monde est peut-être plus ou moins pareil en tout lieu, plus beau sans doute en certains endroits qu'ailleurs. Mais moi, je me sens différente. Ma place est là-bas. Pas ici. Même si j'ai envie de tout découvrir, je sens une distance. Ici, je ne suis qu'une observatrice. Je ne sais pas très bien comment t'expliquer ça. »

Il m'a regardée avec surprise et ses lèvres se sont retroussées involontairement dans un petit sourire narquois.

« Eh bien, dis donc ! Te voilà bien sérieuse, ma jolie ! Oublie tout ça. Ce ne sont que des clichés dont on t'a farci la tête. Tu n'as rien à toi non plus de l'autre côté de la frontière.

– Se sentir à sa place n'a donc aucun sens pour toi ?

– Non. Tout ce que je sais, c'est que j'aurais mieux fait de naître ailleurs qu'ici. » Il a grommelé. « Et toi encore plus que moi. »

J'ai scruté son visage ridé que j'aimais tant, malgré l'expression d'inquiétude et de lassitude qui ne le quittait jamais. Mon regard direct l'a embarrassé et lui a fait regretter ses paroles. Il a haussé la voix pour changer de sujet. Agitant les mains, il a déclamé d'un ton théâtral :

Sa'adi, il est bon d'aimer sa patrie
Mais faut-il que je meure dans la souffrance
Pour être né ici[1] *?*

Nous nous sommes retournés en entendant la voix de Mère :

« Dokhi chérie, pourrais-tu me donner un verre d'eau, s'il te plaît ? »

Oncle Mohsen a posé la main sur l'épaule de Mère.

« Bonjour, maman. Comment vas-tu ?

– Pas trop mal. Mais j'étais tellement énervée que je n'ai pas fermé l'œil de la nuit. Cette gentille petite a veillé avec moi. »

Elle a posé sur moi son regard affectueux tout en s'asseyant sur la banquette.

1. Sa'asi Shirazi, grand poète persan du XIIIe siècle.

« Que Dieu te bénisse, m'a-t-elle dit en prenant le verre d'eau que je lui tendais.

– Ce n'est rien. Je n'ai fait que mon devoir.

– Ton devoir ? Quel devoir, ma chérie ? Aucun de mes petits-enfants ne s'occupe de moi comme tu le fais.

– Parce que tes autres petits-enfants ont tous des parents. Mais comme c'est toi qui m'as élevée, j'ai plus de devoirs qu'eux envers toi. »

Oncle Mohsen s'est installé à côté d'elle.

« Qu'est-ce qui te tracasse, maman ? Nous avons tout fait exactement selon tes désirs. Tu ne voulais pas prendre l'avion, nous avons pris le train. Tu tenais à ce que nous soyons tous là, nous sommes tous là. Tu souhaitais que nous apportions des souvenirs et des cadeaux, nous l'avons fait. Alors qu'est-ce qui t'inquiète ?

– Je sais que vous avez tout fait à la perfection, mais je n'y peux rien. J'ai les nerfs à fleur de peau. Mon cœur palpite quand je pense que ce soir, je reverrai tous mes enfants. C'est comme si je tombais d'une falaise. Ça fait vingt-huit ans que j'attends ce jour. Je n'ai cessé de penser à ce moment, je l'ai préparé, j'ai répété tout ce que je dirais à chacun. En esprit, je les ai serrés dans mes bras, je me suis grisée de leur parfum et je les ai embrassés si souvent que j'ai peine à croire que cette fois, c'est pour de vrai. Mon émotion est si grande que je me demande si j'arriverai à la supporter. J'ai peur de mourir avant de les avoir revus. Et si je faisais un infarctus ? Ton pauvre père a emporté dans sa tombe le rêve de les revoir un jour. »

Sa voix s'est brisée et elle a essuyé les larmes qui perlaient au coin de ses yeux.

« Maman, s'il te plaît, ne commence pas. »

La porte du compartiment s'est ouverte. Avec son éternel sourire, tante Maryam est entrée, retenant le pan de son tchador pour éviter qu'il ne se coince dans la porte.

« Bonjour maman, tu es réveillée ?

– Si on veut. Je suis dans le brouillard. Mon esprit s'emballe dès que j'essaie de dormir et je n'arrive pas à me reposer. Et quand je suis éveillée, j'ai l'impression de rêver. Et vous ? Vous avez pu dormir un peu ?

– Hamidi s'est endormi dès qu'il a posé la tête sur l'oreiller. Quant à Somayeh et Meysam, ils s'étaient tant dépensés qu'ils étaient morts de fatigue ! En revanche, je suis tellement excitée à l'idée de revoir tout le monde que je n'ai pas pu fermer l'œil non plus.

– Je te comprends. »

Tante Maryam et oncle Mohsen ont échangé un regard. Assis de part et d'autre de Mère, ils cherchaient à la réconforter. Maryam a passé un bras autour du cou de Mère et lui a dit en souriant : « Réponds franchement, maman. Qui est-ce qui t'a le plus manqué ?

– Quelle question ! a rétorqué oncle Mohsen en haussant les épaules. Mohammad, le médecin, ou, comme disait papa, le prince héritier, évidemment ! D'autant que c'est lui qu'elle n'a pas vu depuis le plus longtemps. Ça fait combien de temps ?

– Trente ans. »

Maryam a feint d'être étonnée.

« Trente ans ? Mais il est revenu deux fois en Iran. Depuis combien de temps est-il parti ?

– Trente-cinq ans. Et il n'est revenu que deux fois pendant tout ce temps, en effet. En 1973 et en 1976.

– Quelle mémoire ! Et toi qui te plains sans cesse de vieillir ! Moi, j'oublie toujours tout, alors que toi, toutes ces dates sont gravées dans ta mémoire.

– Ce sont les plus importantes de ma vie. Comment pourrais-je les oublier ? C'est comme les anniversaires de mes enfants ou la date de mon mariage. Mais ces dates-là sont celles de la séparation. De la première distance. Je me rappelle avec précision le jour et l'heure où Mohammad est parti, emportant un morceau de mon cœur avec lui. J'étais encore jeune et mes autres enfants m'occupaient beaucoup. J'avais de nombreuses responsabilités et il a bien fallu que je serre les dents et que je continue à vivre. Mais je ne me suis jamais remise de ce chagrin.

– Évidemment, est intervenu Mohsen d'une voix frémissante. Mohammad était la prunelle de tes yeux.

– Vous êtes tous la prunelle de mes yeux. J'aurais voulu qu'aucun de vous ne me quitte jamais.

– Je suis pourtant le seul que tu aies réussi à retenir.

– Ton père voulait t'envoyer là-bas, toi aussi. Il avait l'intention de te faire partir aussitôt que Mohammad pourrait prendre lui-même en charge les frais de scolarité. Mais entre-temps, tu as été admis à l'université en Iran et il aurait été dommage d'interrompre tes études à mi-parcours. Nous en avons discuté avec Mohammad et nous avons décidé que tu le rejoindrais là-bas pour ton master.

– Moi, je crois que c'est Mehdi qui manque le plus à maman, a repris Maryam. Après tout, c'est le bébé de la famille. »

J'ai levé la tête de mon journal intime : « Pauvre tante Mahnaz ! On dirait que personne ne la regrette. Il est vrai qu'elle n'est partie que depuis vingt-sept ans ! »

Mère n'a pu retenir un profond soupir.

« Que voulez-vous que je vous dise ? De qui dois-je parler ? Ils me manquent tous tellement ! Autant me demander quelle partie de mon cœur est la plus brisée.

– Maman, je t'en prie, arrête ! s'est impatientée Maryam en se détournant. Avant ce voyage, tu étais l'incarnation même de la maîtrise. J'ai toujours admiré ton bon sens, ta patience et ta foi. J'ai cru que tu avais accepté cette séparation, que tu t'y étais habituée. Mais depuis que nous avons commencé à organiser ces retrouvailles, je ne te reconnais plus. Tu ne manges plus, tu ne dors plus. Tu as maigri. Tu es dévorée d'angoisse. Qu'est-il arrivé à ma mère si calme, si raisonnable ? »

Tournant son regard inquiet vers la fenêtre, Mère a fixé le lointain. Sa voix était ferme et paisible : « Regardez ce fleuve. Sa destinée est de couler vers la mer. Si nous construisons un barrage sur son cours, il se transformera en lac. Il restera étale jusqu'à ce qu'il trouve une fissure dans le béton. Croyez-vous que l'eau accumulée derrière le barrage s'évacuera alors tranquillement, patiemment ? Non ! Elle grondera et rugira. Elle ne supportera plus cet obstacle un instant de plus. Elle poussera de toutes ses forces jusqu'à ce qu'elle ait détruit le barrage. Elle se transformera en crue incontrôlable, ravageant tout sur son passage. Aussi longtemps que j'ai cru ne plus jamais revoir mes enfants, je suis restée en apparence aussi calme qu'un lac. Mais maintenant que je sais que le barrage est rompu, je ne peux plus endiguer les sentiments que j'ai refoulés pendant toutes ces années. Une brèche s'est ouverte et je veux de toutes mes forces que cette séparation prenne fin. Ne me demandez plus d'être patiente. Habib a épuisé toutes mes réserves de patience. »

Ma grand-mère, qui a été professeure de littérature pendant de longues années, est une mine d'images, de poèmes et d'anecdotes. Ses discours sentencieux m'agacent toujours, sans que je sache vraiment pourquoi. Je me suis levée.

« Mon oncle, je peux aller m'allonger dans ton compartiment pendant que tu bavardes avec Mère ?

– Bien sûr. Il n'y a personne. Ils sont tous au wagon-restaurant. Qu'est-ce que tu as en main ?

– Mon journal. J'ai décidé de noter tout ce qui se passe pendant ce voyage. Comme ça, je m'en souviendrai toujours.

– Et ça te servira à quoi ?

– Je ne sais pas. J'ai envie de le faire, c'est tout. »

Je suis sortie de notre compartiment pour rejoindre celui d'oncle Mohsen. Les couchettes étaient dépliées et les draps froissés. Je me suis allongée sur celle du haut. J'étais triste. Ils ne comprenaient pas. Personne ne comprend combien il peut être douloureux de ne pas avoir de souvenirs. Je veux tout enregistrer, consigner tous les événements exactement tels qu'ils se produisent. Sans négliger leur parfum et la sensation du moment. Voilà pourquoi je passe mon temps à griffonner dans mon journal ou à prendre mentalement des notes que j'y reporterai ensuite. Ma main s'engourdit. Mes paupières sont lourdes. Je ferais mieux de dormir un peu.

*

Je venais de m'assoupir quand Afsaneh s'est engouffrée dans le compartiment avec Sanaz et Ardeshir, poussant devant elle oncle Mohsen, visiblement contrarié.

« Qu'est-ce qu'il y a encore ? a-t-il protesté. On ne peut donc pas être tranquille un instant !

– Parle-lui. Il faut que quelqu'un lui dise de s'occuper de ses affaires. Quelle guigne, franchement, ce n'est pas de veine ! Pour une fois que nous allons à l'étranger, il faut que la police des mœurs[1] nous accompagne. Il ne peut pas nous laisser en paix, non ?

– Qui ? De qui parles-tu ?

– De ton beau-frère, le dévot !

– Ah… Qu'est-ce qu'il a encore fait ?

– Je suis passée devant lui et il m'a dit : “Tu as retiré ton foulard à peine la frontière franchie ? Imagines-tu que le péché est moins grave ici ?” Aussi, c'est ta faute. Tu l'as laissé faire trop longtemps. Je t'avais prévenu qu'il nous gâcherait le voyage.

– Nous ne sommes pas ici pour nous amuser. Nous nous étions promis de les supporter dix jours pour faire plaisir à maman. Après tout, ce n'est pas nous qui payons ce voyage. Tu étais d'accord, alors maintenant, s'il te plaît, fais un effort. »

La porte de la cabine s'est ouverte et refermée. Comme toujours, Mohsen avait préféré battre en retraite. Je n'avais pas de mal à imaginer l'air exaspéré d'Afsaneh.

« C'est ce que tu crois ! a-t-elle continué à maugréer. Je vois les choses autrement. S'il ne s'agissait pas de l'avenir de mes enfants, je n'aurais jamais accepté de partir avec ces gens-là. Mais ce voyage doit changer notre vie. Sanaz, tu m'entends ? À toi de jouer. Débrouille-toi pour convaincre un de tes cousins de t'épouser. Le fils de ton oncle Mohammad, Michael, serait très bien. En plus, ça ferait les pieds à ta tante Mahnaz. Je ne supporte pas son côté snob.

1. Département de la police iranienne chargé de surveiller la moralité, de contrôler, par exemple, la décence des tenues vestimentaires, de vérifier que les femmes se couvrent bien la tête et d'empêcher tout contact entre des individus de sexe opposé n'appartenant pas à la même famille.

– Oh, maman, Michael est bien trop vieux ! Il a au moins treize ou quatorze ans de plus que moi.

– Treize ans ? Ce n'est rien. C'est même idéal. Il connaît déjà la vie et il est temps pour lui de s'établir et d'apprécier la compagnie de sa femme.

– Dans ce cas, je n'ai qu'à épouser un vieux de soixante-dix ans. Au moins, il connaîtra vraiment la vie.

– Ne sois pas idiote.

– Je parle sérieusement. Michael a peut-être déjà beaucoup vécu, mais moi ? Je n'ai encore rien fait de ma vie. Quand est-ce que mon tour viendra ? Et puis, de toute façon, je n'aime pas les vieux. Il conviendrait mieux à Dokhi.

– Pauvre Dokhi, si elle était mariable, ça se saurait. »

J'étais certaine qu'ils n'avaient pas remarqué ma présence, mais je n'avais pas très envie de savoir ce qu'ils avaient d'autre à raconter à mon sujet dans mon dos. Je savais parfaitement ce qu'Afsaneh pensait de moi. Je ne tenais pas à ce qu'ils en disent davantage, de crainte d'augmenter encore la distance qui nous séparait. Après tout, je n'ai personne d'autre qu'oncle Mohsen, personne qui soit vraiment là pour moi, en tout cas. J'aime bien sa famille, malgré ses problèmes. Je me suis redressée et me suis cogné la tête au plafond. Afsaneh a poussé un cri perçant.

« Mais qu'est-ce que tu fais là-haut, toi ?

– Oncle Mohsen m'a dit que son compartiment était libre… » Je me suis interrompue, craignant de provoquer une nouvelle dispute. « … J'avais sommeil. J'ai pensé que si je m'allongeais sur la couchette du haut, je ne dérangerais personne.

– Pas de problème. »

Elle m'a jeté un regard inquisiteur, se demandant ce que j'avais surpris de leur conversation.

« Nous parlions justement de toi.

– Ah bon ? Et qu'est-ce que vous disiez ?

– Rien de très important.

– Figure-toi que maman a des projets pour moi, est intervenue Sanaz. Elle voudrait que j'épouse Michael ! Tu ne trouves pas ça ridicule ? Moi, je pense que c'est toi qui devrais l'épouser. Il te conviendrait mieux.

– Je ne me sens pas prête pour ça. »

Afsaneh a poussé un soupir de soulagement.

« C'est exactement ce que je lui ai dit. Mais parle-nous franchement. Tu n'es pas prête, ou bien tu ne veux pas te marier à cause de Mère ? Il faut que tu penses à toi et à ton avenir. Je sais qu'on t'a déjà fait des propositions. Pourquoi refuses-tu tout le monde ?

– Je ne sais pas. Pour le moment, je ne songe vraiment pas au mariage.

– Tout de même, Dokhi, le temps passe. Si tes parents étaient encore là, ils t'auraient sûrement déjà trouvé un mari.

– Afsaneh, s'il te plaît, n'en parlons plus. Ça m'agace. »

Afsaneh s'est calmée. Elle est toujours comme ça. Un moment, elle est tout feu tout flamme et, à la seconde suivante, elle est douce et pondérée. Elle a poursuivi posément.

« Il faut bien que quelqu'un t'en parle. Je te jure sur la tête de mes trois enfants que je me fais du souci pour toi. À mes yeux, tu es la meilleure de toute cette famille. C'est un peu comme si tu étais la fille de tous. Et je trouve que nous ne nous occupons pas de toi comme il faut. Personne ne voit plus loin que le bout de son nez. D'ailleurs, ça les arrangerait peut-être que tu restes à la maison. Comme ça, ils auraient moins mauvaise conscience à laisser Mère seule et ils pourraient se décharger sur toi de toutes leurs responsabilités.

– En fait, Mère et tante Maryam n'arrêtent pas de me répéter qu'il faut que je me marie. Mais ce n'est pas simple pour moi, tu le sais bien ! Je ne me connais pas encore. Je ne sais pas qui je suis ni ce que je devrais faire. Comment pourrais-je m'occuper de la vie d'un autre alors que je ne sais pas où j'en suis ?

– Ma chérie, tu prends le problème à l'envers. Toutes tes hésitations s'envoleront dès que tu seras mariée. »

Sanaz a mis fin à la discussion avec son sens de l'humour habituel.

« Je ne suis pas prête non plus, mais maman s'en fiche. Pour elle, un mari est la solution à tous les problèmes, surtout s'il vit à l'autre bout du monde. Elle a même un candidat en tête. Tant pis si je ne veux pas me marier, tant pis s'il ignore tout de ses projets, si nous ne parlons pas la même langue, si nous ne nous sommes jamais vus et n'éprouvons aucun sentiment l'un pour l'autre. Une fois que maman a une idée en tête, il est impossible de la faire changer d'avis. Si tu la laisses faire, elle décidera pour toi.

– J'essaie de trouver une solution pour te sortir de là. Je fais ça pour ton bien. Tu pourras peut-être emmener ton pauvre frère avec toi.

– Tu as vu ? Elle me tend un piège simplement pour que Siroos puisse avoir la belle vie !

– Un piège ? Quel piège ? Ça serait beaucoup mieux pour toi. Et ce serait encore mieux si Siroos réussissait à faire son trou là-bas, lui aussi. Dokhi, je t'en prie, parle-lui.

– À qui ?

– À Siroos. Il a de nouveau cessé de prendre ses comprimés. J'espérais que ce voyage lui ferait du bien, mais pour le moment, c'est tout le contraire. Il est affreusement agité.

– Où est-il ?

– Je ne sais pas. Il traîne dans les couloirs. Il s'ennuie. »

Ardeshir, qui jouait avec l'iPad de son frère, s'est écrié : « Dokhi, ne l'amène pas ici ! Il va m'engueuler et m'empêcher de jouer. »

Je suis sortie du compartiment en riant. J'ai parcouru le couloir du regard dans les deux sens. Les fenêtres du train étaient comme des tableaux panoramiques montrant le paysage sous des angles légèrement différents. Je suis partie dans la direction opposée à celle de notre compartiment.

*

J'ai trouvé Siroos deux voitures plus loin, debout devant une vitre baissée près des portières du train. Il avait sorti la tête par la fenêtre. Il était tout ébouriffé et avait les yeux fermés. Je me suis arrêtée près de lui sans dire un mot.

« Qu'est-ce qu'il y a ? Ils t'ont encore envoyée me chercher, c'est ça ?

– Encore ? Tu ne peux quand même pas dire que je te harcèle ! J'avais envie de prendre un thé et je suis venue voir si tu voulais m'accompagner. Je n'aime pas être seule. »

Il s'est écarté de la fenêtre et a lissé ses cheveux avec ses mains.

« Tu sais ce qu'on a, comme problème ? On a tout un tas de parents, et ça ne nous empêche pas de souffrir de la solitude.

– Toi et ta philosophie à deux balles ! Tu viens, oui ou non ?

– D'accord, mais à condition qu'il n'y ait personne d'autre.

– Ne t'en fais pas. Ils n'ont aucune envie de nous tenir compagnie !

– Tant mieux. Ils me cassent tous les pieds. »

Nous nous sommes dirigés lentement vers le wagon-restaurant. Nous avons croisé quelques autres passagers, ce qui nous a obligés à nous coller sur le côté pour les laisser passer. Je tenais Siroos par la manche, comme pour l'empêcher de se sauver. Le wagon-restaurant était presque vide. Nous nous sommes installés dans un box près d'une fenêtre.

« Alors, explique-moi pourquoi les autres te portent sur les nerfs ? Qu'est-ce qu'ils t'ont fait ?

– Tu as vu comme ils pètent de joie ? On dirait que tous leurs rêves se réalisent.

– Quels rêves ?

– Des rêves stupides : voyager à l'étranger sans dépenser un sou, ne pas porter de foulard, boire de l'alcool sans craindre de se faire fouetter, parler sans risquer d'être jeté en prison, sortir en boîte, écouter de la musique…

– Et retrouver des frères et sœurs qu'ils n'ont pas vus depuis des années.

– Ce n'est qu'un prétexte. À quoi bon voir des parents qu'on ne connaît même plus ?

– Tu te poses vraiment la question ? Ça ne te fait pas plaisir qu'on se retrouve tous, après toutes ces années ?

– Pourquoi est-ce que ça me ferait plaisir ? Je ne les connais même pas. Qu'est-ce que ça change que je les voie ou non ?

– Comment ça, tu ne les connais pas ? Nous sommes du même sang, nous avons les mêmes racines. Mère et les autres nous ont raconté tant de choses sur eux, sur leur enfance commune, sur les trucs qu'ils faisaient. J'ai entendu certaines de ces histoires si souvent qu'il m'arrive d'avoir l'impression d'avoir été là et d'avoir assisté à tout ça. »

Il a pincé les lèvres.

« On ne les connaît pas pour autant. Grand-mère nous a saoulés d'anecdotes sur leur enfance et leur jeunesse. Nous savons que quand il avait cinq ans, l'aîné de nos oncles, le médecin, a pissé dans la fontaine à eau devant les invités. Qu'il a brisé une jatte de fruits très précieuse chez Mme Mahin. Qu'à neuf ans, il a cassé la figure au fils du voisin pour défendre mon père. Nous savons que quand tante Mahnaz avait quatre ans, elle a mis un tchador et a fait semblant d'être mariée. Qu'oncle Mehdi était le chouchou de tous. Qu'il a dormi dans les bras de grand-père jusqu'à sept ans et suçait une totoche en secret. Tout ce que je connais d'eux aujourd'hui, c'est une voix brouillée, déformée, que j'entends une fois par an quand papa et maman m'obligent à les appeler pour leur souhaiter la bonne année. Ça m'étonnerait que tout ce que nous savons d'eux nous soit d'une quelconque utilité avec les vieux croûtons gâteux qu'on va rencontrer.

– Tu n'as pas envie de faire la connaissance de tes oncles et de tes tantes ? De tes cousins ?

– Pas le moins du monde ! À quoi bon ? On s'est passés d'eux pendant toutes ces années, et en ce qui me concerne, ils peuvent très bien rester là où ils sont jusqu'à la fin des temps. Tu crois que ça me fait plaisir de les entendre frimer à propos de la belle vie qu'ils mènent ? De les envier parce que chez eux, on peut entrer à l'université sans passer d'examen ? Ou d'entendre les plus jeunes parler de leurs petits copains ou de leurs petites copines, de fêtes et de discothèques dont je ne peux que rêver ? Se vanter de leur indépendance et à nous faire enrager en décrivant le dernier modèle de voiture qu'ils peuvent se payer simplement en bossant quelques mois ? Des bagnoles que je ne peux même pas espérer pouvoir m'acheter après avoir sué sang et eau pendant vingt ans !

– Tu crèves de jalousie, dis-moi ! Tous les pays ont leurs avantages et leurs inconvénients. Nous aussi, on a des trucs qu'ils n'ont pas.

– Ah oui ? Quoi, par exemple ?

– Une patrie ! En un sens, ce sont des réfugiés. Tu n'as pas remarqué la nostalgie qu'ils éprouvent pour l'Iran ?

– Ouais, ils se mettent à pleurnicher sur leur pays dès qu'ils ont un ou deux verres dans le nez. Ils se plaignent de leur solitude et s'attendrissent sur leur patrie et sur ses caniveaux dégueulasses ! Tu as sûrement remarqué que, chaque fois que l'Iran leur manque, le premier souvenir qui leur vient à l'esprit est la boue ! Je te jure que le premier qui dit que la boue lui manque, je lui balance mon poing dans la gueule !

– Calme-toi ! Je ne savais pas que tu les détestais à ce point. Comment peux-tu en vouloir comme ça à des gens que tu n'as jamais vus et qui ne t'ont rien fait ?

– Jamais vus ? »

Il s'est tourné vers la fenêtre. Son ton a changé, comme s'il ne pouvait plus parler sans aigreur.

« J'en ai vu des milliers comme eux. Ils sont tous pareils. La famille de maman vient nous voir chaque année et je peux te dire que ce n'est pas une partie de plaisir. Pas de bol, ils n'ont plus d'autre famille que nous en Iran. Du coup, nous avons l'honneur de les recevoir chez nous à chacune de leurs visites. Il faut poireauter des heures à l'aéroport, simplement pour avoir le privilège de porter leurs valises qui pèsent des tonnes. On les conduit à la maison où ils s'installent comme chez eux, et nous, on n'a plus qu'à trimballer nos sacs de couchage du salon à l'entrée et de l'entrée au couloir. Figure-toi qu'une nuit, j'ai même dû dormir à la cuisine ! Ils font tout un plat des cochonneries qu'ils nous ont achetées dans des magasins à prix cassés et ils s'attendent à ce qu'on leur saute au cou de bonheur !

– Tu exagères ! C'est grâce à ces cochonneries, comme tu dis, que tu es toujours aussi bien habillé.

– Là-bas, même les fripes sont chics. Tu peux être sûre qu'ils ne se décarcassent pas beaucoup pour acheter ces trucs. C'est nous qui nous mettons en quatre. Ma pauvre maman est condamnée à passer toutes ses journées à la cuisine pour préparer le petit déjeuner, le déjeuner et le dîner. Elle est obligée de s'aplatir devant leurs sales gamins pourris gâtés. Ils n'arrêtent pas de réclamer des plats différents, de la soupe aux vermicelles, du ghormeh-sabzi[1] ou du halva[2]. Et ensuite, ils s'étonnent d'avoir tous la chiasse ! Alors ils hochent la tête d'un air soucieux et, tout en essayant de ne pas vexer maman, ils prétendent qu'ils ont dû manger quelque chose qui n'est pas passé, pendant que cette pauvre maman jure ses grands dieux qu'elle a tout lavé et relavé soigneusement. Personne n'est prêt à reconnaître que se goinfrer de tous ces fruits et de tous ces plats différents aurait de quoi rendre malade n'importe qui ! La pollution leur pique les yeux et la gorge et ils nous regardent en se demandant comment on fait pour survivre. Puis

1. Ce plat traditionnel iranien qu'on appelle aussi ragoût vert est composé d'agneau, d'herbes frites et de haricots secs, servi avec du riz.
2. Dessert aux amandes parfumé au safran et à l'eau de rose.

il faut qu'on console leurs cœurs affligés quand leurs mucosités nasales deviennent noires.

– Leurs quoi ?

– Leur morve. Le beau-père de tante Roya s'est plaint que ses mucosités nasales étaient devenues noires à cause de la pollution en Iran. »

J'ai éclaté de rire, mais Siroos était lancé : « Puis ils râlent contre la circulation et prétendent qu'ils ne pourraient jamais conduire dans des conditions pareilles. Chaque fois qu'ils sont en bagnole, ils sont morts de trouille, ils se cramponnent à la poignée et n'arrêtent pas de pousser des cris d'orfraie en s'étonnant que nous ne soyons pas terrorisés, nous aussi.

– On ne peut pas leur donner tort. L'air est effectivement pollué et ils n'y sont pas habitués. Et il faut bien avouer que conduire dans Téhéran, c'est l'enfer. Tu n'arrêtes pas de jurer toi aussi quand tu es au volant. »

Mais Siroos était plongé dans ses pensées et ne m'écoutait pas.

« Nos dépenses doublent d'un coup, et les disputes entre papa et maman aussi. Papa finit par faire des heures sup et par emprunter du fric pour entretenir l'illusion. Ils s'empiffrent aux soirées organisées en leur honneur, puis ils se plaignent de grossir. Dès qu'ils ont un coup dans le nez, ils entonnent des chansons larmoyantes sur la patrie et nous disent que nous avons bien de la chance de vivre en Iran, entourés de tant d'amour et d'amitié. Ils prétendent que, dans les pays où ils habitent, les gens n'ont pas une once d'humanité, que tout le monde se fiche pas mal des autres. Ils aimeraient passer toute leur vie en Iran. Mais pour peu que leur vol de retour soit retardé d'un jour ! Catastrophe ! Ils s'affolent comme des oiseaux en cage dans une cage. Ils se mettent à prier, à prendre de bonnes résolutions. La date de leur départ arrive enfin. On leur achète des cadeaux, on organise des fêtes d'adieu. On passe toute la nuit à l'aéroport en attendant leur départ. Et, dès qu'ils ont décollé, le groupe suivant arrive et il faut tout recommencer ! Un vrai marathon. On pourrait croire que nous n'avons pas de vie à nous et que nous ne sommes là que pour nous occuper de nos visiteurs. Mais le jour où l'un de nous finit par aller là-bas, ils se répandent en excuses et prétendent être trop occupés pour venir nous chercher à l'aéroport. Ce n'est pas ce que notre oncle, le médecin, a raconté à Parvin ?

– Il était peut-être vraiment occupé. Il avait peut-être une opération prévue.

– Pourquoi est-ce que tu prends tout le temps leur défense ? Tu ne les as même pas encore rencontrés ! Ah, j'ai failli oublier. Il faut être juste. Ces gens sont tous unis par une même certitude : c'est en Iran qu'on trouve les meilleurs cimetières. Ils veulent tous y être enterrés. Ce n'est pas une si mauvaise idée après tout. Passe ta vie dans le meilleur pays du monde et garde l'Iran pour ta mort.

– Tu es injuste. Tes tantes sont tellement contentes de vous voir chaque fois qu'elles viennent. Et j'ai bien remarqué la joie de ta mère quand elle a toute sa famille autour d'elle. Ça lui donne peut-être plus de travail, mais au moins, elle est heureuse et elle s'amuse. Sanaz m'a dit que les plus beaux jours de sa vie sont ceux où ses tantes viennent en Iran.

– Elle est folle. Elle pleure chaque fois qu'elles repartent. Et maman, c'est pareil. On ne peut plus lui adresser la parole pendant un bon moment. On pourrait croire qu'elles sont en deuil toutes les deux. Voilà ce que nos chers invités de l'étranger laissent derrière eux.

– Je ne te comprends pas. Pourquoi ne vois-tu toujours que le mauvais côté des choses ?

– Je vois la réalité telle qu'elle est. Est-ce que j'ai dit un seul mensonge ? Ils me dégoûtent.

– Mais pourquoi ? Qu'est-ce qu'ils t'ont fait, à la fin ?

– Ils ont profité de nous. Ils nous ont abandonnés au milieu de l'incendie et maintenant, ils se moquent de nous. Ils reviennent une fois par an juste pour la ramener.

– Ils ont pris ce qui était à eux et ils sont partis. Qu'est-ce que ça peut bien te faire ? Ils ont même laissé beaucoup de choses qui leur appartenaient. Tu sais ce que je crois ? Ce n'est pas contre eux que tu es fâché, mais contre toi. Sois honnête. Ceux que tu vas rencontrer ce soir, ceux contre qui tu répands ton venin, ont le même sang que toi. Ils ont fait tout ce chemin depuis l'autre bout du monde juste pour venir nous voir. Ils ont dépensé beaucoup d'argent et nous ont invités à ces retrouvailles. C'est notre famille. Je t'en prie, accorde-leur plus d'indulgence. Retire tes lunettes noires.

– Si je retire mes lunettes, je ne verrai rien du tout. Je serai complètement aveugle.

– Parfait ! Mieux vaut être aveugle que de considérer tout le monde comme des ennemis. »

*

Tante Maryam et son mari, M. Hamidi, sont arrivés au wagon-restaurant avec leurs enfants, Somayeh et Meysam. Je leur ai fait signe. Ils se sont dirigés vers nous, mais, dès que M. Hamidi m'a vue, il a baissé les yeux et s'est assis à la première table libre. Involontairement, j'ai porté la main à ma tête découverte et me suis sentie coupable.

« Bonjour les enfants ! s'est écriée tante Maryam. Vous vous amusez bien ?

– On s'amuserait mieux si Siroos ne râlait pas tout le temps. À l'entendre, le monde est un enfer. Je ne sais pas pourquoi il est tellement négatif.

– Ton papa te cherchait, Siroos.

– Ils n'en ont pas marre de me chercher ? Ils m'étouffent. Je n'arrête pas de lui dire que je ne suis ni un gamin ni un infirme, mais autant pisser dans un violon.

– Oh là là ! ai-je lancé. Quelle diatribe ! Tu devrais être heureux qu'ils s'intéressent autant à toi. Si tu étais mon fils, je te flanquerais dans un coin et je t'y laisserais croupir pour toujours ! Je sais ce que te veut oncle Mohsen. Il paraît que tu n'as pas pris ton comprimé ce matin.

– C'est exprès. Je ne veux plus les prendre.

– Excellente idée ! Tu as bien raison. Les calmants vous assomment et vous font dormir. Ils ne servent à rien.

– Je n'arrive pas à dormir autrement. Si je ne les prends pas, j'ai des insomnies.

– Eh bien alors, prends-les, ai-je lancé. J'en ai plus qu'assez de ta mauvaise humeur et de tes récriminations. Tu prends le contrepied de tout ce qu'on dit. »

En maugréant, Siroos s'est extrait de sa place et a parcouru l'étroit passage entre les tables jusqu'à la sortie. Tante Maryam a éclaté de rire.

« Bien joué ! Tu es la seule à pouvoir lui parler comme ça. Viens t'asseoir avec nous. Prenons le thé ensemble. »

Je me suis levée et l'ai suivie. La petite Somayeh, qui avait douze ans, était assise à côté de son père. Sa jeunesse était dissimulée sous un tchador noir assujetti à l'arrière de sa tête par un élastique. Elle supportait mal d'être voilée. Elle ne cessait de tambouriner sur la table du bout des doigts, et le mouvement de ses lèvres révélait qu'elle se chantait une chanson intérieurement. Je ne savais pas ce qu'elle regardait par la fenêtre, mais elle n'avait apparemment aucune envie d'être dans ce train. Meysam était collé à la vitre, lui aussi, et comptait les moutons. M. Hamidi a froncé les sourcils en m'apercevant et s'est absorbé dans la contemplation de la théière, comme s'il la voyait pour la première fois de sa vie.

« J'ai déjà pris du thé, ai-je dit. Je vais aller vérifier ce que fait Mère si ça ne vous dérange pas. Elle a peut-être besoin de quelque chose. »

*

Mère a la tête appuyée contre son dossier. Les rides de son cou sont plus prononcées qu'avant. Elle regarde par la fenêtre mais qui sait où vagabondent ses pensées ? Je l'observe et j'entends une voix réciter dans ma tête :

Quand je te regarde
Je vois un arbre solitaire
De l'autre côté de la fenêtre
Couvert de feuilles d'automne
D'un jaune fiévreux,
Je vois une image
Que reflète la surface agitée
D'un ruisseau qui court[1].

Je secoue la tête. Je ne devrais pas laisser des idées noires assombrir mes jours. Un bruissement m'apprend

1. Poème de Forough Farrokhzad, célèbre poétesse iranienne, décédée en 1967 dans un accident de voiture à trente-deux ans.

que Mère est sortie de sa rêverie. Je remue un peu. On dirait qu'elle vient de remarquer ma présence.

« Qu'est-ce que tu écris ? »

Je lui souris sans répondre et sans lever la tête de mon journal. Elle sait ce que je fais. Je vois bien qu'elle est fatiguée.

« Quand arrivons-nous ? J'étouffe.

– Bientôt. Veux-tu du thé ?

– Non, ma chérie. Le train tangue tellement qu'il n'est pas facile d'aller aux toilettes.

– Je pourrai t'accompagner si tu as besoin d'y aller.

– Ça va. Je peux très bien me passer de thé. J'espère simplement que ça ne va plus durer trop longtemps.

– Essaie de dormir un peu. Ça fait passer le temps.

– Je ne peux pas me forcer à dormir.

– Veux-tu que je te fasse la lecture ?

– Tu auras mal à la tête si tu lis pendant que le train roule.

– Mais non ! J'ai l'habitude. »

J'ai sorti mon livre et je me suis mise à lire. Je n'avais lu que quelques pages quand ma voix a commencé à résonner étrangement dans ma tête. J'avais les yeux brûlants. Le temps et l'espace se sont confondus et estompés dans le lointain. Les mots s'enfuyaient, emportés par le bruit monotone des roues. Mon livre est devenu trop lourd pour mes mains. Je l'ai entendu tomber et me suis enfoncée dans un tunnel obscur.

*

Il faisait presque noir dans la pièce, les murs étaient hauts et les fenêtres hors de vue et hors de portée. La lumière blafarde d'une ampoule électrique maculée de suie projetait des ombres étranges sur les murs.

Quelques femmes bavardaient dans un coin. Une fillette fatiguée, pleine d'ennui, tira une mallette rangée sous le lit. Ses petites mains tripotèrent les fermoirs. Elle éprouva une vive douleur au bout des doigts et se mordit la lèvre de ses petites dents. Ses yeux s'emplirent de larmes mais elle réussit enfin à ouvrir la valise. Un sourire triomphant éclaira son visage. Des robes en papier s'envolèrent de la valise. Six visages terrifiés se tournèrent vers elle. Quelqu'un hurla. La peau de leurs visages commença à s'étirer. La fillette recula de quelques pas. Les visages étaient verts. L'atmosphère devint de plus en plus lourde. Il n'y a pas d'air… pas d'air… pas d'air… pas d'air…

« Dokhi, ma chérie ! Réveille-toi ! » Quelqu'un me tapotait le visage et j'ai senti la chaleur se répandre dans tout mon corps.

« Où est l'aérosol ? Où as-tu mis ton sac ? »

J'ai ouvert les yeux. J'avais les joues mouillées de larmes ou de transpiration. Ils étaient tous autour de moi. Oncle Mohsen avait l'air fâché et tante Maryam avait les yeux humides. Afsaneh m'éventait avec un livre. J'ai fermé les paupières et essayé de respirer. J'ai enfin réussi à inspirer profondément. Une voix dans ma tête disait : « La prochaine fois, tu pourrais ne pas t'en sortir. »

Le soleil couchant allongeait les ombres. Le train a ralenti. Des bâtiments dispersés passaient devant mes yeux, de plus en plus serrés. J'étais perdue. Je suis toujours un peu abrutie et déprimée après une crise d'asthme. Je regrettais de ne pas pouvoir me réfugier dans un coin tranquille pour pleurer un bon coup. J'aurais voulu me plonger dans l'effervescence du voyage, profiter de cette liberté nouvelle, savourer pleinement ma joie, mais c'était comme si une main invisible me retenait.

Ardeshir a ouvert la porte du compartiment, très excité. Il était tout rouge. « On arrive ! Ils ont déjà tous sorti les valises dans le couloir. Pourquoi est-ce que vous êtes encore assis ? »

Tout le monde a été pris de frénésie. La nervosité était palpable. J'ai passé la lanière d'un sac à mon épaule, j'en ai pris un autre en main, et j'ai glissé mon bras libre sous celui de Mère. Tante Maryam la tenait par l'autre bras. Elle traînait les pieds comme si ses jambes étaient en bois. Il nous a fallu une éternité pour nous frayer un passage à travers la foule qui encombrait le couloir et arriver jusqu'à la portière.

Une longue rangée de valises s'alignait sur le quai devant oncle Mohsen. M. Hamidi a fait tomber un gros sac du marchepied en haletant : « Mohsen, il est atrocement lourd. Demande à Siroos de prendre l'autre poignée. »

Siroos s'est détourné. Oncle Mohsen a pincé les lèvres et a dit : « Je m'en occupe. » Afsaneh s'est précipitée pour l'aider.

J'ai regardé autour de moi avec curiosité, essayant de me rappeler toutes les photos que j'avais vues. Laquelle était la plus ressemblante ?

Debout devant la portière, Mère avait le regard dans le vide. Tante Maryam m'a chuchoté : « Tu as ses cachets sous la main ?

– Oui. Et aussi une bouteille d'eau.

– Donne-moi la main, maman, a proposé oncle Mohsen. Il faut descendre. D'autres passagers veulent sortir. »

J'ai suivi le regard de Mère et j'ai remarqué un groupe d'hommes et de femmes de tous âges, jeunes et vieux. Les derniers rayons du couchant m'ont fait plisser les yeux. Ces gens étaient trop loin pour que je distingue clairement leurs traits. Je les ai comptés. Sept, huit, neuf, ils étaient dix en tout, enfants compris. Les adultes se sont tournés vers notre train, mais les enfants ont continué à jouer. Étaient-ce eux ?

Les présentations se sont perdues dans les larmes et les baisers éperdus de Mère. Nous avons dû lui rafraîchir le visage si souvent que, pour finir, nous ne savions plus si son col était trempé de larmes et de sueur, ou de toute l'eau dont nous l'avions aspergée. J'ai regardé autour de moi. Tous les visages étaient luisants de larmes. Même de parfaits étrangers qui s'étaient massés autour de nous s'essuyaient les yeux. Gênés de nous donner ainsi en spectacle, nous avons repris possession de nous-mêmes et sommes sortis de la gare. Un minibus rutilant nous attendait et nous y sommes tous montés, sauf mes oncles : ils se sont engouffrés dans une voiture qui est passée devant le bus. Le jour déclinait et j'étais tellement obnubilée par mes compagnons que je n'ai rien vu du paysage.

Nous nous sommes arrêtés devant une villa blanche de deux étages dont les fenêtres donnaient sur la mer. Une haie d'arbustes entourait le jardin, interrompue par une petite grille de fer. L'herbe qui poussait entre les dalles de la cour était d'un vert printanier. Des rangées de hauts peupliers argentés bordaient le sentier menant aux trois marches de la terrasse de devant. Des buissons de jasmin étoilé poussaient dans le jardin.

Sur la grande terrasse, un banc de bois recouvert d'un tapis était adossé à un mur derrière une table et des fauteuils. Je n'avais pas fini d'observer les alentours quand il m'a fallu suivre les autres dans une vaste entrée.

La cuisine était sur la gauche, séparée du vestibule par un long comptoir étroit. Les tabourets disposés de part et d'autre de celui-ci m'ont paru très accueillants, car j'étais fatiguée par le voyage. Sur la droite s'ouvrait un large espace meublé de fauteuils de cuir entourant une table basse ovale. Un grand escalier en face de la porte d'entrée conduisait à l'étage.

« J'ai cherché à loger une famille par chambre, nous a expliqué oncle Mohammad. Mehdi, Mahnaz et moi sommes dans celles du rez-de-chaussée. » J'ai regardé les portes fermées qui donnaient sur l'entrée. « Il y a trois chambres en haut pour Mohsen, Maryam et maman. Allez voir si elles vous conviennent. Sinon, nous pourrons toujours échanger. »

Mère s'est assise dans une causeuse.

« Maman, je sais que tu as un peu de mal à monter les marches, mais c'est la plus belle chambre de la maison. Elle est spacieuse et donne sur la mer.

– C'est parfait, mon chéri. L'escalier ne me fait pas peur.

– Allez vous installer. Vous pouvez laisser vos bagages ici pour le moment. Faites un brin de toilette ou prenez une douche si vous voulez. Nous préparerons à boire et à manger et ensuite, nous pourrons nous retrouver pour bavarder. »

Quelle excellente idée ! Pour ma part, toute cette excitation m'avait épuisée.

Notre chambre avait l'air très confortable avec ses grandes fenêtres face à la mer. Oncle Mehdi a posé nos valises devant notre porte en disant : « Nous vous avons attribué cette chambre parce qu'elle a une salle de bains particulière. Maman devrait y être très bien. »

Je suis restée longtemps sous la douche. J'ai repris mes esprits et me suis calmée. Quand je suis revenue dans la chambre, j'ai sorti mon journal. En peignoir de bain, je me suis allongée sur le lit le plus proche de la fenêtre. Je me suis demandé où était Mère. Une voix dans ma tête disait : « Qu'est-ce que ça peut te faire ? Tous ses enfants sont là, ils s'occuperont d'elle mieux que toi. » Je me suis couchée sur le ventre et j'ai tourné les pages de mon journal. Sanaz a ouvert la porte à la volée.

« Eh bien, tu te la coules douce, toi ! Qu'est-ce que tu fabriques sur ton lit ? Ce n'est pas le moment d'écrire. Lève-toi et prépare-toi. Tout le monde est en bas. À ton avis, est-ce qu'il vaut mieux que je remonte mes cheveux ou que je les laisse détachés ?

– Jolie comme tu es, toutes les coiffures te vont.

– Et ma robe ? Qu'est-ce que tu en penses ?

– Elle est très belle, mais elle fait un peu habillé. Tu devrais choisir quelque chose de plus simple.

– Tu as raison. Je vais me changer. Et toi ? Qu'est-ce que tu mets ? Allons, dépêche-toi.

– Je ne sais pas encore. Je vais bien trouver quelque chose. Vas-y, je vous rejoins. »

Quelle chance elle a. Elle est toujours tellement enthousiaste ! Moi, je ne peux pas m'empêcher d'être vaguement inquiète. Il me faut un peu plus de temps. Je veux pouvoir passer tranquillement en revue tous ces nouveaux visages. Sont-ils aussi gentils et bienveillants que je les avais imaginés ? Il faut que je me domine. Je ne voudrais pas qu'ils me trouvent trop émotive ou trop superficielle. À part oncle Mehdi, c'est la première fois que je les rencontre tous. Et même lui, je ne le connais pas vraiment. Quelques vagues souvenirs, c'est tout, à propos d'un jeune homme qui a cherché à fuir l'Iran.

*

J'ai descendu l'escalier avec une légère appréhension. Le silence s'est fait et ils se sont tous tournés vers moi. La série de présentations a recommencé. Je suis sûre qu'ils étaient aussi hébétés que moi alors, embrassant machinalement toutes les joues qui se tendaient. Oncle Mohammad s'est levé, a fait quelques pas en avant et m'a prise chaleureusement dans ses bras : « La fille d'Habib ! Mais tu es devenue une vraie dame, ma parole ! »

Ses larmes me mouillaient le cou. Tout le monde nous regardait sans rien dire. Je ne pensais à rien, mais j'éprouvais un étrange réconfort entre ses bras. J'ai posé la tête contre sa poitrine.

Tante Mahnaz a fondu en larmes avant même que je n'arrive devant elle. Elle répétait des mots tendres d'une voix tremblante. Elle s'est accrochée à moi, secouée de frissons de la tête aux pieds. Elle me faisait pitié. J'aurais voulu lui dire de se calmer. Elle m'a embrassée plusieurs fois, avant de prendre mon visage entre ses mains pour me regarder attentivement, les yeux brillants. Je ne savais pas ce qu'elle cherchait. « Quels beaux yeux tu as, exactement les mêmes que ton père. » Tout le monde s'est remis à pleurer.

J'étais gênée de provoquer tant de larmes. J'avais l'impression qu'ils m'observaient au microscope, qu'ils recherchaient tous quelque chose en moi. Leurs regards me mettaient mal à l'aise. Oncle Mehdi a fini par venir à mon secours, intentionnellement ou non.

« Alors, ma belle, a-t-il dit en riant. Tu te souviens de moi ? Je suis ton oncle Mehdi de Suède, c'est moi qui ai eu l'honneur de porter ta valise ! »

Il s'est incliné exagérément devant moi et m'a baisé la main avant de me serrer dans ses bras. Il a désigné un petit garçon cramponné à sa jambe : « Voici Danial.

Il a huit ans. Il ne me quitte pas d'une semelle, contrairement à sa sœur Diana, qui est avec sa mère. » Je les ai embrassés tous les deux, et j'ai dit : « Je regrette que ta femme et ta fille ne soient pas là, elles aussi.

– Oh… nous sommes séparés depuis cinq ans. Elle vit avec un autre homme maintenant. »

Tante Mahnaz m'a caressé la tête. « Viens que je te présente à mon mari. » M. Shafaghi était un monsieur d'un certain âge, grand, plutôt séduisant avec ses cheveux gris, et élégamment vêtu, avec un foulard très chic autour du cou ; je n'avais jamais vu de gens habillés comme ça, sauf au cinéma. Il s'est levé et m'a serré la main.

Aucun de nous ne le connaissait encore. Quand tante Mahnaz avait quitté l'Iran avec Nader et Nazila, son fils et sa fille, elle était mariée au général Sattari. Ils ne se sont pas revus depuis le jour où ils se sont dit au revoir à l'aéroport. Le général n'a jamais pu rejoindre sa famille à Paris, et tante Mahnaz a dû se débrouiller sans lui. Personne dans la famille ne savait exactement comment elle avait vécu. Leur maison et tous les biens qu'ils possédaient en Iran avaient été confisqués après la Révolution, mais on disait que le général avait réussi à faire sortir tout son argent du pays en même temps que sa femme. Nazila et Nader ont grandi en France. Un peu plus tard, nous avons appris que tante Mahnaz avait épousé un homme qui avait déjà plusieurs enfants de deux précédents mariages. Les plus jeunes, Sara et Sam, qui avaient douze et dix ans, vivaient avec Mahnaz et M. Shafaghi. Je me suis demandé comment un homme aussi âgé pouvait avoir des enfants aussi jeunes. « Voici Sam et voici Sara, a dit tante Mahnaz. Ils ont le même âge que Somayeh et Meysam. Ils pourront jouer ensemble. »

Le mari de tante Maryam, M. Hamidi, a froncé les sourcils. J'ai comparé les enfants en esprit, cherchant vainement à leur trouver des points communs. Sam et Sara ont dit quelques mots en français et ont quitté la pièce. Somayeh et Meysam les ont suivis d'un regard curieux. Tante Mahnaz a cherché à faire comme si leur départ était parfaitement normal. Elle a haussé les épaules et a dit : « Nader, viens que je te présente ta cousine. »

Un grand jeune homme assis devant un ordinateur s'est levé. Il a fait quelques pas en avant et a dit avec un accent bizarre : « Encore une cousine ? » Je lui ai tendu la main. Il l'a prise, mais il m'a attirée vers lui et m'a embrassée sur les deux joues. J'ai rougi.

« Mais bien sûr ! Je te connais. Dokhi ? Tu es plus jolie que sur les photos. » Tout le monde a ri. Il a parlé en français à sa mère qui a traduit : « Il dit que tu ressembles à Nazila. » En entendant ce nom, Mère s'est rappelé qu'elle avait une autre petite-fille.

« Et Nazila ? Où est-elle ? Pourquoi n'est-elle pas venue ?

– Elle voyage avec son copain. Ils aiment bien camper. Ils font le tour de l'Europe, sac au dos. »

J'ai lu de l'envie dans les yeux de Sanaz et de la colère dans ceux de Siroos.

« Alors ça ! s'est écriée Mère. Je ne savais pas qu'elle était mariée.

– Mais non, maman. Elle n'est pas mariée. »

M. Hamidi a secoué la tête et a murmuré avec un sourire en coin : « Elle vient de vous dire qu'elle est partie avec son copain, pas avec son mari. »

Toujours conciliante, tante Maryam s'est empressée d'intervenir : « Ils sont fiancés, maman. Ils se marieront plus tard. »

M. Shafaghi a cherché à dire quelque chose, mais tout le monde s'est retourné en entendant la voix d'oncle Mohammad : « Et voici Michael. »

Mère a protesté. « Pourquoi l'appelles-tu Michael ? Nous l'avons toujours appelé Dariush. C'est son vrai nom.

– Nous avions l'intention de rentrer en Iran quand nous lui avons donné ce nom. Mais nous avons changé d'avis. Un prénom iranien n'était pas facile à porter aux États-Unis, alors nous avons décidé d'utiliser son deuxième prénom, Michael. Viens mon fils, je veux te présenter à quelqu'un.

– J'ai déjà rencontré tout le monde, a protesté Michael en anglais.

– Non, non ! a répondu oncle Mohammad en farsi. Tu ne connais pas encore Dokhi. C'est la fille d'Habib, mon frère disparu. »

Michael m'a tendu la main, très guindé, en disant : « Enchanté de faire votre connaissance. »

Je l'ai dévisagé avec curiosité, lui trouvant l'air aussi familier que les autres. Il devait avoir trente-deux ou trente-trois ans. Il avait le front légèrement dégarni, comme mes oncles, ce qui donnait l'impression qu'il était plus haut. La seule chose qu'il devait à sa mère américaine était son teint. On aurait dit qu'il avait été plongé dans de l'eau de Javel et que sa peau, ses cheveux et ses yeux étaient devenus plus clairs que les nôtres de plusieurs tons. Je n'aurais su dire s'il était indifférent ou timide. Il n'a rien ajouté et je me suis contentée d'incliner la tête. Il a attrapé par la main un petit garçon de cinq ans qui s'était précipité vers lui. Oncle Mohammad a annoncé joyeusement : « Et voici Nick, le fils de Michael. »

Je lui ai caressé les cheveux. « Je ne savais pas que Michael était marié et avait un enfant, ai-je remarqué.

– Nous non plus, a ajouté Afsaneh d'un ton légèrement pincé.

– Je pense qu'il en est aussi étonné que vous, a lancé oncle Mohammad en riant. Son amie et lui ont eu un enfant, mais ils ont rompu depuis. »

Ceux qui arrivaient d'Iran ont secoué la tête avec un sourire forcé aux lèvres, feignant de comprendre la situation et de ne rien trouver à y redire. Mère a été la seule à se récrier : « Le pauvre petit ! Et son certificat de naissance ? »

Tante Maryam était légèrement crispée. Sans doute était-elle embarrassée par tous les propos sacrilèges qui se tenaient devant son mari. Elle s'est efforcée de changer de sujet : « Quel temps superbe ! Et si nous allions nous asseoir sur la terrasse ?

– Bonne idée, a approuvé tante Mahnaz. Il n'y a qu'à emporter tous les plats dehors pour éviter d'avoir à nous déplacer. »

Les sièges ont été bousculés et Mère a pris place sur le banc recouvert d'un tapis. Oncle Mehdi a posé le bras autour de son épaule et s'est serré contre elle. Tante Mahnaz a glissé deux coussins dans le dos de Mère et s'est assise près d'elle. Ils avaient dû choisir leurs places à l'avance. Comme des lunes en orbite autour d'une planète, nous avons tiré quelques chaises pour nous asseoir. J'ai été amusée et émue de voir le regard affectueux dont Mère couvait ses enfants, tous âgés désormais mais aussi assoiffés d'amour que des tout-petits. Tante Maryam a regardé autour d'elle : « Quel bel endroit ! s'est-elle écriée. Comment l'avez-vous déniché ?

– Il y a des entreprises qui se chargent de ça, a expliqué oncle Mohammad. Il suffit de leur indiquer quel genre de lieu on cherche et ils vous font des propositions.

Je leur ai dit que nous serions vingt en tout et qu'il nous fallait au moins six ou sept chambres, une par famille. Et aussi un grand salon et une terrasse avec une jolie vue sur la mer pour faire plaisir à maman.

– On peut dire que tu as bien choisi. Ça a dû te coûter cher ! »

Afsaneh s'est tortillée nerveusement sur son siège. « L'argent est fait pour être dépensé. Ça ne représente sans doute pas grand-chose pour ceux qui viennent de l'étranger. Les salaires sont tellement élevés là-bas ! »

Ceux qui vivaient à l'étranger l'ont regardée, étonnés, comme si elle avait tenu des propos vraiment saugrenus.

Oncle Mohammad s'est tourné vers Mère et lui a demandé : « Et ta santé ? Ça va ? As-tu fait tous les examens que je t'ai recommandés ? »

Tante Maryam a entrepris de lui faire un rapport, comme chaque fois que nous conduisons Mère chez le médecin. « Oui. Les examens ont été faits. Dokhi a tous les résultats et les scanners. Mais maman ne va pas bien. Elle a mal partout et ne se soigne pas correctement. Elle ne prend pas ses médicaments régulièrement. Il va falloir que tu fasses quelque chose pendant que nous sommes là.

– Je ne suis pas une voiture qui a besoin de réparations ! a protesté Mère. Je ne suis pas malade, je suis vieille, c'est tout. Vous faites tout le temps des histoires !

– Tu n'es pas si vieille que ça, maman. Et tu es plus jolie que jamais. »

J'ai remarqué que le visage de Mère rougissait légèrement. Elle paraissait effectivement rajeunie, peut-être sous l'effet de ce climat plein d'amour et de tendresse. Siroos lui-même avait renoncé à sa mauvaise humeur habituelle et était souriant. Ils ont parlé de grand-père et de Habib, et ont versé quelques larmes. Grand-père me manquait, mais mon père n'était qu'un visage entrevu sur les rares photos que l'on m'avait montrées.

Ils ont égrené leurs souvenirs d'enfance. La vieille maison avec son petit bassin bleu rempli de poissons rouges. Les fleurs de cerisier dans le jardin au printemps. Le vendeur de glaces qui passait de ruelle en ruelle au début des soirs d'été. Les siestes écourtées malgré la colère des parents. La rentrée des classes avec des uniformes flambant neufs à cols blancs, et un nœud au ventre. Le silence qui régnait dans le jardin après la première chute de neige. Le reflet des rayons du soleil sur le bassin gelé. La chaleur émolliente du korsi[1] qui réchauffait les pieds glacés au retour de l'école. Les premiers signes du printemps qui jaillissaient des pousses forcées pour Nowruz[2]. Le Haft Sin traditionnel[3]. Les vêtements neufs. Le parfum de renouveau dans les rues animées de la ville. La maison étincelante de propreté et d'ordre après le grand ménage de printemps qu'avait fait Mère pour le Nouvel An. La fête de Charharshanbe Suri[4], où l'on pouvait dépenser toute l'énergie accumulée pendant une année. Les grands feux

1. Dispositif de chauffage traditionnel fait d'une petite table recouverte de couvertures, surmontant un récipient contenant des braises. Les gens s'assoient par terre autour de la table, les jambes sous les couvertures.
2. Le Nouvel An persan, qui commence au moment précis de l'équinoxe vernal marquant le début du printemps. À l'occasion de cette fête, on dresse une table spéciale (Haft Sin) avec de la verdure de pousses de blé, de lentilles ou d'autres graines.
3. La table spécialement dressée pour Nowruz. Elle comprend sept objets commençant par la lettre S ou *sin* dans l'alphabet perso-arabe, comme de la verdure, des pommes, du vinaigre, etc.
4. Prélude au Nouvel An célébré la veille du dernier mercredi précédant Nowruz. Le soir, les gens allument de grands feux et

au-dessus desquels on sautait avec des membres de la famille et tous les enfants du quartier. Les chansons et la tournée des maisons où l'on frappait aux portes, dissimulés sous les tchadors empruntés à grand-mère, en faisant du tapage jusqu'à ce que les habitants offrent des noix et des bonbons[1]. L'innocent chapardage de gâteaux et de fruits cachés dans les placards fermés à clé. Le moment excitant où Mère et Père raccompagnaient les invités à la porte, donnant aux enfants le temps de se remplir les poches de restants de pâtisseries. Les petites sorties hors de la ville pour célébrer Sizdah-bedar[2]. Les parties de volley, où tout le monde croyait avoir gagné. Les vacances d'été à la campagne. Les mûres mangées à l'arbre, et les balançoires qu'on suspendait à ses plus hautes branches. Toutes les chutes, toutes les plaies et bosses. Les excursions en montagne en chaussures de ville. Les voisins à la porte desquels on allait frapper encore et encore pour récupérer le ballon qui s'obstinait à tomber dans leur jardin. Les examens scolaires et les tentatives de triche. Les coups d'œil furtifs par-dessus l'épaule du premier de la classe. Les réprimandes du directeur. Les jours où on était mis à la porte de la classe. Les bêtises, les méchancetés, les disputes, les fessées et les fugues. Les brouilles, les réconciliations

sautent par-dessus. Ils tirent aussi des feux d'artifice et allument des cierges magiques.

1. On appelle ça *Ghashogh Zani* (littéralement frapper avec une cuiller). C'est un rituel célébré le jour de Charharshanbe Suri, où les enfants parcourent le quartier en frappant aux portes et se font donner des noix et des baies.

2. Le treizième et dernier jour des fêtes de Nouvel An, les Iraniens sortent de chez eux pour aller pique-niquer dans la nature, dans le cadre de la cérémonie de Sizdah-bedar. Ce jour-là, on jette dans un cours d'eau la verdure qu'on avait fait pousser pour la table du Haft Sin.

et mille autres histoires. Les événements qui avaient pu être troublants et effrayants sur le moment mais qui, tant d'années plus tard, paraissaient inoubliables et délicieux.

On m'avait déjà raconté ces histoires bien des fois, mais je prenais toujours plaisir à les entendre, surtout quand ceux qui étaient venus de l'étranger utilisaient un mot inexact ou parlaient avec un accent bizarre qui m'amusait. J'écoutais, je riais, mais je n'avais rien à dire. Où étaient mes souvenirs de bonheur ? Qu'était-il arrivé à mon enfance ?

Cette nuit-là, nous sommes tous allés nous coucher le cœur plein d'amour et le corps agréablement las de ces retrouvailles. Notre long voyage nous avait fatigués, et nous étions heureux d'être arrivés dans cette charmante villa. Après toute cette excitation, Mère a sombré dans un profond sommeil et a manqué sa prière de l'aube. J'ai passé toute la nuit sans faire un seul cauchemar. J'avais l'impression d'être en état d'apesanteur, tout près de m'envoler, comme si un immense poids était tombé de mes épaules.

LE DEUXIÈME JOUR

Toute la maison embaumait le ghormeh sabzi. Nous avions apporté des herbes frites de Téhéran pour nos parents de l'étranger, et Mère s'était inquiétée pendant tout le voyage, craignant qu'elles ne se décongèlent, ce qui n'a pas manqué d'arriver. Nous avons demandé au contrôleur l'autorisation de les ranger dans le réfrigérateur du train. « Il ne faut surtout pas les oublier », répétait Mère toutes les cinq minutes. Et voilà que, dans l'excitation de l'arrivée, nous avions bien failli les y laisser. Heureusement, Afsaneh s'en est souvenue au dernier moment. Ce pauvre oncle Mohsen a dû retourner en courant jusqu'au train pour récupérer les précieuses herbes !

Oncle Mohammad a humé la fragrance âcre et chaude des herbes. « Le ragoût vert de Mère m'a tellement manqué ! Vous ne me croirez peut-être pas, mais il m'arrive même d'en rêver !

– La belle affaire ! a répondu Siroos avec un sourire narquois. C'est à la portée de n'importe qui. Il suffit de suivre la recette. »

Tous ceux qui étaient venus de l'étranger ont soulevé plusieurs fois le couvercle de la marmite avant midi, se grisant de l'odeur du ragoût et chapardant des petits morceaux. Mère était si heureuse de voir qu'ils appréciaient sa cuisine !

Nous avons passé toute la journée ensemble à attendre que le ragoût soit prêt. Personne n'avait très envie de sortir et nous avons tous préféré nous tenir mutuellement compagnie. Même les maris de mes tantes, qui ne savaient pas tout de leur enfance, participaient aux discussions et riaient beaucoup. Les souvenirs qui avaient meublé la conversation la veille au soir ont laissé place à des questions sur ce qu'étaient devenus untel ou untel restés en Iran, de Soghra, l'esthéticienne du quartier, à Hassan Beik, qui livrait l'eau à la porte des maisons avant l'installation de l'eau courante. Ils se rappelaient beaucoup de gens que nous avions complètement oubliés.

« Pourquoi est-ce qu'ils n'arrêtent pas de nous interroger sur des morts ? a demandé Sanaz en riant.

– C'est une de leurs manies, a grommelé Siroos. Ils s'intéressent à la belle-sœur de leur oncle qui a cassé sa pipe depuis vingt-trois ans, mais ils se fichent pas mal des vivants. Ils font comme s'ils étaient plus iraniens que nous… » Il poursuivit d'une voix plus forte : « Vous êtes sûrs que ces gens habitaient le même pays que nous ? Comment se fait-il que nous n'en connaissions aucun ?

– Il a raison, a acquiescé Mère en souriant. Comment faites-vous pour vous souvenir de tous ces gens ?

– C'est parce que, grâce à Dieu, ceux qui vivent à l'étranger se la coulent douce, a répondu sarcastiquement oncle Mohsen, ce qui leur permet d'avoir des souvenirs très précis. Alors que nous, qui sommes obligés de nous débattre quotidiennement avec tant de difficultés, nous ne savons même plus ce que nous avons mangé au dîner de la veille !

– Non, ce n'est pas ça, a rétorqué oncle Mohammad pensivement. Quand nous avons quitté l'Iran il y a vingt ou trente ans, nous avons emporté tous ces souvenirs. Et ce sont eux qui nous viennent à l'esprit chaque fois que nous pensons à notre pays. Rien n'est venu s'y ajouter. Nous les avons revus en pensée tant de fois qu'ils ont conservé toute leur fraîcheur. Vous, en revanche, vous avez continué à vivre. Au fil des années, d'autres événements vous ont créé de nouveaux souvenirs, qui sont venus recouvrir les anciens. Voilà la différence. Quand je pense au passé, je me rappelle les gens que je connaissais avant mon départ. C'est comme si, pour moi, il n'en existait pas d'autres. Alors qu'avec le temps, vous, vous avez enfoui ces souvenirs au fond de vos esprits. »

Oncle Mohammad a proposé que nous étalions une nappe par terre et que nous nous asseyions autour comme au bon vieux temps. Nous avons utilisé un drap en guise de nappe. J'ai découvert avec étonnement tout ce que Mère avait apporté : des aubergines au vinaigre, des herbes fraîches et du sangak[1]. Elle regrettait de n'avoir pas pu glisser quelques melons dans ses bagages ! Chaque fois qu'elle sortait quelque chose d'autre de sa valise, nous poussions des cris de joie, salivant à l'avance. Le déjeuner a duré plus d'une heure. Nous avons tous mangé jusqu'à ne plus pouvoir avaler une seule bouchée. Ceux qui étaient venus d'Iran trouvaient eux aussi que tout avait un goût différent, que tout était encore plus délicieux que d'habitude.

Après avoir déjeuné et débarrassé, nous nous sommes reposés dans la grande salle du rez-de-chaussée. Même

1. Pain iranien traditionnel, cuit dans un four d'argile sur des pierres chauffées.

ceux qui avaient l'habitude de faire la sieste n'ont pas voulu quitter les autres pour rejoindre leur chambre. Certains ont posé la tête sur un coussin et se sont endormis sur place. Siroos, Sanaz et Nader se sont groupés autour d'un ordinateur. Les autres enfants jouaient sur la terrasse. Le pauvre Ardeshir est resté à l'écart. Trop âgé pour rejoindre les petits et trop jeune pour intéresser les plus grands, il a fini par asticoter tout le monde.

Ceux qui étaient venus de l'étranger ont essayé de s'occuper tout l'après-midi, mais ils ont fini par s'impatienter. Tante Mahnaz s'est mise à houspiller ceux qui se reposaient encore : « Vous allez dormir longtemps comme ça ? Le jour baisse déjà. Quel dommage de gaspiller le peu de temps que nous avons à passer ensemble.

– Comment peuvent-ils dormir à une heure pareille ? » s'est étonné Nader.

M. Shafaghi a secoué la tête. « C'est une des raisons pour lesquelles rien n'avance jamais en Iran. On y dort tout le temps.

– Qu'est-ce que vous racontez ? a protesté oncle Mehdi en riant. Chaque pays a ses coutumes, influencées par son climat et sa géographie. On fait couramment la sieste dans les pays chauds et ensoleillés. Leurs habitants ne sont pas comme nous qui courons après le moindre rayon de soleil. »

Une heure plus tard, nous prenions le thé dehors, sur la terrasse, en grignotant les délicieux chocolats que les autres nous avaient offerts. Tante Mahnaz a débarrassé les tasses, tante Maryam a posé sur la table une grande jatte de noix et d'amandes et tout le monde a recommencé à bavarder. Après avoir fini d'évoquer le sort de gens que les deux groupes avaient connus, nous avons échangé toutes sortes de potins. Plus les nouvelles étaient bizarres et insolites, plus elles étaient appréciées !

Tante Mahnaz et Afsaneh étaient sans rivales dans ce domaine.

« Vous saviez que Shirin Behroozi a divorcé pour épouser le frère de son ex-mari ?

– Tu veux rire !

– Non, non, c'est vrai. Vous n'avez qu'à demander à Mohsen, si vous ne me croyez pas. Mohsen, ce n'est pas vrai ?

– À propos, Soghra, la femme d'Amani. Elle est toujours aussi prétentieuse ?

– Elle se fait appeler Sonia, maintenant.

– Vraiment ? Soghra n'était pas assez chic pour elle ? »

Tante Maryam a imité sa démarche et nous avons tous éclaté de rire.

« Vous avez appris que la fille du mollah Mahmoud est devenue médecin ? Elle se prend pour je ne sais qui maintenant, et ne fraye plus avec des gens ordinaires comme nous !

– Les nouveaux riches sont souvent comme ça.

– Vous savez qu'une roquette est tombée sur la maison de Mahmoudi ? Sa bru a été tuée sur le coup avec ses trois enfants.

– Oh mon Dieu ! Quelle horreur ! Qui étaient les Mahmoudi ?

– M. Mahmoudi était l'ami et le collaborateur de papa. Tu ne t'en souviens pas ?

– Non ! a répondu tante Mahnaz. Je ne crois pas les avoir connus. À propos, comment va tante Shamsi ? Elle vit toujours ?

– Oui. Elle est très âgée, mais grâce à Dieu, elle est en bonne santé.

– Je ne l'ai jamais beaucoup aimée. »

Nous nous sommes tous tournés vers tante Mahnaz, étonnés. « Mais pourquoi ? Pauvre tante Shamsi ! s'est écriée tante Maryam. Elle a toujours été si gentille !

– Gentille ? Elle n'était pas du tout gentille. Mohammad, tu t'en souviens, n'est-ce pas ? Elle nous a chassés à coups de balai un jour. »

Tout le monde est resté muet. À notre connaissance, tante Shamsi était une femme gentille et affectueuse, toujours prête à aider les autres, surtout notre famille.

« Tu ne devrais pas être aussi rancunière, est intervenue Mère. Vous n'étiez que des enfants à l'époque et vous étiez souvent insupportables. Elle avait son caractère, c'est vrai. Vous aviez dû l'exaspérer et elle aura voulu vous faire peur… » Elle a poursuivi d'une voix plus basse : « Que Dieu la protège, elle m'a vraiment aidée en des moments difficiles.

– Quand Mehdi et ses amis faisaient leur service militaire et ne sont pas rentrés à la caserne après une permission, elle les a cachés chez elle pendant trois mois, a ajouté tante Maryam. Ce n'est pas vrai, Mehdi ?

– La pauvre ! Elle montait la garde dans le jardin toute la nuit ! Elle s'imaginait que, grâce à elle, nous étions en sécurité. Il lui arrivait même de s'armer d'un bâton. Ça nous faisait rigoler. Je lui disais d'aller se coucher, j'essayais de lui faire comprendre que s'ils nous trouvaient, son bâton ne leur ferait pas peur. Mais elle refusait de m'écouter. Elle a même pleuré quand notre situation a été régularisée et que nous avons pu repartir. Elle disait qu'on allait lui manquer. »

Oncle Mohammad et tante Mahnaz nous ont jeté un regard étonné, comme s'ils avaient du mal à croire ce que les autres disaient de tante Shamsi. Tante Mahnaz a changé de sujet. « Et Kobra ? Comment va-t-elle ? Vous la voyez encore ? »

Nous nous sommes tous dévisagés, nous demandant qui était Kobra. Mère a posé la question tout haut : « Kobra ? Qui est-ce ?

– Elle habitait au bout de la rue. Vous ne vous souvenez pas d'elle ?

– Ah oui ! Elle est partie en maison de retraite il y a quatre ou cinq ans, et je n'ai pas eu de nouvelles depuis. Je ne sais même pas si elle est encore en vie.

– La pauvre ! Elle n'était pas si vieille que ça. La dernière fois que je l'ai vue, quand je suis venue lui dire au revoir, elle était en pleine forme. Elle m'avait fait du riz aux griottes et m'a donné un bocal de petits légumes au vinaigre.

– Chérie ! Ça fait vingt-sept ans que tu es partie ! Si elle avait soixante ans à l'époque, elle en a quatre-vingt-sept aujourd'hui !

– Je l'aimais beaucoup, vraiment. Elle me traitait comme la fille qu'elle n'avait jamais eue. Elle me cousait des robes et me préparait des repas délicieux. Je ne sais pas pourquoi je n'ai jamais pensé qu'elle vieillissait, elle aussi. Je me suis toujours inquiétée pour mes parents. Je faisais des cauchemars à l'idée de ne plus les revoir. Mais je n'ai jamais imaginé que Kobra puisse vieillir ou mourir. Je l'ai toujours considérée comme un roc, comme quelqu'un qui pouvait m'accorder l'attention et l'affection dont j'ai manqué quand j'étais petite. »

Oncle Mohsen l'a regardée, interloqué. « Tu as manqué d'attention et d'affection ? Toi ? Tu étais l'aînée, et tu faisais tout ce que tu voulais. Tu nous menais à la baguette et ça ne rigolait pas, je t'assure…

– Qui ? Moi ? Tout le monde se fichait pas mal de ce que je voulais. J'étais l'aînée, suivie par trois garçons bagarreurs. J'étais accablée de responsabilités. Maman était toujours enceinte, ou bien elle allaitait. Je passais tout mon temps à l'aider.

– À t'entendre, on pourrait croire que j'ai accouché vingt fois, a objecté Mère. Vous n'êtes que six.

– "Que" six ?

– La plupart des gens avaient beaucoup d'enfants à l'époque. Les familles d'un ou deux enfants seulement étaient rares. Chez nous, c'était un peu différent parce que les quatre premiers se sont succédé rapidement. Mais tu sais, Mahnaz, à part gronder les garçons, tu ne pouvais rien faire pour m'aider. Et je t'ai toujours défendue pour qu'ils t'obéissent. »

Oncle Mohammad a ajouté son grain de sel : « On se prenait des fessées à cause de toi. Mohsen, tu te rappelles les trucs qu'elle inventait ? Et ensuite, elle nous dénonçait pour qu'on ait des ennuis !

– Je n'ai jamais fait ça ! Vous étiez tellement atroces que vous avez bien mérité toutes les fessées qu'on vous a données. »

Mère a préféré changer de sujet. « Mais tu adorais les plus petits. Je me rappelle que tu jouais tout le temps avec Maryam au lieu de faire tes devoirs.

– J'étais déjà grande quand Maryam et Mehdi sont nés. C'est vrai, j'aimais bien m'occuper d'eux, surtout de Maryam, qui était si jolie. J'avais l'impression de jouer à la poupée. Je n'ai pas beaucoup été là pour Mehdi, parce que je me suis mariée quand il était encore petit. Mais Mohammad, Mohsen et Habib m'en ont fait voir de toutes les couleurs.

– Tu joues les victimes, a protesté oncle Mohammad, mais tu voulais toujours nous commander et tu ne nous laissais jamais jouer comme on voulait. Tu caftais tout le temps et tu tapais Habib, parce que c'était le plus petit. » Tout le monde s'est tu. Mohammad a repris au bout d'un moment. « Pauvre Habib, c'était un si gentil garçon, je l'aimais tant. »

Un silence accablé se faisait chaque fois que quelqu'un parlait d'Habib. Ils se sont tous levés et ont commencé à s'activer. Tante Maryam est rentrée pour refaire du thé. Afsaneh a apporté une pastèque à table et a entrepris de la découper. Oncle Mohammad est allé chercher les comprimés de Mère et un verre d'eau. Une demi-heure plus tard, chacun avait repris sa place. Mère a tendu le bras vers Michael et a parlé très lentement : « Viens t'asseoir ici, mon chou. Cet enfant est tout seul et il ne comprend pas ce que nous disons. Il doit s'ennuyer à périr. »

Oncle Mohammad a répondu à la place de Michael : « Il ne parle pas le farsi, mais il le comprend.

– C'est vrai ? Tu comprends ce que nous disons, mon chéri ? » Michael a souri, s'est assis à côté de Mère et a répondu, très à l'aise : « Oui. » Mère a pris son visage entre ses mains et l'a embrassé. « Quel gentil garçon. Nader, viens m'embrasser toi aussi.

– Maintenant que tous les nouveaux sont là, nous, on ne compte plus, a remarqué Sanaz en riant.

– Vous occupez tous une place spéciale dans mon cœur.

– Il n'empêche que, depuis l'arrivée de tes nouveaux petits-enfants, tu n'as plus un regard pour nous. Pas vrai, Dokhi ? » Elle a éclaté de rire.

« Ne mêle pas Dokhi à tout ça. Elle n'est pas comme les autres.

– Mais bien sûr ! Pardon ! J'avais oublié ! Dokhi est très spéciale ! Pas question de la comparer aux autres !

– C'est vrai ! Inutile d'être jalouse comme ça. Dokhi est tout à la fois une fille et une petite-fille pour moi. Quant au reste de mes petits-enfants, vous, ceux d'Iran, je vous ai serrés dans mes bras et embrassés depuis votre naissance, alors que les autres, je ne les ai jamais vus, ou alors, il y a très longtemps.

– À propos, comment vont les Akbari ? a soudain demandé oncle Mohammad.

– Qui ça ?

– Les Akbari. C'était un cousin de papa, non ? Nous avons passé de bons moments avec eux. Vous ne vous rappelez pas ? Nous allions dans leur verger, l'été. »

Je me suis tournée vers Sanaz et Siroos. Siroos a secoué la tête.

« Nous n'avons jamais connu personne de la famille de grand-père qui ait un verger. Grand-mère, ça te dit quelque chose ? »

Mohsen a répondu d'un ton amer : « Nous les avons fréquentés, mais c'est fini.

– Pourquoi ? Ils sont morts ? a interrogé oncle Mohammad.

– Non. Mais ils pourraient aussi bien l'être.

– Comment ça ?

– Ils ont rompu toutes relations avec nous. Peut-être parce que ça risquait de leur attirer des ennuis. Vous vous souvenez de leur fils, Karim ? Il avait ton âge, Mohammad. Il exerce maintenant de très hautes responsabilités. Il connaît du beau monde. Il a changé de poste plusieurs fois, mais il est toujours resté dans la course. Il doit être propriétaire de près de la moitié de Téhéran aujourd'hui.

– En quoi est-ce que ça nous concerne ?

– Depuis la Révolution, ils sont devenus partisans d'un islam pur et dur. Ils considèrent que nous ne sommes pas d'assez bons musulmans.

– Alors ça ! s'est écrié oncle Mohammad. Je me rappelle que la première fois que j'ai bu de l'alcool, c'était avec Karim. Nous l'avions fauché dans la réserve de son père.

– Tu devrais les voir, maintenant, a poursuivi oncle Mohsen. Ils organisent des cérémonies religieuses chez eux tous les jours. Et leurs femmes se sont débarrassées de toutes les photos d'avant la Révolution, sur lesquelles elles n'étaient pas voilées. Elles ont envoyé un message aux membres de leurs familles pour leur dire qu'elles ne voulaient plus voir de photos d'elles tête nue.

– Pff ! Qu'est-ce qu'elles s'imaginent ? a lancé Siroos. Elles se croient aussi belles qu'Elizabeth Taylor, ou quoi ?

– Personne ne devrait poser les yeux sur une musulmane qui n'est pas voilée, est intervenu M. Hamidi d'un ton sérieux. Surtout si c'est elle qui en fait la demande.

– Visiblement, ça ne les dérangeait pas quand on les a prises en photo !

– Elles ne pratiquaient sans doute pas correctement leur religion à l'époque. Mais maintenant, elles se sont repenties et ont été ramenées sur le droit chemin. Le repentir est toujours possible. Je ne peux que regretter que plus de gens ne profitent pas de cette chance. »

Tout le monde, aussi bien ceux qui étaient venus de l'étranger que la famille d'oncle Mohsen, l'a regardé avec mépris. M. Shafaghi a murmuré entre ses dents : « Ces caméléons changent de couleur pour profiter de la situation du moment. C'est comme ça qu'ils s'enrichissent. »

Le regard dans le vide, Mère n'entendait manifestement rien de ce qui se disait. Elle s'est mise à parler d'une voix lente, pleine de chagrin. « Quand je suis allée voir M. Akbari pour lui parler d'Habib, il n'a même pas voulu m'entendre. Il m'a mise à la porte de son bureau. Je me suis dit qu'il préférait sans doute que les gens avec qui il travaillait ne sachent pas qu'il me connaissait. Alors ce soir-là, votre père est allé le voir chez lui. Quand il est revenu, il était blanc comme un linge. On aurait dit qu'il avait perdu dix kilos. Il ne m'a jamais dit ce qui s'était passé. Il a fumé cigarette sur cigarette toute la nuit en faisant les cent pas dans le jardin. Après cela, nous n'avons plus jamais prononcé son nom. Il avait les relations nécessaires, il aurait pu sauver Habib, et pourtant, il n'a pas levé le petit doigt pour nous aider. »

LE TROISIÈME JOUR

« Ça fait deux jours que nous passons notre temps à nous reposer et à manger. Il faudrait peut-être penser à faire un peu de ménage. »

Dans la bouche de Mère, c'était un ultimatum. Sanaz a gémi à mon oreille : « Grand-mère ne peut pas vivre sans aspirateur. »

Tante Maryam a répondu gaiement : « Tu as parfaitement raison, maman. Hé, les garçons ! Vous avez déjà oublié que tout était impeccable ici le jour de notre arrivée ? Vous vous rappelez que le frigo était bourré de provisions ? Maintenant, c'est une pagaille innommable et le frigo est vide.

– C'est vrai, a approuvé Afsaneh. Nous n'avons pas mis le nez dehors depuis deux jours. À quoi bon partir à l'étranger si c'est pour rester enfermés ? Tout le monde se moquera de nous à notre retour si on raconte ça !

– Ça ne fait pas deux jours, a objecté oncle Mohammad. Il faisait déjà presque nuit quand vous êtes arrivés. Vous ne trouvez pas plus agréable de passer du temps ensemble que d'aller faire du shopping et du tourisme ?

– Rien ne nous interdit de faire les deux, est intervenue tante Mahnaz. J'ai déjà pris des réservations pour une excursion en bateau jusqu'à une île, tout près d'ici. Il paraît que c'est très beau. »

Un sourire aux lèvres, Mère a ordonné aux hommes de sortir, prétextant que nous avions du pain sur la planche. Sanaz a protesté : « Ils ont le droit d'aller s'amuser, eux, pendant que nous, nous sommes obligées de travailler !

– Bien sûr ! a répondu Siroos en riant. Après tout, il y a une différence entre les hommes et les femmes ! »

Sanaz s'est précipitée sur lui et lui a jeté à la tête le chiffon à poussière que lui avait tendu sa mère. J'enviais la spontanéité avec laquelle elle savait exprimer ses sentiments.

« Elle a raison, a approuvé Nader avec le plus grand sérieux. Ce n'est pas juste. On va vous donner un coup de main.

– Surtout pas, a rétorqué tante Maryam. Vous ne feriez que nous encombrer. »

M. Shafaghi a secoué la tête : « Notre culture ne brille pas par sa justice ni par son égalité. Mais, pour une fois, je dois avouer que ça m'arrange ! »

Les hommes ont ri et sont sortis poursuivre leur conversation sur la terrasse.

« Maman, tu devrais les accompagner, a suggéré tante Mahnaz. Nous nous occuperons du ménage. »

Tante Maryam s'est chargée de ranger tout ce qui traînait et de nettoyer les salles de bains. Sanaz a épousseté, et moi, j'ai passé l'aspirateur. Afsaneh a fait la vaisselle et tante Mahnaz a briqué la cuisine et le réfrigérateur avant de faire une liste de courses. J'ai entendu un bruit d'eau : oncle Mohammad lessivait la terrasse. Assise sur le banc, Mère bavardait avec Michael et Nader. Je ne sais pas ce qu'ils pouvaient bien lui raconter pour la faire rire aux éclats, mais ces derniers temps, me semblait-il, il suffisait d'un rien pour la dérider. Sa façon de communiquer avec Michael était franchement cocasse. Elle s'était habituée à ce qu'il l'écoute en silence et n'attendait même pas qu'il réponde. Chaque fois qu'elle s'adressait à lui, elle haussait la voix et employait des mots simples, comme si elle s'adressait à un débile à moitié sourd. Puis elle répondait elle-même à ses questions, et Michael se contentait de hocher la tête en souriant.

Le ménage terminé, nous nous sommes préparés et sommes sortis. Mère a prétendu avoir mal aux jambes : elle préférait rester à la maison, et oncle Mohammad a proposé de lui tenir compagnie. Je crois qu'ils avaient tout combiné d'avance. Ils avaient sûrement des choses à se dire en tête à tête.

Nous avons marché assez longtemps. Sanaz était plus gaie et plus excitée que d'habitude. Elle filait devant nous comme si elle avait des ailes. Sa beauté m'avait frappée ces derniers jours et j'avais l'impression d'avoir vingt ans de plus qu'elle. Nader et Siroos l'ont rattrapée et je les ai entendus rire ensemble. De toute évidence, ils s'entendaient bien. Ils nous ont peu à peu distancés.

Michael avait quitté la villa avant nous avec son fils. Oncle Mohammad nous a expliqué qu'il était allé rendre visite à quelqu'un, et personne n'a demandé qui il pouvait bien connaître dans ce pays étranger. Je me suis dit qu'il ne se sentait pas très à l'aise en notre compagnie et n'avait pas envie de passer tout son temps avec nous. Ou peut-être se croyait-il supérieur à nous. Après tout, nous venions tous du tiers-monde, alors que lui, il avait une mère américaine.

Les petits couraient dans tous les sens et n'arrêtaient pas de harceler leurs parents pour qu'ils leur achètent ceci ou cela. Tante Mahnaz s'est approchée d'oncle Mohsen et d'Afsaneh et a remarqué : « Vos enfants ont tellement grandi. Ils sont beaux et charmants, et chics avec ça. »

Le visage d'Afsaneh s'est illuminé. « Vous êtes très gentille, a-t-elle répondu. Merci.

– Je suis sincère. Mais, étant l'aînée de leurs tantes, j'espère pouvoir me permettre une petite critique. Vous ne le prendrez pas mal ?

– Bien sûr que non, vas-y », a répondu oncle Mohsen.

Le sourire s'est effacé du visage d'Afsaneh : « Pourquoi ? Il s'est passé quelque chose ?

– Non, rien du tout. Je trouve simplement que vos enfants parlent drôlement.

– Comment ça ?

– Ils ne sont pas toujours très polis.

– Ils ont dit des gros mots ? Ils ont été insultants ?

– Non, non, pas du tout. On dirait une sorte d'argot. Nous ne nous exprimions pas comme ça à leur âge. Surtout nous, les filles. Quel dommage que Sanaz, qui est si jolie, parle comme un charretier. »

Afsaneh s'est empourprée. « C'est un peu vague. Donnez-moi un exemple. Qu'a-t-elle dit ?

– Voyons, je ne sais plus… Attendez, si. Voilà : je les ai entendus dire plusieurs fois des choses comme "quel boulet" ou "squatter" ou bien "c'est top" ou "c'est chiant". Hier, Sanaz m'a dit : "Nader est vraiment cool." Ça m'a fait rougir. Je ne comprends pas la moitié de ce qu'ils disent, comme "c'est géant" ou "une meuf". »

Afsaneh l'a regardée, ébahie : « Et puis ?

– Eh bien, voilà, c'est tout.

– C'est ça, les gros mots qu'ils disent ?

– Oui. »

Ceux qui étaient venus d'Iran ont éclaté de rire. Les autres nous ont regardés, interloqués. Afsaneh a hélé Siroos et Sanaz. « Demandez pardon à votre tante pour tous vos gros mots.

– Qui ? Moi ? s'est étonnée Sanaz. Qu'est-ce que j'ai dit ? »

Nous leur avons raconté ce que tante Mahnaz venait de nous dire. Chacun d'entre nous a essayé d'expliquer ces mots à tante Mahnaz et de lui donner une définition exacte. Elle n'en revenait pas.

« Qu'est devenue notre belle langue ? D'un côté, il y a les discours officiels des responsables du gouvernement, qui utilisent des mots rares, compliqués, qu'on a même du mal à trouver dans le dictionnaire, et de l'autre, il y a ce jargon qui donne l'impression que tout le monde ne dit que des grossièretés. Vous pouvez être sûrs que je n'utiliserai jamais des mots pareils !

– Libre à toi, a dit oncle Mohsen. Mais les langues sont comme les êtres vivants. Elles changent et évoluent avec le temps. Certains mots viennent s'ajouter, d'autres disparaissent. La forme de chaque langue se modifie en fonction de l'époque. C'est d'ailleurs une des méthodes que les spécialistes utilisent pour dater les textes. Tu es partie depuis presque trente ans. Notre langue s'est transformée naturellement pendant ce temps, alors que la tienne est restée figée dans le passé. »

Nous avons fini nos courses, pris un sandwich dans un café sympa, nous avons bavardé et ri, avant de reprendre enfin le chemin de la maison. Mère était toujours assise sur le banc de la terrasse. Oncle Mohammad avait posé la tête sur ses genoux et elle lui caressait les cheveux en lui chantant une berceuse. Il était pelotonné comme un bébé, profondément endormi. Le brouhaha de notre arrivée l'a réveillé, et il s'est redressé, embarrassé. J'avais les larmes aux yeux. Michael est arrivé peu de temps après nous. Il est entré dans la salle sans nous saluer au passage. Son fils est resté au jardin avec les autres enfants.

Nous venions de nous installer pour prendre le thé quand un vacarme a éclaté au-dehors. Somayeh est arrivée en pleurant et s'est précipitée vers sa mère, Meysam sur ses talons, sourcils froncés. Sam et Sara les ont suivis et se sont plantés derrière leur père. Danial a rejoint oncle Mehdi et s'est accroché à sa main. Nick regardait autour de lui, confus. Michael s'est approché de lui et l'a pris dans ses bras.

« Qu'est-ce qui ne va pas, les enfants ? » a demandé Mère.

Ils se sont tous mis à parler en même temps, une vraie cacophonie. Tante Mahnaz et M. Shafaghi ont écouté Sara et Sam se répandre en commentaires en français. Danial parlait suédois, une langue que je n'avais encore jamais entendue. Nick racontait quelque chose à son père et à son grand-père en anglais. Enfin, Somayeh et Meysam ont expliqué en farsi que les autres enfants se moquaient d'eux, ne les laissaient pas jouer avec eux et avaient jeté une pierre à la tête de Somayeh.

Tous les regards étaient fixés sur eux et Siroos a lancé : « Quelle pagaille, dites-moi ! »

Oncle Mohsen a ri et s'est tourné vers moi : « Dokhi, ça ne te rappelle pas quelque chose ?

– "Et le Seigneur dit : Allons ! Descendons, et là confondons leur langage, afin qu'ils n'entendent plus la langue les uns des autres." La tour de Babel, bien sûr.

– Comment peuvent-ils jouer ensemble sans se comprendre ? s'est étonnée Sanaz.

– Ils ne jouent pas, a rétorqué Siroos. Ils se disputent. Pas la peine de parler la même langue pour ça. Et même, moins ils se comprennent, plus ils peuvent se détester. Ils se bagarrent d'autant mieux. »

Les parents s'efforçaient de calmer leurs enfants respectifs. Ardeshir, assis devant son ordinateur, s'est levé et a demandé : « Vous voulez que je les emmène à la plage ?

– Non ! C'est trop dangereux. En plus, tu ne comprends même pas ce qu'ils disent.

– Je leur collerai des gifles. C'est un langage universel.

– Tu rêves ! est intervenu Siroos. Ce sont les enfants de nos supérieurs. Leurs parents te feront décapiter si tu poses la main sur eux. Tu ferais mieux de rester à ton ordinateur et de les ignorer. »

Nous avons donné de la glace aux petits et les avons renvoyés dehors. Mère était dans tous ses états : « Je ne peux pas croire que vos enfants ne comprennent pas le farsi ! C'est leur langue maternelle, tout de même ! »

Ceux qui étaient venus d'Iran ont approuvé Mère en jetant aux autres des regards lourds de reproches.

« Vous avez raison, a admis oncle Mohammad. Je voulais vraiment que mon fils apprenne ma langue. Caroline et moi étions d'accord sur ce point. Vous vous rappelez sûrement que Caroline parlait drôlement bien farsi la première fois que nous sommes venus en Iran. Et elle a encore fait des progrès ensuite. Je parlais farsi avec Michael et elle. Mais, après la mort de Caroline, j'ai dû confier Michael à des nounous. Et je n'ai pas eu le loisir ni l'énergie de continuer à lui apprendre le farsi. Je passais mon temps à bosser. Alors il a oublié tout ce qu'il savait. Voilà pourquoi son fils n'a jamais entendu un seul mot de farsi.

– Mes enfants ont une mère iranienne, a admis oncle Mehdi avec un petit rire amer. Mais, comme elle tenait à bien parler suédois, elle a interdit aux enfants de parler farsi. C'était une idée fixe. Elle prétendait que ça les aurait handicapés parce qu'ils allaient être obligés d'apprendre encore d'autres langues européennes. "À quoi leur servira cette langue arriérée ? On ne la parle qu'en Iran et dans quelques autres pays encore plus arriérés ! Il vaudrait mieux qu'ils apprennent l'allemand ou le français." Voilà ce qu'elle disait.

– Tu veux dire qu'elle refuse que ses enfants connaissent quoi que ce soit de la culture iranienne ? s'est étonné oncle Mohsen.

– C'est pire que ça ! Je ne sais pas exactement ce qu'elle a vécu, mais elle est convaincue que toute notre culture repose sur la tricherie, la supercherie, la corruption et le mensonge. Elle préfère que nos enfants coupent tous les ponts avec l'Iran. »

Nous lui avons jeté des regards tellement éberlués qu'il a baissé la voix, puis s'est tu.

« Mes enfants parlent très bien farsi, est intervenue tante Mahnaz. Ils ont peut-être un léger accent mais ils comprennent tout. Vous ne trouvez pas que Nader parle bien ?

– Le farsi a été la première langue de tes enfants, a fait remarquer M. Shafaghi. Ils avaient déjà cinq ans quand vous avez quitté l'Iran. C'est plus compliqué pour ceux qui sont nés à l'étranger. Il n'empêche que les miens, qui sont nés à Paris, comprennent le farsi.

– Ah bon ? s'est étonnée Afsaneh. Alors pourquoi est-ce qu'ils ne disent rien ? Je ne les ai pas entendus dire un seul mot de farsi.

– Ils sont gênés à cause de leur accent. Ils ont peur que vous vous moquiez d'eux. »

Siroos s'est mis à ratiociner, comme toujours. « S'ils ne parlent pas farsi, c'est sans doute parce qu'ils jugent que c'est au-dessous de leur dignité. En parlant français, ils peuvent frimer devant les autres gamins et leur prouver qu'ils sont meilleurs qu'eux. Ça leur inspire un sentiment de supériorité.

– Ah oui ? Comment ça ?

– Les autres ne savent pas leur langue, alors qu'eux peuvent comprendre ce que les autres disent. Ça leur donne un avantage et du coup, ils se croient supérieurs aux autres. C'est comme d'être capable de décrypter le code de l'ennemi pendant une guerre. Tu peux comprendre ses messages, mais il ne peut pas comprendre les tiens. »

J'ai regardé par la fenêtre. Les petits étaient dispersés dans le jardin, seuls ou par deux. Chacun faisait semblant d'être très affairé, mais, de toute évidence, toute leur attention était concentrée sur les autres enfants.

LE QUATRIÈME JOUR

Nous n'avions fait aucun projet et n'avions plus grand-chose à nous dire. Les boutiques pittoresques ont attiré Afsaneh et tante Maryam en ville. Ceux qui étaient venus de l'étranger trouvaient cette passion du shopping un peu ridicule. Une fois que tout le monde a été prêt, Mère a décidé d'aller se promener au bord de la mer avec ceux de ses enfants qui ne vivaient pas en Iran. J'ai rejoint le groupe des plus jeunes. Nous nous sommes assis sur la plage sous un parasol. Le soleil était brûlant. J'avais très envie d'aller me baigner, mais la perspective de me mettre en maillot de bain me gênait et j'aurais eu l'air encore plus idiote si j'étais entrée dans l'eau tout habillée. Je m'imposais tant de contraintes !

Sanaz et Nader avaient disparu. Siroos jouait dans la mer avec quelques enfants. Je les ai regardés. Ils savaient si bien profiter de la vie. Pourquoi n'avais-je jamais appris à le faire ? Regrettant de ne pas être allée en ville avec les autres, je suis rentrée à la maison. Oncle Mehdi m'a ouvert la porte et m'a annoncé que Mère était déjà sortie et qu'il était sur le point d'en faire autant. Il m'a proposé de l'accompagner, mais ça ne me tentait pas. Une odeur de riz cuit flottait dans la maison et j'en ai conclu qu'ils avaient l'intention de revenir déjeuner. J'étais plutôt contente d'être seule pendant quelques heures. J'ai rangé mon placard, j'ai pris une douche et me suis assise pour écrire. Il était midi passé quand Mère est rentrée avec les autres. Une des tantes a préparé des brochettes que nous avons mangées avec le riz. Puis nous avons fait la sieste, comme d'habitude.

L'air avait fraîchi. Je suis sortie sur la terrasse. Le coucher du soleil embrasait le ciel de couleurs stupéfiantes. Ceux qui étaient allés en ville étaient revenus depuis une heure. J'ai posé mon journal sur une table et je me suis assise dans un coin. Oncle Mohsen et Afsaneh discutaient derrière une haie, dans le jardin. Afsaneh parlait fort : « Pourquoi est-ce que tu t'obstines à tourner autour du pot ? Je peux le faire si tu veux… »

Je n'ai pas entendu la réponse d'oncle Mohsen. Afsaneh a repris : « Tu parles d'une affaire ! Il a le devoir d'aider son neveu. On ne lui demande rien d'impossible, tout de même. Juste de veiller un peu sur lui jusqu'à ce qu'il puisse s'en sortir tout seul. Avec tout l'argent qu'il a, ça ne devrait pas lui poser de problème ! »

J'ai tout de suite compris de qui ils parlaient. J'aurais bien aimé entendre le reste de leur conversation, mais j'étais gênée pour oncle Mohsen. J'ai toussoté pour leur signaler ma présence. Ils se sont tus, ont gravi les marches et sont rentrés dans la maison. Je me suis remise à écrire.

La main d'oncle Mohammad s'est posée sur ma tête, répandant une agréable chaleur. Il m'a caressé les cheveux en me demandant : « Qu'est-ce que tu fais, ma puce ?

– Ce sont les plus beaux jours de ma vie, alors ça m'ennuierait de ne pas en garder de trace. Je me dis que si j'écris tout ce qui se passe, ils dureront peut-être plus longtemps. Tu sais, je n'ai pas de souvenirs très clairs du passé. Tout se brouille dans ma tête. Je n'arrive pas à faire la distinction entre les événements qui se sont vraiment produits et ceux que j'ai rêvés. Entre ce qui est réel et ce qui ne repose que sur les récits qu'on m'en a faits. Alors, je ne veux pas oublier ces quelques journées. »

Oncle Mohammad a secoué la tête et m'a répondu : « Je me fais du souci pour toi. J'ai l'impression d'être un peu responsable de toi, à cause d'Habib. Je veux t'aider.

– Tu as déjà beaucoup fait. Tu as financé mes études, et tu as proposé de me recueillir. Toute la bonté que tu m'as témoignée dans tes lettres et tes appels téléphoniques m'a beaucoup touchée.

– Pourquoi ne veux-tu pas venir habiter chez moi ?

– Je ne peux pas. L'Iran est mon pays. J'ai perdu des choses qu'il faut que je retrouve. Et puis, que deviendrait Mère ? Je ne peux pas la laisser seule à son âge. Elle n'a que moi et je n'ai qu'elle. Bien sûr, elle vous a aussi, vous tous, mais vous allez reprendre votre vie et nous nous retrouverons seules, elle et moi. Elle est tout pour moi. C'est elle qui détient la réponse à toutes mes questions. Des questions que je n'ai pas le courage de poser et auxquelles elle n'a pas envie de répondre. Mais il faudra bien qu'elle se décide à parler. Et ce jour-là, je tiens à être là et à ne pas laisser passer ma chance d'entendre ce qu'elle a à me dire.

– Il paraît que tu as des crises d'asthme de temps en temps. C'est vrai ?

– Oui. Surtout quand je fais des cauchemars. Ça me fait peur. J'ai l'impression que je n'arriverai plus jamais à respirer.

– Tu ne penses pas que tu devrais aller voir un psychiatre ?

– Tu crois que je suis folle ?

– Mais non, pas du tout. Je me dis seulement que ton asthme est peut-être psychosomatique. Dans certains cas, des rêves récurrents peuvent être un symptôme de problèmes psychologiques. Si tu trouvais la source de tes angoisses, tu pourrais t'en débarrasser pour de bon.

– Je n'ai pas besoin d'aller voir un psychiatre pour ça. Je suis convaincue que Mère et d'autres connaissent la raison de mes cauchemars. S'ils acceptaient de m'en parler, ils pourraient peut-être m'aider à boucher les trous de ma mémoire, et à comprendre l'origine de ces rêves terrifiants.

– Tes rêves contiennent-ils des images qui reviennent régulièrement ?

– Oui ! Celle de six mères ! Toutes habillées pareil. Pourquoi cette figure se multiplie-t-elle comme ça ? Ce n'est pas seulement dans mes rêves, d'ailleurs. Chaque fois que je vois une mère avec un enfant dans la rue, je ne peux pas m'empêcher de me demander où sont les autres mères ! »

Oncle Mohammad m'a dévisagée d'un air préoccupé. On aurait dit qu'une pensée le taraudait. J'avais les yeux rivés sur ses lèvres, espérant un mot. La voix de Mère est venue le tirer d'embarras : « Mohammad, mon chéri, où es-tu ?

– Je suis ici. J'arrive… Ne reste pas assise toute seule, Dokhi. Va donc rejoindre les autres. »

J'ai baissé la tête, dépitée, j'ai ramassé mon journal, je suis rentrée et me suis assise devant le comptoir de la cuisine.

Oncle Mohsen et oncle Mehdi avaient posé deux coussins par terre et étaient allongés côte à côte. Je ne sais pas ce qu'ils se racontaient d'amusant, mais je n'avais jamais vu oncle Mohsen rire d'aussi bon cœur. Oncle Mohammad les a rejoints et ils ont parlé tout bas avant de s'esclaffer tous les trois. Nader, Sanaz, Siroos et Ardeshir avaient les yeux fixés sur l'écran de l'ordinateur. Tante Mahnaz, tante Maryam et Afsaneh préparaient le dîner à la cuisine en bavardant. Soudain, tante Maryam s'est tue. Elle a regardé par la fenêtre et a remarqué : « Ça fait un moment que je n'ai pas entendu les enfants. Je ferais peut-être bien d'aller voir ce qu'ils fabriquent.

– Michael les a emmenés à la plage.

– Michael est tellement silencieux, a observé Afsaneh. On dirait qu'il n'apprécie pas beaucoup notre compagnie.

– En réalité, il est très gentil, a protesté tante Mahnaz. Il n'aurait pas fait ce long voyage s'il n'avait pas eu envie de venir. Le seul problème est qu'il ne parle pas farsi et qu'il a du mal à communiquer. »

M. Hamidi était assis dans un coin avec un livre, et M. Shafaghi était allé se reposer dans sa chambre. Mère a profité de son absence pour héler tante Mahnaz.

« Mahnaz mon chou, viens t'asseoir près de moi. Parle-moi un peu de ta vie. Que t'est-il arrivé depuis tout ce temps ? Pourquoi as-tu épousé M. Shafaghi ? Ce n'est pas que je ne le trouve pas sympathique. C'est un vrai gentleman. Mais comment t'entends-tu avec ses enfants ? Ils ne m'ont pas paru très bien élevés. C'est peut-être parce que tu as remplacé leur mère. À ton âge, tu n'as sans doute pas l'énergie nécessaire pour t'occuper d'enfants aussi jeunes. Pourquoi as-tu accepté une telle responsabilité ?

– Que voulais-tu que je fasse ? J'en avais assez d'être seule. J'avais besoin d'un compagnon, d'un homme qui parle ma langue. Tu n'imagines pas à quel point il est pénible de vivre et de travailler toute seule. Je ne supportais plus ça.

– Mais tu travaillais aussi quand tu étais à Téhéran. Tu étais une femme active, tu réussissais bien. Je n'avais pas l'impression que ton travail te pesait.

– Exercer un emploi en Iran est une chose. Travailler à l'étranger en est une autre. En Iran, c'est presque comme des vacances. On allait au bureau juste pour se voir et rigoler ensemble. On s'amusait bien et personne n'osait nous critiquer.

– Ce n'est plus comme ça aujourd'hui, a remarqué Afsaneh. Quand Mohsen revient du boulot, il est tellement fatigué et stressé qu'il n'a même pas envie de parler.

– En Iran, les gens sont fatigués à cause des trajets et de la circulation, mais on ne peut pas dire qu'ils travaillent vraiment. Le gouvernement lui-même reconnaît qu'un Iranien n'effectue qu'environ une demi-heure ou un quart d'heure de travail productif par jour. »

Sans quitter l'ordinateur, Nader a hurlé : « Sans compter les jours fériés ! Chaque fois que Grand-mère appelle, elle nous annonce que c'est telle ou telle fête ! »

Oncle Mohammad et oncle Mehdi ont éclaté de rire.

« C'est vrai ! a renchéri Nader. Je crois que l'Iran est le pays du monde où il y a le plus grand nombre de jours fériés. J'en crève de jalousie. Qu'est-ce que vous disiez à propos de la productivité des Iraniens ? »

Feignant d'être objectif, oncle Mohsen est intervenu : « C'est très exagéré. Le travail au bureau me pompe toute mon énergie. Et la situation économique est tellement désastreuse que la plupart des gens exercent deux, voire trois emplois. Viens passer une semaine au bureau avec moi et tu comprendras ce que je veux dire.

– Il paraît que la paye d'un employé de bureau est tout à fait insuffisante, a repris tante Mahnaz. Ce n'est plus comme avant, où un emploi de ce genre vous valait le respect de tous. Aujourd'hui, les employés doivent joindre les deux bouts en réclamant des pots-de-vin ou, comme tu le dis, en prenant un second job. »

À peine sorti de sa chambre, M. Shafaghi est intervenu dans la conversation : « Vous l'avez bien cherché. Vous n'aviez qu'à ne pas collaborer avec eux et travailler dans leurs bureaux. À vous d'en assumer les conséquences maintenant. »

Ceux qui étaient venus d'Iran l'ont regardé, déconcertés. Nous ne comprenions pas ce qu'il voulait dire par « collaborer avec eux ». Oncle Mohsen a rougi. Il s'apprêtait à rétorquer quand tante Mahnaz lui a coupé la parole : « On ne peut pas comparer un travail en Iran et un travail à l'étranger. Je suis obligée de rester debout plusieurs heures d'affilée sans pouvoir m'asseoir une minute.

– Quand j'étais interne, a renchéri oncle Mohammad, il m'est arrivé de passer plusieurs jours de suite à l'hôpital sans pouvoir rentrer chez moi pour dormir ne serait-ce qu'une heure. Un de mes amis a réussi, non sans mal, à obtenir un visa pour les États-Unis. Mais il a fait ses bagages et est rentré chez lui au bout d'un an. Je n'ai pas compris. "Tu as bossé comme un fou, lui ai-je dit, et tu as même décroché un job, alors pourquoi est-ce que tu rentres ?" Il m'a répondu : "Cette unique année a été plus dure que vingt années de travail en Iran. Je ne suis pas habitué à bosser comme ça. Si je devais rester un an de plus dans ces conditions, j'en crèverais." »

Ceux qui étaient venus de l'étranger ont tous éclaté de rire, alors que nous baissions la tête sans réagir. On aurait pu croire que nous étions tous devenus sourds subitement.

Mère attendait toujours des réponses à ses questions et avait oublié que M. Shafaghi nous avait rejoints.

« Alors, ma chérie, tu ne m'as pas dit comment tu vas ! Es-tu heureuse ? Quelle est ta situation financière ? Tu n'as pas à t'inquiéter pour l'avenir ? »

Nous avons tous tendu l'oreille. La vie de tante Mahnaz avait toujours été un mystère pour nous. Elle a regardé autour d'elle, mal à l'aise.

« Rassure-toi, tout va bien. Shafaghi est très gentil et il s'occupe bien de nous. Nous habitons une grande maison dans la banlieue de Paris. J'ai une voiture neuve et je ne manque de rien. Je n'ai pas peur de l'avenir non plus. Les enfants ont grandi. Et Shafaghi est vraiment un bon mari. » Elle a jeté un regard affectueux à son mari. Je me suis détournée, trouvant que son attitude manquait de naturel.

« Et les enfants ? Où en sont-ils de leurs études ?

– Nazila a passé un doctorat et elle a trouvé un poste de cadre dans une grande société. Son copain travaille dans la même entreprise et ils habitent Lyon. »

Maryam s'est penchée vers tante Mahnaz : « Arrête de dire que c'est son copain. Ça contrarie maman. Tu n'as qu'à dire que c'est son mari, ou son fiancé.

– C'est maman que ça contrarie, ou bien ton mari ?

– Nous n'aimons pas ça, c'est sûr. Il y a des jeunes autour de nous, et il ne faudrait pas que ça leur donne des idées.

– Tu veux dire que ma fille risque d'être un mauvais exemple pour eux ?

– Mais non ! Ce que je veux dire, c'est que tes enfants peuvent faire ce qu'ils veulent, que ce soit bien ou mal, mais ce n'est pas le cas des nôtres. S'ils se mettent des idées pareilles en tête, la vie sera encore plus difficile pour eux.

– Il va bien falloir que vous vous décidiez à devenir un peu plus modernes un jour, que ça vous plaise ou non. »

M. Hamidi a pincé les lèvres : « Si c'est ce que vous appelez être modernes, nous préférons encore être rétrogrades !

– C'est exactement ce que vous êtes depuis trente ans, s'est écrié M. Shafaghi. À force de reculer, vous n'allez pas tarder à retourner à l'âge de pierre ! »

Ils ont tous ri, sauf tante Maryam qui s'est renfrognée. Elle a froncé le nez comme si elle reniflait une mauvaise odeur. « Qu'il est bête ! » a-t-elle chuchoté en se tournant vers moi.

Mère n'avait pas l'intention de renoncer à son interrogatoire. « Et Nader ? Qu'est-ce qu'il fait ?

– Il est à l'université. Il passe son doctorat le semestre prochain. »

Un sourire sarcastique aux lèvres, oncle Mohsen a remarqué : « Les doctorats poussent aux arbres, en France, ma parole !

– Tu l'as dit ! a approuvé Afsaneh. Ils n'ont pas d'examen d'entrée à l'université. Tout le monde peut s'inscrire. Ce n'est pas comme chez nous où nos enfants sont en concurrence avec un million d'autres candidats !

– Autrefois, on disait que les doctorats français étaient des "doctorats tapis", est intervenu oncle Mohammad. Il suffisait d'offrir un tapis au prof pour avoir une bonne note. C'est pareil dans toute l'Europe. »

Tante Mahnaz lui a lancé un regard furibond. « Non, mon frère. Ce sont les universités américaines qui monnayent leurs diplômes. Ne crois pas que les études universitaires soient faciles en Europe. Les universités d'État sont très exigeantes. Voilà pourquoi les Français sont plus instruits que les Américains.

– Excuse-moi de ne pas être de ton avis. Les États-Unis sont à la pointe de la science et de la médecine. Tout le monde sait que les médecins qui ont fait leurs études en Amérique sont bien plus compétents que ceux qui viennent d'Europe.

– Ah oui, vraiment ? a protesté M. Shafaghi. Je ne sais combien de fois j'ai dit à ma femme que, s'il m'arrive quelque chose, je ne ferai confiance qu'à des médecins français. Et voyez le niveau de l'ensemble de la population ! La culture générale des Américains est lamentable. Alors que les Français ! Ils sont tous remarquablement cultivés. »

Nous suivions avec étonnement cette guerre entre l'Europe et les États-Unis. Oncle Mohsen est passé devant moi, un curieux petit sourire aux lèvres : « Tu vois ! Ils ne s'en prennent pas seulement à nous. Ils ne se supportent pas non plus !

– C'est bizarre. Chacun n'apprécie que le pays où il vit. »

Oncle Mohammad n'était pas prêt à accepter la défaite. Il en faisait manifestement un point d'honneur et s'est mis en quête d'alliés : « Laissez-moi poser la question à ceux qui vivent encore en Iran. À qui faites-vous le plus confiance ? Aux médecins formés aux États-Unis ou à ceux qui ont étudié en Europe ? »

Nous avons échangé des regards. Tante Maryam a répondu pour nous tous. « Personnellement, je consulte toujours des médecins formés en Iran. Nous avons d'excellents médecins. Beaucoup d'étrangers viennent se faire opérer chez nous. »

Tante Mahnaz a agité les bras : « Parce que c'est moins cher. Ça ne veut pas dire que c'est mieux.

– Si nos médecins n'étaient pas bons, ces gens-là ne viendraient pas. Tout le monde veut être bien soigné. »

Cette discussion commençait à ennuyer Mère, qui s'est tournée vers oncle Mohammad : « Moi, je ne fais confiance qu'à mon médecin personnel. Mais dis-moi, mon chéri, comment vas-tu ? Es-tu heureux ?

– Oui, maman ! Je suis parfaitement intégré et tout va très bien.

– Pourquoi ne te remaries-tu pas ? Tu es tellement seul depuis la disparition de Caroline. Ça ne te dérange peut-être pas trop pour le moment, mais en vieillissant, tu auras de plus en plus besoin d'une compagne. Je me fais beaucoup de souci pour toi.

– Il ne faut pas. La solitude ne me fait pas peur. Depuis que vous m'avez envoyé tout seul de l'autre côté du monde quand j'avais dix-neuf ou vingt ans, j'ai compris que j'étais seul et que je ne pouvais compter que sur moi-même.

– Nous ne t'avons tout de même pas forcé ! C'est toi qui voulais partir et nous n'avions pas prévu que tu resterais après tes études. Tu étais censé rentrer en Iran. Mais tu te plaisais tant aux États-Unis. D'une certaine façon, nous nous sommes fait avoir ! Nous avions un fils médecin, mais personne pour nous soigner !

– J'avais effectivement l'intention de rentrer. Je n'avais jamais envisagé de m'installer là-bas. Je l'avais expliqué à Caroline, et elle avait très bien compris. Elle était contente de venir s'installer en Iran, elle aussi. Elle adorait l'Iran. Je n'avais même pas demandé de carte verte. Mais, juste au moment où j'ai fini la fac et où j'aurais pu rentrer, la situation en Iran a changé.

– Si tu voulais vraiment rentrer, pourquoi as-tu perdu autant de temps ? Et de toute façon, en quoi la situation en Iran te concernait-elle ? Nous avons bien continué à y vivre, non ?

– Je n'ai pas perdu de temps, maman ! J'ai dû travailler pendant mes études. Je n'avais pas de quoi payer l'université et mes dépenses quotidiennes avec le peu d'argent que papa m'envoyait. Il aurait suffi qu'il me donne dix mille dollars pour que je puisse m'acheter une maison. Les prix de l'immobilier étaient tellement bas à l'époque, tu n'as pas idée ! Si j'avais eu une maison à moi, j'aurais pu vivre beaucoup plus confortablement et terminer mes études plus tôt. Dieu seul sait combien cette maison vaudrait aujourd'hui ! Je lui avais même proposé de l'acheter à son nom. Ça aurait été un investissement intéressant pour toute la famille.

– Parce que tu t'imagines que ton père était assis sur un puits de pétrole ? Je ne sais même pas ce que pouvait représenter la somme dont tu parles à l'époque. Tout ce que je sais, c'est que le peu qu'on t'envoyait représentait une grosse dépense pour nous. Combien crois-tu que ton père gagnait ?

– Il avait un poste de directeur. On vivait confortablement.

– Il était directeur, oui, mais ce n'était pas un voleur. Je te rappelle que nous avions cinq enfants en plus de toi à élever avec son salaire. Il fallait payer la maison, la nourriture, les vêtements, l'école, les cours particuliers. Et puis Mohsen allait à l'université à Shiraz et il avait des frais, lui aussi. L'université de Téhéran où allait Habib coûtait moins cher, mais ce n'était pas bon marché non plus. Sans compter les mariages de tes sœurs et leurs dots. Nous avions souvent du mal à joindre les deux bouts. »

Un sourire amer aux lèvres, tante Mahnaz s'est tournée vers Mohammad : « Le problème n'était pas là. Je te comprends si bien. Je vais te dire ce qui s'est passé. C'est très simple : "Loin des yeux, loin du cœur." Ils m'ont oubliée, exactement comme toi. Au début, j'ai expliqué deux ou trois fois à papa que, si j'avais de quoi acheter une petite maison, ma vie serait beaucoup plus facile, mais il a fait la sourde oreille. Le taux de change était pourtant tellement favorable à l'époque ! Mais les enfants restés en Iran passaient avant les autres. Et quand il est mort, je n'ai pas hérité un centime. »

Nous les avons dévisagés, interloqués. Nous allions de surprise en surprise, ce soir-là. Je n'aurais jamais imaginé que ceux qui vivaient à l'étranger pouvaient être aussi coupés de la réalité. Faisant un gros effort pour ne pas se mettre en colère, oncle Mohsen s'est adressé à tante Maryam et moi : « Ils ont pris ce qui nous revenait légitimement, ils ont étudié dans les meilleures universités du monde, ils n'ont jamais manqué de rien et ils continuent à avoir la belle vie. Leur avenir est assuré, tout comme celui de leurs enfants et de leurs petits-enfants. Et maintenant, à les entendre, c'est nous qui leur devons quelque chose ? »

Sentant la tension monter, Mère a mis fin à cette conversation en demandant : « Vous ne croyez pas qu'il est l'heure de dîner ? »

Tout le monde a commencé à s'agiter. Afsaneh a soulevé le couvercle de la casserole de riz et la vapeur s'est répandue dans la pièce. Tante Mahnaz a posé une salade devant moi, sur la table de la cuisine, et est allée vérifier la cuisson du ragoût. J'ai cru comprendre que j'étais censée préparer la salade. Tante Mahnaz est une femme nerveuse, inquiète, que j'ai souvent du mal à cerner. Elle est tantôt trop gentille, tantôt trop sévère, et paraît toujours vaguement insatisfaite. Sanaz a mis la table.

J'ai repoussé mon journal et approché le plateau pour nettoyer la salade. Tante Maryam a placé des verres et des bouteilles d'eau minérale sur le comptoir de la cuisine.

Afsaneh a posé sur la table la casserole de riz, qu'elle a transféré dans un plat. Elle avait les sourcils froncés et attendait visiblement le moment opportun pour dire quelque chose qui lui restait en travers de la gorge. Tante Mahnaz a versé le ragoût dans une jatte qu'elle a apportée à la salle à manger. Afsaneh en a profité pour nous chuchoter, à tante Maryam et moi : « Non mais franchement ! Vous vous rendez compte ? En un mois, ils gagnent autant que nous pendant une année ! Ils ne nous ont jamais aidés financièrement, et ils ont le culot de protester parce qu'ils n'ont pas touché un héritage qui n'a jamais existé ! Ce qu'on dit du matérialisme de ceux qui vivent à l'Ouest est parfaitement vrai. Ces gens-là ne pensent qu'à l'argent ! »

LE CINQUIÈME JOUR

Il faisait beau et nous avons passé toute la journée dehors. Nous avons visité plusieurs sites historiques, avons mangé du kebab turc et nous nous sommes plutôt bien amusés. Comme Mère était fatiguée, elle est rentrée à la villa avec oncle Mohammad et tante Mahnaz, pendant que nous restions en ville pour faire quelques achats. Je trouvais tout passionnant. Je commençais à peine à prendre conscience de l'immensité du monde. Le soleil déclinait déjà quand nous avons repris le chemin de la maison. Mère nous avait fait la surprise de nous préparer un merveilleux goûter et nous nous sommes assis ensemble, chacun montrant ses emplettes aux autres, qui s'extasiaient, demandant où nous avions trouvé telle ou telle merveille. Mes oncles et tantes ont recommencé à échanger des souvenirs d'enfance en riant, pendant que j'essayais de découvrir à travers leurs récits le père que je n'avais pas connu. Jamais cette pensée ne m'avait autant préoccupée qu'au cours de ces dernières journées. Mon grand-père avait joué le rôle d'un père pour moi et je n'arrivais pas à faire naître d'autre image que la sienne dans mon esprit. Celle d'Habib, qui prenait vaguement forme à travers les récits de mes proches, ressemblait plus à celle d'un oncle que d'un père. En revanche, l'absence de ma mère éveillait en moi d'autres sentiments. Malgré la bonté et la tendresse de ma grand-mère, je souffrais encore du manque d'amour maternel et une certaine nostalgie ne me quittait jamais. Je ne savais pas si ma mère aurait pu faire davantage pour moi que ma grand-mère, mais j'étais convaincue que j'aurais été différente si elle avait été là. Peut-être aurais-je eu plus d'assurance, peut-être aurais-je moins hésité à dire ce que je pensais. Qui sait ? Je me serais peut-être permis d'avoir plus de désirs et n'aurais pas éprouvé en permanence le besoin de me contrôler de crainte de perdre l'affection de mes proches. Peut-être grand-mère savait-elle que je pensais constamment à ma mère. Peut-être en était-elle jalouse et peut-être était-ce pour cela qu'elle n'en parlait jamais. J'ai chassé ces vaines pensées de mon esprit. À quoi bon me tourmenter exprès avec ces idées ? Ça frôlait le masochisme. J'ai refermé mon journal.

La table avait été débarrassée. Mes tantes ont posé une jatte de fruits secs sur la table et Mère a recommencé à interroger ses enfants. Elle avait dû préparer une liste de questions. Elle les posait très sérieusement et, chaque fois que la conversation s'interrompait, elle reprenait là où elle s'était arrêtée. Sans doute était-ce une habitude qu'elle avait prise avec ses élèves. « Pourquoi n'es-tu pas rentré quand tu as appris que ton père était malade ? Tu ne voulais donc pas le revoir ? » a-t-elle demandé à Mohammad sur un ton de léger reproche.

La brutalité de la question nous a surpris. La voix d'oncle Mohammad a rompu le silence : « Dieu sait que j'aurais voulu venir, mais c'était impossible à cause de mon travail. J'étais très occupé à l'hôpital et je ne me suis pas rendu compte de la gravité de son état. J'avais prévu de venir le mois suivant, et c'est alors que j'ai appris sa mort.

– Tu aurais au moins pu assister à l'enterrement, a fait remarquer oncle Mohsen.

– À quoi bon ? Il n'était plus là. C'était lui que j'avais envie de voir, pas la mosquée ni la cérémonie. Mohsen, tu ne sauras jamais quelles journées affreuses j'ai passées. Je vous jalousais tant d'avoir pu être à ses côtés pendant ses derniers moments. »

Oncle Mohsen ne le quittait pas des yeux. Son visage avait pris une expression narquoise et il a poussé un étrange « Houh ! » avant d'éclater d'un rire amer, nerveux, qui s'est interrompu brusquement. Nous les regardions, perplexes. « Et moi, a-t-il répliqué, j'étais jaloux de toi, bien tranquille à l'autre bout du monde, sans responsabilité, libre de profiter de la vie. Tu ne t'es jamais soucié de savoir comment nous nous en sortions, ni comment nous vivions. »

Oncle Mohammad a froncé les sourcils. Mère a mis fin à ce règlement de comptes en demandant à Mahnaz : « Et toi ? Mohammad n'a pas pu venir, à cause de son travail et parce qu'il était trop loin. Mehdi non plus, à cause de sa situation. Mais toi ? Tu étais plus près et tu n'avais pas de problèmes particuliers.

– Pas de problèmes ? Qu'est-ce que tu en sais ? Avec tout ce qui se passait en Iran ! Je n'avais pas envie de me faire arrêter à l'aéroport et de disparaître au fond d'un cachot sordide !

– Toi ? Mais pourquoi t'auraient-ils arrêtée ? Tu n'étais pas quelqu'un de spécial.

– Il y a des gens qui ont vraiment un ego surdimensionné, a commenté oncle Mohsen, caustique. Pourquoi s'en seraient-ils pris à une femme comme toi ?

– Parce que vous croyez que tout ce que fait votre gouvernement est logique ? Je te rappelle que mon premier mari était général et que le second s'appelle Shafaghi. C'était largement suffisant.

– Ce pauvre Sattari est mort depuis des siècles et plus personne ne se souvient de lui ! Quant à M. Shafaghi, personne ne le connaît. Il est homme d'affaires, c'est bien ça ?

– Il faut bien qu'il gagne sa vie. Mais ce n'est pas à cela qu'il consacre le plus clair de son temps, croyez-moi. »

Et comme une présentatrice de télévision annonçant un invité de marque, elle a tendu le bras vers son mari. Nous nous sommes tous retournés vers lui.

« Il est connu dans le monde entier ! Vous ne savez vraiment pas ce qu'il fait ? »

Afsaneh a répondu à notre place : « Mais non. Comment veux-tu que nous le sachions ? Et puis d'abord, qu'est-ce qu'il fait ? »

Tante Mahnaz a levé les yeux au ciel, visiblement exaspérée par notre ignorance.

« Tout le monde le connaît en France. Enfin, tous les gens cultivés, ceux qui suivent l'actualité. Ils savent qu'il a sacrifié sa vie pour la liberté de l'Iran. »

Tout le monde s'est réfugié dans un silence embarrassé, que M. Hamidi a fini par rompre : « Il a sacrifié sa vie pour la liberté de l'Iran ? Comment ça ?

– En faisant des révélations ! En donnant des informations ! Shafaghi est un des meilleurs spécialistes de l'histoire politique iranienne. Je sais bien que vous n'avez pas pu voir son livre, mais vous auriez pu entendre ses interviews à la télévision ou à la radio. Vous n'écoutez donc jamais les radios étrangères ?

– Pas vraiment, non.

– Mais alors, comment est-ce que vous vous informez ?

– Nous avons nos propres stations de radio, nos chaînes de télé et nos journaux.

– Mais ça ne sert à rien ! Ils ne racontent qu'un tissu de mensonges. Je commence à mieux comprendre pourquoi vous ne savez rien de ce qui se passe dans le monde. »

Afsaneh a haussé les épaules. « Nous avons plusieurs chaînes iraniennes d'information, mais il y a une centaine de chaînes de radio et de télévision internationales. Nous ne pouvons pas passer nos journées à regarder la télévision ou à écouter la radio. Et certains de ces médias mentent de façon tellement éhontée que Mohsen lui-même, qui est pourtant accro aux chaînes étrangères, est furieux.

– Certains ? a repris M. Hamidi. Tous, vous voulez dire ! Aucun n'analyse les faits avec objectivité. »

Oncle Mohsen, hostile aux idées extrémistes de M. Hamidi, a pourtant fait un effort pour être impartial : « Ce n'est pas tout à fait vrai. Leurs sources sont souvent fiables. Plus que les nôtres en tout cas. Et il n'est pas rare d'entendre des analyses pertinentes d'intervenants solidement informés qui peuvent donner lieu à des débats intéressants. »

M. Hamidi était rouge de colère. « Quelles analyses ? Quels débats ? Ceux qui ont l'audace de critiquer les opinions de ces charlatans sont censurés. Ceux qui n'approuvent pas tout ce que fait l'Amérique sont muselés. Ces médias sont des nids d'espions, ils travaillent pour la CIA ou pour les services secrets britanniques ! »

M. Mohsen a levé les bras en l'air : « Hamidi, ne recommençons pas ces bêtises. Tu nous tues avec ton fanatisme. Mahnaz a raison. Si on veut avoir des nouvelles exactes, il faut regarder les chaînes d'informations étrangères.

– Mais elles ne racontent que des mensonges, elles aussi ! Vous ne comprenez donc pas ? »

C'était au tour de M. Shafaghi d'être écarlate. « J'ai risqué ma vie pour des gens comme lui et pour la liberté de mon pays, s'est-il étranglé, et voilà qu'il me traite de menteur et d'espion. Après tout, vous avez le gouvernement que vous méritez ! »

M. Hamidi a écarté les lèvres comme pour sourire, mais son visage s'est plissé dans un rictus de mépris : « Depuis quand risque-t-on sa vie en se prélassant dans un café des Champs-Élysées à boire du vin et à débiter des sornettes ?

– Les valets du régime comme vous ne savent même pas ce qu'aimer son pays signifie. Tout ce qui vous intéresse, c'est de piller ses richesses et de vous remplir les poches.

– Ah oui, vraiment ? Ceux qui sont restés, ceux qui ont fait la guerre et se sont battus jusqu'au bout n'aiment pas leur pays ? Alors que les lâches, les traîtres qui ont ramassé leur fric et ont pris la poudre d'escampette sont des champions de patriotisme ? a-t-il lâché avec un sourire ironique.

– Ceux qui sont partis ne supportaient pas de voir notre pays dans la situation où il se trouve aujourd'hui, a rétorqué M. Shafaghi, les dents serrées. Ils ne supportaient pas de voir ses réserves nationales pillées et son peuple opprimé. Leur vie était en danger. Ils ont préféré les souffrances de l'exil et de la solitude à la collaboration avec l'ennemi !

– J'en ai ras le bol de ces paroles creuses ! Soyez un homme et dites la vérité pour une fois. Vous avez compris qu'on gagnait plus d'argent de l'autre côté du monde et que la vie y était plus agréable, alors vous avez tourné le dos à votre patrie.

– Nous avons accepté l'exil pour pouvoir lutter pour la liberté de notre pays.

– Oui, oui, c'est ça, j'ai vu comment vous luttez ! Vous vous réunissez une fois par mois, vous écoutez des chanteurs minables brailler leurs chansons ordurières, vous buvez du whisky à la santé de la patrie. Vous chantez, vous versez quelques larmes puis vous rentrez chez vous complètement bourrés, jusqu'au mois suivant où vous remettez ça. Et vous appelez ça lutter pour votre pays ? Et de quel pays parlez-vous d'ailleurs ? Vous êtes les citoyens d'autres États et vous êtes très fiers de vos passeports étrangers. Vous n'avez pas de patrie !

– Nous avons dû accepter de devenir citoyens d'autres pays pour ne pas perdre la vie quand l'ennemi a occupé le nôtre, quand nous n'avons plus été en sécurité et avons risqué de nous faire arrêter, torturer et exécuter sans motif. Il n'empêche que nous restons fiers d'être iraniens et que nous sommes prêts à nous battre pour notre pays.

– *Primo*, permettez-moi de vous rappeler que moins d'un pour cent de la population a risqué sa vie après la Révolution. *Secundo*, contre qui avez-vous l'intention de vous battre ? Si vous étiez sincères, vous seriez restés en Iran, vous vous seriez battus pour vos idées, quitte à le payer de votre vie. Se battre, c'est ça. Ce n'est pas passer quelques heures au restaurant, au théâtre ou au concert et manifester dans de jolies rues étrangères en toute sécurité.

– Parce que vous auriez voulu que je reste en Iran pour me faire exécuter par un homme comme vous ? a demandé M. Shafaghi. Je suis trop intelligent pour ça et je sais comment on se bat, croyez-moi. Organiser des manifestations, des meetings et des discussions avec des chefs d'État, révéler la vérité, devenir la voix de nos compatriotes réduits au silence et intervenir de mille autres façons pour aider ceux qui sont pris en otage par le gouvernement. Voilà comment on se bat contre le régime !

– Tu parles ! Vous menez une petite vie pépère et, si vous avez rassemblé un groupe autour de vous, c'est simplement pour ne pas vous ennuyer. Ça vous occupe et ça vous donne une bonne excuse pour passer des heures à picoler avec vos copains. En plus, on vous paye pour ça, vous êtes célèbres et vous faites fortune. Vous croyez vraiment que nous ne savons pas d'où vient votre pognon ? Vous n'éprouvez rien pour votre patrie. Tout ce que vous faites, c'est pour vous. D'ailleurs, qu'est-ce que vous savez de l'Iran d'aujourd'hui ? Vous et votre bande, vous vivez dans un passé vieux de trente ans. Rien de ce que vous faites n'est aussi important qu'un seul mot prononcé à l'intérieur du pays. Si vous vous battez vraiment pour ce que vous appelez votre cause, revenez manifester chez nous. Et sinon, arrêtez vos simagrées et vivez comme vous l'entendez là où vous êtes aujourd'hui.

– Je ne supporte pas ce qui se passe en Iran, et il n'est pas question que je le tolère. Je me sens responsable de mon pays et j'ai mobilisé toutes mes forces pour défendre sa liberté. Je peux être plus utile là où je vis. Chaque Iranien a le devoir de mettre sa vie et sa fortune en danger pour sa patrie. Mais qu'est-ce que vous en savez, vous autres, qui ne pensez qu'à toucher des pots-de-vin et à vous remplir les poches ? Je ne rentrerai pas en Iran aussi longtemps que le pays sera entre les mains de gens comme vous. Nous ferons tout pour que ça change et ensuite, nous reviendrons.

– Autrement dit, vous changez de pays, vous vous cassez quand ça vous convient, mais quand tout sera arrangé et que l'ordre régnera, vous reviendrez réclamer votre part ! On ne change pas de pays comme de chemise. Si vous étiez un homme, un vrai… »

Je n'avais jamais entendu M. Hamidi parler aussi brutalement. Je me suis tournée vers M. Shafaghi. Il était rouge comme une pivoine. Il s'est levé, a tendu les bras vers oncle Mohammad et oncle Mohsen et a dit : « Vous voyez ? Nous risquons notre vie et tout nos biens, nous informons les médias et nous dénonçons les crimes du régime. Nous organisons des manifestations, des meetings et des séminaires pour défendre notre cause. Nous portons sur nos épaules tout le fardeau de la lutte pour notre pays et, au lieu de nous en savoir gré, nos compatriotes ingrats ont l'audace de nous insulter ! »

M. Hamidi avait l'air très satisfait d'avoir poussé M. Shafaghi à bout. Se calant contre le dossier de sa chaise, il a poursuivi : « Shafaghi, vous pouvez poser votre fardeau. Inutile de vous donner tout ce mal. Le combat que vous menez à l'autre bout du monde ne sert à rien. »

Shafaghi était si rouge que j'ai eu peur qu'il ne fasse un infarctus. Sa voix tremblait quand il a crié : « C'est pour vous que je me bats, pour votre femme et pour vos enfants dont on bafoue les droits fondamentaux. C'est pour vous, bande d'idiots incompétents qui êtes incapables de descendre dans la rue pour libérer votre pays, bande de lâches qui rampez devant le gouvernement et restez muets comme des carpes ! »

Hamidi s'est levé, et ils se sont affrontés comme deux coqs de combat. Et s'ils en venaient aux mains pour de bon ?

« Vous voudriez qu'on descende dans la rue pour quoi faire ? Et qui dirigera le pays ensuite ? Vous ?

– Bien sûr que non ! Pour que vous vous débarrassiez de moi dès que vous en aurez marre, comme vous l'avez fait avec tous les autres ? Je ne suis pas capable de gouverner et ne prétends pas l'être. Mais il y a d'autres gens que moi, tout à fait compétents. Pourquoi ne dirigeraient-ils pas le pays ? Ils sont plus instruits et plus intelligents. Ils défendent la liberté, ils sont cultivés, ils sont honnêtes. Ils n'ont pas de sang sur les mains. Ils n'ont jamais trahi leur pays, jamais collaboré avec ses ennemis. Et ils se sentent responsables de la terre de leurs ancêtres.

– Vous voudriez que mon enfant se fasse tuer pour que des gens comme vous puissent revenir nous gouverner ? Non, monsieur. Nous ne nous ferons pas avoir une nouvelle fois. Que la personne qui me gouverne et m'opprime porte une cravate ou une barbe, quelle différence cela fait-il ? Vous vous fichez pas mal de nous. Tout ce qui compte pour vous, c'est que vous n'avez pas obtenu votre part du gâteau et que d'autres que vous contrôlent les richesses du pays.

– Tout ce que je veux, c'est la démocratie. Je ne recherche que la liberté et la justice. Je veux que la richesse du pays profite à son peuple, grâce à des décisions scientifiques et économiques judicieuses. Je veux l'accroissement de la production et une juste distribution des profits. Ce n'est pas ce que vous voulez, vous aussi ?

– C'est ce qu'ils disent tous. Vous avez déjà vu un candidat déclarer qu'il a l'intention de piller le pays et de museler le peuple ? »

Oncle Mohsen est intervenu avec impatience, comme s'il avait attendu des années de pouvoir donner son point de vue. « Le problème est que nous ne sommes pas unis. Chacun de vous revendique une chose différente et vous êtes incapables de vous entendre pour vous faire représenter par un mouvement ou par un parti sérieux. Vous ne nous présentez aucun projet que nous pourrions soutenir. Et nous n'allons certainement pas accepter aveuglément l'idée que celui qui nous gouvernera, quel qu'il soit, sera forcément meilleur que celui que nous avons déjà. »

M. Hamidi s'est tourné vers oncle Mohsen, furieux : « N'écoute pas les conneries qu'il dit ! Ils n'ont personne pour les représenter. Ce ne sont que des traîtres au passé douteux. Je ne suis pas le seul à l'affirmer. Tu n'as qu'à les écouter et tu verras qu'ils n'arrêtent pas de se tirer dans les pattes. Ils sont incapables de s'entendre. Ils se fichent pas mal de nous. Au premier signe d'agitation, ils recommenceront à se remplir les poches et ils se tireront comme ils l'ont déjà fait.

– C'est vous le traître, salopard de barbu ! » a hurlé M. Shafaghi.

Comme les spectateurs d'un match de tennis, nous les suivions des yeux, de droite à gauche et de gauche à droite. Nous étions pris en tenaille entre les deux et avions du mal à supporter l'extrémisme de leurs propos. La querelle s'envenimait de minute en minute. C'est alors que j'ai entendu la respiration irrégulière de Mère, un bruit que je reconnaîtrais même dans mon sommeil. Je me suis tournée vers elle. Elle haletait, le visage baigné de sueur. Elle était blême. J'ai crié : « Mère ! Mère ! Tu te sens mal ? »

La discussion s'est interrompue et tout le monde s'est précipité vers elle. J'ai couru chercher ses comprimés dans sa chambre. Tante Maryam lui a préparé à boire et tante Mahnaz lui a tendu un verre d'eau. Oncle Mohammad lui massait le dos tandis qu'oncle Mehdi était assis dans un coin, le regard noir. Il avait l'air étrangement absent, indifférent presque, et se mêlait rarement aux conversations. J'avais entendu les autres dire qu'il n'était pas comme ça autrefois. Oncle Mohsen est sorti sur la terrasse et Afsaneh l'a suivi.

Une demi-heure plus tard, le calme était revenu. Mère s'est allongée sur un canapé, elle n'avait pas envie de regagner sa chambre. Elle craignait sûrement que les disputes ne reprennent en son absence. Nous parlions bas, évitant tout propos agressif. Comme des petits garçons qui se sont mal conduits, les deux belligérants étaient montés se terrer dans leurs chambres. Les autres traînaient, s'occupant comme ils pouvaient. Oncle Mehdi a apporté le linge sale de son fils, demandant où il pouvait le laver. J'entendais Sanaz rire dans le jardin. Elle était sortie faire un tour après le dîner avec Nader, Siroos et Ardeshir, et ils venaient de rentrer sans se douter du grabuge auquel ils avaient échappé.

« Pourquoi tu n'es pas venue avec nous ? m'a demandé Sanaz. Il faisait vraiment bon, et des gens avaient fait du feu sur la plage. Tout le monde chantait et dansait.

– Vous ne m'avez pas proposé de vous accompagner. »

Tante Mahnaz nous a interrompus, d'une voix agacée : « Chut ! Arrêtez de faire tout ce bruit ! »

Sanaz s'est figée, désarçonnée. « Pourquoi ? a demandé Nader. Qu'est-ce qui se passe ? Il y a quelqu'un qui dort ? »

Tante Mahnaz a désigné Mère du doigt : « Non, mais votre grand-mère ne se sent pas bien. Faites moins de bruit.

– Mais qu'est-ce qu'il y a ? a chuchoté Sanaz. Il s'est passé quelque chose ?

– Vous avez tout raté ! lui ai-je dit tout bas. J'ai bien cru qu'ils allaient se taper dessus ! »

Sanaz a écarquillé les yeux tandis que Siroos et Nader se pressaient autour de moi.

« Quelqu'un s'est disputé ? Qui ça ? a demandé Siroos, tout excité.

– M. Shafaghi et M. Hamidi. »

Nader a paru étonné. Siroos a secoué la tête avec regret : « J'aurais bien voulu voir ça ! a-t-il soupiré. Qui a gagné ? »

Visiblement amusée, Sanaz a approché ses lèvres de mon oreille. « Dommage qu'ils ne se soient pas entre-tués ! »

J'ai réprimé le rire qui montait en moi. Tante Mahnaz nous a jeté un regard méfiant. Soupçonnant que nous ne disions pas du bien de son mari, elle s'est écriée : « Allons, debout ! Il est temps de débarrasser et d'aller au lit. Il faut nous lever tôt demain matin. Une longue journée nous attend et je veux que nous soyons tous à l'heure et en pleine forme. »

LE SIXIÈME JOUR

Le lendemain, je me suis réveillée de bonne heure et j'ai contemplé les nuages blancs, jaunes et orangés qui flottaient dans le ciel bleu. J'avais envie de me jeter dans la mer dorée qui s'étendait en contrebas et de me fondre dans la nature. Mais des pensées décousues se bousculaient dans mon esprit. Je suis allée prendre mon journal avant de me recoucher et d'entreprendre de mettre un peu d'ordre dans mes notes. Mère est sortie de la salle de bains, l'air fatigué. Elle s'est habillée, a glissé ses comprimés dans son sac et m'a dit : « Allons, debout, ma puce, allons-y avant qu'ils ne s'impatientent. »

J'ai fourré un chemisier de rechange, une serviette de toilette et mon journal dans un sac à dos, j'ai pris Mère par le bras et nous sommes descendues ensemble. Tante Mahnaz, M. Shafaghi et Nader étaient déjà prêts à partir. Oncle Mohammad et oncle Mehdi discutaient sur la terrasse pendant que les enfants couraient dans le jardin, tout excités. Un petit déjeuner frugal était disposé sur le comptoir de la cuisine. Nous n'avions pas le temps, semble-t-il, de nous attarder à table. J'ai rempli deux tasses de thé, une pour Mère, une pour moi. Mère s'est assise au comptoir et a repoussé une tranche de pain : « Je n'ai pas faim ce matin. » J'ai étalé du fromage sur une tartine que j'ai mangée debout, en buvant mon thé. La porte de la chambre d'oncle Mohsen s'est ouverte et il est sorti, les lèvres pincées. Ils ne pouvaient donc pas cesser de se disputer, ces deux-là ! Afsaneh lui a couru après en chuchotant trop bas pour que nous puissions entendre ce qu'elle disait. Sanaz portait un pantalon moulant et avait noué sa chemise au-dessus de son nombril. Siroos criait et agitait les mains dans sa direction tandis qu'Ardeshir, habitué à ces querelles, passait devant eux en sifflotant avec insouciance. Il a couru dehors dès qu'il a aperçu les autres enfants.

Je ne sais pas quand Meysam et Somayeh avaient quitté leur chambre. Appuyés contre la rampe de l'escalier, ils regardaient ce qui se passait au rez-de-chaussée avec envie et chagrin. Tante Mahnaz leur a demandé avec impatience : « Pourquoi est-ce que vous ne descendez pas ? Somayeh, où est ta maman ? Il est déjà tard.

– Nous ne venons pas avec vous », a répondu Somayeh tout bas.

Nous nous sommes tus et avons tous levé les yeux vers elle, surpris. Contrarié par ce retard, M. Shafaghi a lancé : « Comment ça, vous ne venez pas ? Nous avons pris des réservations. »

Tante Mahnaz lui a pris le bras en disant : « Ne te mêle pas de ça. » Elle lui a chuchoté quelques mots et est sortie avec lui. Puis elle est rentrée et a appelé : « Maryam ! Où es-tu ? Tu n'es pas encore prête ? Dépêche-toi ! Il est tard ! »

J'ai entendu la voix de M. Shafaghi depuis la terrasse : « À quoi tu joues ? Puisqu'on te dit qu'ils ne viennent pas ! »

Mes oncles sont entrés et ont levé la tête vers le palier, où se tenait tante Maryam.

« Mahnaz, ma chérie, allez-y. Vous allez être en retard. Hamidi a des choses à faire en ville et nous préférons l'accompagner.

– Comment ça ? Nous avons fait des projets pour la journée ! Nous avons pris des réservations ! »

M. Hamidi est sorti de sa chambre, très contrarié. « Ne vous en faites pas, je vous rembourserai notre part. Il n'est pas question de faire perdre de l'argent à votre mari.

– M. Hamidi, la question n'est pas là. Nous avions simplement prévu de passer quelques jours ensemble après toutes ces années. Si chacun fait des choses dans son coin, pourquoi être venus ici ? »

Tante Maryam a posé sur son mari un regard lourd de reproches. Le message était clair, même pour moi. Mal à l'aise, il s'est tourné vers elle en disant : « Qu'est-ce que tu as ? Si tu veux y aller, vas-y, mais moi, en tout cas, je ne viendrai pas. »

Tante Maryam a baissé les yeux, tandis que tante Mahnaz reprenait d'une voix plus douce : « M. Hamidi, je vous en prie, ne faites pas le rabat-joie. Nous n'avons plus beaucoup de jours à passer ensemble.

– Il y en a déjà eu trop à mon goût ! »

L'affaire se présentait mal. Oncle Mohsen et oncle Mehdi ont gravi les marches quatre à quatre et ont raccompagné M. Hamidi dans sa chambre. Nous n'avons pas entendu ce qu'ils lui ont dit. Oncle Mohammad est sorti rejoindre M. Shafaghi sur la terrasse. Tante Maryam a descendu l'escalier et nous nous sommes rassemblés autour d'elle. Elle a essuyé ses larmes. « J'ai tant prié pour que nous passions quelques jours de joie et de plaisir ensemble, a-t-elle hoqueté, mais je commence à croire que je ne serai pas exaucée !

– Shafaghi est vieux et il manque parfois de rondeur, mais ton mari est obstiné et il n'est pas commode, lui non plus », a fait remarquer tante Mahnaz.

Tante Maryam lui a jeté un regard amer. Somayeh et Meysam attendaient avec impatience de savoir ce qu'ils allaient faire. Mère les a pris à part. « Ne vous en faites pas, leur a-t-elle dit. Il arrive aux adultes de se disputer, eux aussi. Ça va s'arranger. Il faut que ça s'arrange. Après tout, nous sommes tous de la même famille. »

Oncle Mohammad est rentré, l'air satisfait, flanqué de M. Shafaghi. Il nous a adressé un petit signe de tête et sans dire un mot, ils sont montés à l'étage tous les deux. Nous les avons suivis des yeux jusqu'à ce que la porte de la chambre de M. Hamidi se referme sur eux.

« Prenez vos affaires, a dit Mère aux enfants avec optimisme, et allons-y. Ils nous rejoindront. »

Une trêve avait apparemment été conclue, je ne sais trop comment. Quelques minutes plus tard, nous étions tous en route. Les enfants de tante Maryam ont rejoint les autres petits. Somayeh et Sara se sont embrassées et se sont prises par la main. Elles sautillaient et gambadaient devant nous. Danial a passé le bras autour du cou de Meysam. Nick a couru vers eux et les a poussés pour se glisser entre eux. Puis Ardeshir s'est approché d'eux et leur a dit quelque chose qui les a fait rire. Ils se sont lancés à sa poursuite. Siroos s'est tourné vers nous : « Regardez-les ! Hier encore, ils ne pouvaient pas se voir en peinture et aujourd'hui, ils sont tous copains !

– Les enfants ne sont pas rancuniers, a observé Mère pensivement. Ils font facilement la paix. Et ils savent trouver un langage commun. Que Dieu nous protège, nous, les adultes ! »

Les enfants se serraient les uns contre les autres, alors que les adultes étaient dispersés, abîmés dans leurs pensées. Tante Maryam et tante Mahnaz marchaient à côté de leurs maris respectifs. Je me suis demandé si elles avaient choisi leur camp ou cherchaient simplement à éviter une nouvelle dispute.

Les enfants ont beaucoup chahuté quand nous sommes montés à bord du bateau. Nous avons tous trouvé des places assises. Mes oncles se sont installés sur le pont autour d'une table et se sont engagés dans une discussion visiblement peu cordiale. Afsaneh leur tournait le dos, à l'écart de tous, feignant de contempler la mer. Mais toute son attention était clairement concentrée sur la conversation qui se déroulait derrière elle. Allongées sur des transats, Mère et moi regardions les reflets du soleil sur les vagues. Le temps était très agréable, mais je m'ennuyais un peu. Et puis, j'étais lasse d'écrire. Je me suis demandée où étaient passés les plus jeunes, qui semblaient toujours s'amuser beaucoup.

« Au moins, mes fils se parlent encore, a murmuré Mère. De quoi penses-tu qu'ils discutent aussi sérieusement ?

– Ils doivent parler du départ de Siroos.

– Pourquoi tout le monde est-il aussi impatient de quitter l'Iran ? Que trouve-t-on à l'autre bout du monde que nous n'avons pas chez nous ?

– Je n'en sais rien ! »

Une ombre soudaine m'a fait lever la tête. Tante Mahnaz et M. Shafaghi étaient debout à côté de nous. Comme ils étaient à contre-jour, je ne distinguais pas bien leurs visages. Tante Mahnaz s'est assise près de Mère.

« Comment te sens-tu ? Tu n'as pas le mal de mer, au moins ? Veux-tu quelque chose à boire ? J'aimerais tant que tu passes de bons moments et que tu en gardes d'agréables souvenirs, alors je t'en prie, dis-moi si tu as besoin de quelque chose. »

M. Shafaghi a tiré une chaise et s'est assis. Il a bourré sa pipe méticuleusement, l'a allumée en s'y reprenant à plusieurs fois et a inhalé quelques profondes bouffées. Tandis que l'odeur du tabac emplissait l'air, il s'est calé contre son dossier, s'est tourné vers moi et, un sourire amical aux lèvres, m'a demandé : « Et toi, qu'est-ce que tu deviens ? Tu as fini tes études ?

– Oui.

– Qu'est-ce que tu as étudié ?

– Les sciences humaines.

– Formidable ! Comme moi ! Sais-tu que j'ai été professeur de sociologie ? Si tu savais les cours passionnants que j'ai suivis… » Il ne lui a fallu que quelques instants pour se transformer en professeur et entreprendre de m'exposer et de comparer différentes théories, comme si j'étais moi-même une étudiante, pleine d'admiration pour l'étendue de son savoir. On aurait cru qu'il avait oublié où il se trouvait et s'imaginait dans un amphi, devant ses élèves. Il avait rajeuni d'un coup ! Au bout d'un moment, il s'est repris, s'est interrompu, a baissé les yeux avant d'ajouter d'une voix douce : « Excuse-moi ! Tu as qui comme profs maintenant ? »

Je lui ai donné le nom de quelques-uns de nos meilleurs enseignants, mais il a secoué la tête, déçu : « Non, je n'en connais aucun. » Sa voix a tremblé : « Je commence à avoir l'impression de ne plus rien savoir de l'Iran. » Il avait soudain l'air très vieux. « Tu es toujours tellement réservée, Dokhi. Allons, tu as sûrement quelque chose d'intéressant à me raconter.

– Que voulez-vous que je vous raconte ? Je n'ai rien à dire. Je n'aime pas parler politique.

– Personne ne t'oblige à parler politique. Toi qui vis dans ce beau pays, parle-moi un peu de lui. Y a-t-il encore des enfants qui jouent dans la rue ? Entends-tu encore la voix des marchands ambulants les après-midi d'été ? Les gens chantent-ils encore dans les ruelles ? Vont-ils toujours prendre une glace le soir, sur la place Tajrish ? Le glacier Akbar Mashti existe-t-il toujours ? Le soleil se lève-t-il derrière le mont Damavand ? J'avais l'habitude d'ouvrir ma fenêtre tôt le matin pour voir le soleil surgir derrière cette belle montagne. Ma maison me manque tellement ! Je serais prêt à donner le restant de ma vie simplement pour pouvoir y passer quelques jours. »

Il a tourné vers la mer ses yeux rougis, baignés de larmes, et s'est tu.

J'avais le cœur gros. J'aurais voulu le consoler. Il lui a fallu un long moment pour maîtriser son émotion.

« Pardon de t'avoir ennuyée avec tout ça, a-t-il enfin murmuré.

– Non, vous ne m'avez pas ennuyée. Mais vos souvenirs vous ont affligé. Je suis vraiment désolée. Je suis désolée pour moi parce que je n'ai pas pu avoir un professeur tel que vous. Et je suis désolée pour vous, parce que d'aussi petits détails sont devenus un rêve inaccessible pour vous.

– Que veux-tu que je te dise ? C'est notre destin. J'ai passé la moitié de ma vie à souffrir du mal du pays.

– Bien que je n'aie pas fait cette expérience, je comprends ce que vous éprouvez. C'est sûrement très douloureux. »

Il m'a dévisagée plus attentivement.

« Comprends-tu vraiment ce que je ressens ?

– Sans doute pas exactement. Mais j'imagine que si j'étais à votre place, j'en souffrirais beaucoup, moi aussi.

– Tu es une jeune fille intelligente. Si seulement j'avais une bru aussi intelligente que toi ! »

Mère venait de finir de parler avec tante Mahnaz et elle avait surpris la fin de notre conversation. « Aucune fille n'arrive à la cheville de ma Dokhi ! »

Notre bateau s'est approché d'une île paradisiaque. Le temps était superbe et le paysage magnifique, mais on aurait dit que personne ne faisait attention à ce qui nous entourait. Tous semblaient plongés dans leurs pensées. Leurs mines renfrognées et la distance qui les séparait s'étaient accentuées. Nous avons déjeuné en silence. Mes oncles eux-mêmes ne s'adressaient plus la parole. Plus personne ne savait quoi dire. Pendant tout le trajet de retour, oncle Mohsen et Afsaneh se sont parlé tout bas. Oncle Mohammad a enfin eu l'occasion de s'asseoir à côté de Mère. Elle lui a demandé : « De quoi avez-vous discuté aussi longtemps, vous, les garçons ?

– Rien de spécial. Mohsen a parlé de ses enfants. »

J'ai profité de sa présence pour m'éloigner un peu. J'ai fait le tour du bateau, explorant tous ses recoins, avant de regagner le pont, où je me suis accoudée au bastingage pour contempler les vagues. Une voix s'est élevée près de moi : « Pourquoi est-ce qu'ils sont tous fâchés ? »

Je me suis retournée, surprise. Michael était près de moi, les yeux rivés sur l'horizon. Il était toujours si discret que j'avais oublié jusqu'à son existence ! « Tu parles farsi ? ai-je demandé, surprise.

– Un tout petit peu.

– Oncle Mohammad nous a dit que tu ne le parlais pas.

– Nous avons cessé de parler farsi à la mort de maman. Je ne sais pas pourquoi il a imaginé que j'avais tout oublié.

– Ce qui n'est pas le cas, visiblement.

– En effet ! Maman et moi savions plus de farsi que papa ne le croyait. Nous étudiions ensemble quand il n'était pas là. Et plus tard, j'ai suivi des cours de farsi à la fac.

– Pourquoi est-ce que tu ne l'as pas dit à ton père ? Il serait sûrement très content !

– Je ne sais pas. Il y a une distance entre nous depuis la mort de maman. Je serais gêné de lui parler farsi à cause de toutes les fautes quc je fais.

– Mais non, tu parles très bien. Tes phrases sont parfaitement correctes ; elles sont juste un peu cérémonieuses, mais du coup, on te comprend encore mieux. Quant à l'accent, tout le monde en a un. Tu as entendu Nader ?

– Merci. Tu me donnes de la force… de la force… » Il s'est frappé la poitrine du poing plusieurs fois.

« Tu veux dire du courage ?

– Oui. C'est ça.

– Je suis si contente que tu parles notre langue ! Je me suis torturé l'esprit pour essayer de retrouver le peu d'anglais que je sais afin de pouvoir échanger quelques mots avec toi. C'est tellement plus facile comme ça !

– Alors, dis-moi, pourquoi est-ce que tout le monde est d'aussi mauvaise humeur ?

– C'était à prévoir après les discussions politiques d'hier soir.

– Mais pourquoi ? s'est étonné Michael.

– Parce que les divergences d'opinions sont trop grandes. Leurs débats sont sans issue. Chacun est convaincu d'avoir raison. La propagande leur a fait subir un vrai lavage de cerveau pendant des années. Nous ne pouvons plus nous faire confiance réciproquement.

– Dans le monde entier, les gens ont des opinions différentes, mais ce n'est pas une raison pour se mettre dans un état pareil.

– Les Iraniens sont peut-être plus fanatiques. Je ne sais pas comment ça se passe ailleurs, mais nous avons tendance à laisser la politique envahir notre vie privée.

– On fait de la politique partout. Mais ailleurs, ces débats opposent généralement différents partis, ou des universitaires, des spécialistes. Alors qu'en Iran, tout le monde fait de la politique. Il m'arrive de regarder la télé iranienne. Tous les gens qui parlent ont l'air de se prendre pour des politologues avertis.

– Et encore, ce n'est rien ! Tu devrais venir à Téhéran ! Tu constaterais que presque tout le monde se pique de politique, depuis les chauffeurs de taxi jusqu'aux marchands de légumes, des profs de fac aux mères de famille !

– C'est bizarre. Alors tout le monde parle à tort et à travers ?

– Je n'irais pas jusque-là, ai-je nuancé. Dans l'ensemble, les gens savent beaucoup de choses sur la politique. Le problème est que chacun voit midi à sa porte. Personne n'est prêt à admettre qu'il se trompe peut-être ou qu'il peut arriver à l'autre camp d'avoir raison. Tout le monde est convaincu que son opinion est la seule valable et, si quelqu'un d'autre dit quoi que ce soit qui ne va pas dans le même sens, d'excellents amis peuvent se transformer en ennemis jurés. Il paraît que pendant les premières années de la Révolution, de nombreuses familles se sont déchirées à cause de différends politiques. »

Il faisait déjà nuit quand nous avons regagné la villa. Tout le monde avait l'air fatigué et personne n'avait envie de traîner en bas. Nous avons rejoint nos chambres et sommes allés nous coucher plus tôt que d'habitude.

LE SEPTIÈME JOUR

Les discussions des derniers jours m'ont poursuivie jusque dans mes rêves. La lumière du jour m'a enfin délivrée et j'ai sauté du lit pour essayer d'échapper à mes pensées stériles. Je me suis préparée rapidement et suis descendue au rez-de-chaussée. Tante Mahnaz était en train de préparer le petit déjeuner. Je l'ai aidée à mettre la table. Mère nous a rejointes, non sans difficulté.

« Qu'est-ce qu'elle a ? m'a demandé tante Mahnaz tout bas.

– Je crois qu'elle a mal au dos, ai-je répondu. Elle a trop marché hier et toutes ces tensions n'arrangent rien. Nous n'avons rien prévu de spécial pour aujourd'hui, ai-je poursuivi tout haut. Mère, que dirais-tu d'aller faire un tour en ville ? Tu ne voulais pas acheter des souvenirs pour Shamsi et d'autres amies ? »

Ils sont sortis de leurs chambres l'un après l'autre, ont grignoté à la table du petit déjeuner et sont repartis chacun de son côté. Nous leur avons annoncé que nous avions l'intention de faire un saut en ville pour faire quelques courses. Personne n'a soulevé d'objection, mais ce projet n'a pas suscité grand enthousiasme non plus. Ils avaient l'air d'y voir une corvée inévitable. Les enfants ont avalé leur petit déjeuner en vitesse et sont sortis. Nous nous sommes préparés à partir presque sans rien dire et avons attendu les autres à la porte. Tante Maryam et M. Hamidi ont été les derniers à descendre. Quand ils sont apparus, un lourd silence s'est fait. Nous avons tous regardé tante Maryam, interloqués. Une brise légère faisait voler son tchador[1] derrière elle, comme une cape.

« Tu as l'intention de sortir comme ça ? a lancé tante Mahnaz. Nous avons supporté ton foulard, mais cette fois, tu pousses un peu loin ! »

M. Hamidi s'est empourpré. Il a attrapé tante Maryam par le bras en disant : « Ne vous en faites pas, nous ne vous encombrerons pas.

– Inutile de vous fâcher ! C'est pour elle que je dis ça. Elle se couvre la tête même dans la maison, devant ses frères et sœurs ! Elle ne quitte pas son foulard malgré la chaleur. Et elle se donnera en spectacle si elle sort comme ça. Les gens vont la regarder bizarrement. Je vous en prie, permettez-lui de sortir avec un simple foulard, comme hier.

– Je n'y suis pour rien. C'est à elle de voir. Ce n'est pas moi qui l'oblige à porter un tchador !

– Vraiment ? C'était une femme rationnelle avant de vous épouser ! C'est vous qui l'avez transformée en fanatique ! Je me demande encore si c'est à cause de votre situation professionnelle ou de vos convictions religieuses personnelles. »

Tante Maryam a volé au secours de son mari.

« Tu te trompes. J'ai pris cette décision en toute liberté.

– Mais bien sûr ! Tu ne me feras pas croire qu'une fille instruite comme toi puisse se convaincre du jour

1. Pièce de vêtement couvrant les femmes de la tête aux pieds, un peu comme la burqa mais laissant le visage découvert.

au lendemain que ses cheveux constituent une menace pour l'islam !

– Qui te dit que c'est un choix soudain ? J'ai étudié la question, j'ai fait des recherches et je me suis décidée pour cette forme de hidjab. J'y ai longuement réfléchi. Je me sens plus en sécurité comme ça.

– Je ne te crois pas. Tu as perdu la tête. Tu te couvres même devant tes frères et tes neveux. Je n'ai rien voulu dire pendant plusieurs jours, mais je suis sûre que tu as toi-même du mal à supporter le foulard par cette chaleur. Pourquoi le portes-tu à l'intérieur ? Pourquoi éprouves-tu le besoin d'être en sécurité ? Nous faisons tous partie de la même famille !

– Ton mari n'est pas de ma famille.

– Quoi ? Tu te couvres à cause de Shafaghi ? Ne t'en fais pas. Il ne te jettera même pas un regard.

– Je sais, mais j'ai mes convictions. Ça n'a rien à voir avec vous. Tu peux t'habiller comme tu veux, je ne t'en empêche pas.

– Allons-y, Maryam, est intervenu M. Hamidi. J'ai des choses à faire.

– Vous avez vu comment sont ces gens ? s'est écrié M. Shafaghi. Voilà pourquoi notre pays n'avance pas ! »

La colère faisait saillir les veines du front de M. Hamidi. Approchant son visage tout près de celui de M. Shafaghi, il a sifflé entre ses dents : « Si je laisse ma femme exhiber ses cheveux, est-ce que notre pays s'en trouvera mieux ? Est-ce que votre femme se promène à moitié nue pour le bien de la France, ou pour celui de l'Iran ? »

Oncle Mehdi a fini par ouvrir la bouche : « La façon dont les gens s'habillent ne regarde qu'eux. C'est un choix personnel. »

M. Hamidi et M. Shafaghi ont continué à se quereller violemment, mais leurs propos se sont perdus dans le brouhaha général.

« Voilà que vous recommencez ! a hurlé Mère. Ça suffit maintenant ! »

Oncle Mohammad s'est rué sur M. Shafaghi, il lui a pris la main et l'a entraîné à l'écart tandis que M. Hamidi s'éloignait dans l'autre sens. Tante Maryam a hélé ses enfants tout en suivant son mari. Meysam lui a répondu : « On n'a pas envie de vous accompagner. Nous, on va au parc avec Michael. »

Michael et oncle Medhi avaient réussi à échapper à notre expédition en ville en proposant d'emmener les enfants au parc. Nous avons fini par partir, et tout le monde s'est séparé dès que nous sommes arrivés en ville. Oncle Mohsen et Afsaneh, qui n'étaient pas en forme depuis le réveil, nous ont quittés à l'entrée d'un grand centre commercial, tandis que tante Mahnaz et M. Shafaghi s'asseyaient à la terrasse d'un café et commandaient à boire. Tous les jeunes s'étaient éclipsés. Sans doute préféraient-ils laisser les adultes à leurs vaines discussions et aller faire un tour ailleurs. Je me suis demandé pourquoi ils ne me proposaient jamais de me joindre à eux. C'était comme s'ils trouvaient normal, eux aussi, que je passe tout mon temps avec Mère.

Nous avons fait un peu de lèche-vitrines, toutes les deux. Je savais que Mère voulait rapporter des souvenirs à ses amies, mais elle n'était pas d'humeur à faire du shopping. J'essayais d'attirer son attention sur les jolis articles exposés en devanture. Chaque fois que je lui montrais quelque chose, elle hochait la tête mais ne manifestait aucune envie d'entrer dans une boutique. Elle a fini par m'avouer ce qui n'allait pas : « J'ai mal aux jambes. Il faut que je m'asseye. » Elle a posé les yeux sur les rangées de chaises disposées devant un café. Un jeune Turc est sorti précipitamment et a dit une phrase en turc. Je lui ai répondu en anglais, pendant que nous prenions place à une table : « Du thé, s'il vous plaît. »

Mère a soupiré : « Pourquoi est-ce que ce séjour se passe aussi mal ? Tout le monde a l'air fâché maintenant. »

Je ne savais pas comment la rassurer. Regardant autour de moi, j'ai aperçu oncle Mohammad. Je me suis levée et j'ai agité les bras pour lui faire signe. Dès qu'il m'a vue, il s'est dirigé vers nous. Il s'est assis à côté de Mère, qui s'est tournée vers moi : « Ma puce, si tu as des achats à faire, vas-y. Je t'attendrai ici. Sois gentille, prends des chemisiers pour mes amies de Téhéran, s'il te plaît. »

Je me suis levée et suis entrée dans le grand magasin le plus proche. Je me suis promenée un moment aux différents étages et j'ai acheté des babioles. Mais j'étais nerveuse, oppressée. Je n'arrivais pas à me concentrer. Je suis tombée sur Afsaneh au rayon de la confection féminine. « Tu es là, toi aussi ? Qu'est-ce que tu as acheté ?

– Rien, m'a-t-elle répondu. Il faut être de bonne humeur pour faire du shopping, et je ne le suis pas.

– Pourquoi ? Qu'est-ce qui ne va pas ? Les maris de tante Maryam et de tante Mahnaz se sont disputés, mais ça n'a rien à voir avec toi !

– Tu sais ce que Mohammad a dit à Mohsen ?

– Non. Quoi donc ?

– Ce pauvre Mohsen a ravalé son orgueil et, parce que j'avais insisté, il a demandé à son frère de faire quelque chose pour que Siroos puisse aller aux États-Unis. Mohammad lui a répondu brutalement que quelqu'un qui n'a pas été capable de décrocher un emploi en

Iran ne s'en sortira pas mieux aux États-Unis. Tu peux imaginer dans quel état est Mohsen. Il est tellement vexé que s'il n'y avait pas Mère, nous ne resterions pas une minute de plus. »

Je suis restée bouche bée. J'ai failli lui dire que Mohsen avait dû mal comprendre, parce que oncle Mohammad m'avait poussée à mettre tous mes papiers en ordre et à partir aux États-Unis avec lui. Mais j'ai préféré tenir ma langue. Pourquoi oncle Mohammad refusait-il d'aider son neveu ? Était-ce à cause de sa rivalité de toujours avec Mohsen ?

Je n'avais plus envie de faire les magasins. Je suis sortie pour regagner le café où j'avais laissé Mère et oncle Mohammad. Tante Mahnaz et M. Shafaghi les avaient rejoints et ils étaient plongés dans une grande discussion. Oncle Mohammad me tournait le dos : « Ça ne peut pas continuer comme ça, disait-il. Il va bien falloir que vous lui disiez la vérité un jour. Ça la rend malade. » Mère m'a aperçue et l'a fait taire. Ils se sont tous tournés vers moi et tante Mahnaz s'est adressée à moi avec un sourire hypocrite : « Tu es déjà là ? Tu as fini tes courses ?

– Je n'avais pas grand-chose à acheter.

– Vraiment ? Les Iraniens adorent pourtant faire du shopping. Le premier endroit qu'ils cherchent quand ils arrivent quelque part, c'est le centre commercial. Regarde-nous. Personne n'est allé voir les curiosités touristiques, personne n'a mis les pieds au musée. En revanche, dès que nous avons parlé de faire les boutiques, ils se sont aussitôt mis sur le pied de guerre ! Les Iraniens ont toujours un excédent de bagages !

– C'est comme ça qu'on peut les repérer dans tous les aéroports du monde, a renchéri M. Shafaghi. Et vous les verrez chercher systématiquement à négocier avec les employés du comptoir des bagages ! »

Il ne mentait pas. Nous étions les premiers à nous critiquer et à nous moquer de nous-mêmes, mais je ne sais pas pourquoi, dans la bouche de ceux qui étaient partis, ces observations nous paraissaient aussi méprisantes et exaspérantes. Mère commençait à s'impatienter : « Vous ne voulez pas rentrer ?

– Ça ne va pas ? s'est inquiété oncle Mohammad. Tu es fatiguée ?

– Oui. J'ai mal aux jambes. Et puis j'ai des palpitations. J'ai oublié d'emporter mes comprimés. »

J'ai failli lui rappeler qu'ils étaient dans son sac, mais son regard m'a dissuadée de la priver de cette excuse.

*

Les membres éparpillés de notre groupe ont peu à peu regagné la villa. Certains avaient déjà déjeuné, d'autres sont allés se servir dans le réfrigérateur. Mère s'est allongée sur le canapé de l'entrée, mais sa présence elle-même n'a pas suffi à convaincre mes oncles et mes tantes de rester ensemble. Michael et oncle Mehdi sont arrivés avec les enfants. Ils ne nous ont pas raconté ce qu'ils avaient fait au parc, mais les petits étaient si fatigués qu'ils ne tenaient plus debout. Leurs parents les ont fait monter et les ont couchés. Je suis sortie sur la terrasse et me suis appuyée à un treillage. Les arbres projetaient des ombres étranges sous le soleil qui déclinait déjà. Michael m'a rejointe.

« J'ai l'impression que c'est encore pire que ce matin, non ? a-t-il remarqué. Tu ne trouves pas ?

– Si. La situation paraît s'envenimer de minute en minute. Pour le moment, c'est un peu comme le calme avant la tempête.

– Je n'arrive plus à nous considérer comme une grande famille. Tout ce que je vois, c'est un groupe d'étrangers tous brouillés les uns avec les autres.

– Tout le monde était tellement enthousiaste, tellement joyeux ! Et voilà que nous ne nous supportons déjà plus. C'est horrible. Tout le monde compte les jours qui nous séparent du départ.

– Qu'est-ce qui s'est passé, selon toi ?

– C'est la conséquence de trente années d'absence. Nos idées, notre vécu et jusqu'à notre façon de parler ne sont plus les mêmes. Nous n'avons pas d'amis communs, pas d'avenir commun, pas de projets communs dont nous pourrions discuter. Combien de temps peut-on passer à évoquer des souvenirs d'enfance ? Nous les avons tous ressassés une bonne dizaine de fois au moins. Nous n'avons plus rien à nous dire.

– J'espérais tellement que ce voyage m'aiderait à mieux me connaître, a soupiré Michael. Mais ils me paraissent encore plus perdus et désorientés que moi.

– Pourquoi dis-tu que tu es perdu ? Tu as tout, toi !

– Ça dépend de ce que tu entends par "tout". Si tu veux parler d'argent, oui, c'est vrai, je n'en ai jamais manqué. Mais je n'ai pas eu de famille, pas de vraies relations, pas de liens. Je sortais avec mes copains de classe, mes collègues de travail ou des connaissances, mais au fond de moi, je me suis toujours senti seul. Je me suis toujours senti différent des enfants de mon âge, j'avais du mal à communiquer avec eux. Et je n'avais ni famille élargie ni pays auxquels m'identifier.

– Pourquoi ne t'es-tu pas plus intéressé à ton côté iranien ? Ça te gênait ?

– Non, pas du tout, mais j'avais du mal à y trouver mon identité. Je me sentais privé de racines. Quand j'étais petit, nous avions l'intention de rentrer en Iran.

Ma mère aimait si profondément mon père que, par moments, elle était encore plus iranienne que lui. Et, la première fois qu'elle est venue en Iran, elle a reçu un accueil tellement chaleureux que ça l'a marquée à jamais. Ils l'ont invitée à un tas de fêtes, de spectacles, tout ça. Elle trouvait que les Iraniens étaient les gens les plus sympas du monde, ceux qui savaient le mieux s'amuser. Elle était sûre que la vie en Iran serait super, et elle était impatiente de partir. Elle parlait tout le temps de ce qu'on ferait là-bas. Ils m'ont appris à être fier d'être iranien à l'école. À la maison, maman et moi apprenions le farsi pour faire la surprise à papa. Nous apprenions même des poèmes par cœur. Maman disait que, quand nous irions en Iran, nous parlerions si bien que personne ne remarquerait que nous étions étrangers. C'était notre secret. Mais tout a changé quand elle est tombée malade. Mon père a déprimé et ne s'est plus intéressé qu'à elle. Plus personne ne faisait attention à moi. J'avais beau être encore très jeune, je comprenais parfaitement le drame que nous vivions, mais ils ne s'en sont pas rendu compte. Ils ont cru bien faire en m'éloignant et en m'envoyant chez mes grands-parents maternels. J'ai tout perdu d'un coup, mon père, ma mère, ma maison, et jusqu'à mon identité iranienne. Plus de leçons de farsi. La télé montrait des choses terribles sur l'Iran, et je n'étais plus fier d'être iranien. Ma grand-mère me disait : "Tu n'as pas à t'en faire, tu es américain. Ne dis à personne que ton père est iranien." Mon père est venu me chercher au bout d'un an. Je suis rentré à la maison, mais maman n'y était plus. Tout avait changé. J'ai demandé à papa si je devais dire à l'école que j'étais iranien. Il m'a répondu que ça n'avait pas d'importance. Il m'a conseillé de ne pas en parler si les autres enfants m'embêtaient. Alors je me suis tu. Et nous n'avons plus jamais parlé farsi ensemble. Mais, tout au fond de moi, j'étais perdu. Plus tard, j'ai repris quelques cours de farsi. J'ai rapidement fait des progrès, grâce à ce que j'avais déjà appris. Je me suis souvenu de tout, ou peut-être ne l'avais-je jamais oublié parce que, pendant toutes ces années, en esprit, j'avais toujours parlé farsi avec ma mère. Tu comprends ? Ce n'est pas pour mon père iranien que j'ai pris des cours de farsi, mais à la mémoire de ma mère américaine. J'ai l'impression que tout est à l'envers en moi. »

La voix de Mère nous a fait sursauter.

« Où êtes-vous tous ? Venez par ici, je voudrais vous parler. »

Nous sommes rentrés. Nous étions tous là, silencieux et moroses, disposés autour de Mère comme s'il s'agissait d'une déclaration d'allégeance militaire. Les deux forces belligérantes avaient pris position l'une en face de l'autre. Tante Maryam et M. Hamidi étaient assis sur un canapé, serrés l'un contre l'autre, bien plus proches que je ne les avais jamais vus, parce que habituellement, une telle proximité leur paraissait indécente. Ils se conduisaient parfois de façon si cérémonieuse que je me demandais s'il leur arrivait de se toucher et que je m'étonnais qu'ils aient eu deux enfants. Apparemment, l'hostilité ambiante les avait rapprochés.

M. Shafaghi était assis dans un fauteuil inconfortable et tante Mahnaz était par terre devant lui, les bras appuyés sur les genoux de son mari.

Le visage fermé, oncle Mohsen et Afsaneh avaient pris place aux deux extrémités d'un autre canapé, dans un angle de la pièce. Siroos, aussi renfrogné que ses parents, faisait les cent pas entre eux comme une sentinelle. J'entendais Sanaz et Nader rire dans le jardin. Michael et moi sommes restés immobiles un moment à observer les deux camps. Nous ne savions pas où aller. Nous diriger vers un des groupes aurait pu donner l'impression d'un ralliement à sa cause. Cherchant à alléger l'atmosphère, j'ai ri avant de lancer : « Bonne nouvelle ! »

Ils m'ont tous regardée sans intérêt, sans curiosité. Je me sentais comme un enfant qui a envie de chanter un petit air mais ne trouve pas de public. Je ne savais pas comment continuer mais, heureusement, Mère est venue à ma rescousse : « Quoi donc, ma puce ? »

Je me suis avancée vers elle et j'ai cherché à mettre de la chaleur dans ma voix : « Michael parle farsi ! Et très bien, même. Il connaît des mots drôlement compliqués. »

Ils se sont tous tournés vers lui.

« Vraiment ?! » s'est étonné oncle Mohammad.

Michael a répondu d'un air inquiet : « Oui, c'est vrai. J'ai appris le farsi quand j'étais petit. C'est même toi qui me l'as appris, tu ne t'en souviens plus ?

– Tu n'avais que six ans à l'époque. Je savais que tu comprenais quelques mots, mais je n'aurais jamais imaginé que tu savais encore le parler.

– Je n'ai rien oublié, tu sais. C'est toi qui m'as oublié. »

Les yeux d'oncle Mohammad se sont emplis de larmes. Il s'est levé et s'est approché de Michael, les bras grands ouverts. Le père et le fils se sont étreints comme s'ils se retrouvaient pour la première fois, après de longues années. Cette fois, mon rire a été sincère et j'ai dit : « Tu vois, tu es arrivé à lui faire la surprise !

– Exactement comme maman l'aurait voulu », a répondu Michael, les yeux brillants.

Mère a pris appui sur le dossier du canapé et s'est hissée sur ses pieds. Elle a pris Michael d'un bras et de l'autre, a serré oncle Mohammad contre elle. Mes tantes se sont levées, elles aussi, elles se sont étreintes et embrassées. Je me suis réfugiée à la cuisine pour préparer du thé. Le calme est revenu et tous ont regagné leurs places. Je tenais à poursuivre cette petite comédie : « Et ce n'est pas tout. Il connaît même la poésie persane. Il sait tout Hafez[1] par cœur.

– Ce n'est pas vrai ! » a protesté Michael.

Je lui ai adressé un clin d'œil. « Mais si, croyez-moi. Allons, vas-y, Michael, récites-en un.

– Je n'en sais aucun ! » Il s'est levé et a fait mine de s'enfuir. Tout le monde a ri.

J'ai pris une profonde inspiration. « Ah ! Je suis enfin arrivée à vous dérider ! » J'ai posé le plateau sur la table. « Je vous en prie. Sortez de vos tranchées et venez prendre le thé. »

Oncle Mohammad s'est dirigé vers moi avec un grand sourire. Son regard était amical, reconnaissant. « Petite coquine ! Comment es-tu arrivée à le faire parler farsi ? »

Comme il tendait le bras pour prendre une tasse, il s'est trouvé en face d'oncle Mohsen. Ils se sont dévisagés avec une certaine aigreur, puis ont baissé les yeux en faisant mine de ne pas se voir. Mais cet échange n'avait pas échappé au regard acéré de Mère.

« Qu'est-ce que vous avez, tous les deux ? Pourquoi est-ce que vous vous regardez comme deux matous en rut ?

– Que puis-je dire ? a lancé oncle Mohsen, sarcastique.

– Allons, vas-y, explique-lui pourquoi tu m'en veux. »

1. Poète iranien du XIVe siècle, dont les poèmes mystiques sont considérés comme le sommet de la littérature persane.

Oncle Mohsen a haussé les épaules et chuchoté quelque chose à l'oreille de sa femme. Oncle Mohammad a poursuivi : « Il m'a demandé d'emmener Siroos avec moi à mon retour aux États-Unis et je lui ai dit qu'il n'y resterait pas longtemps. Il n'est pas facile de trouver du travail aux États-Unis. Quelqu'un qui n'y est pas arrivé en Iran n'y arrivera pas là-bas non plus. Et maintenant, Mohsen est fâché. Je ne sais pas ce qu'il attend de moi. Que dois-je faire ? »

Afsaneh lui a adressé un sourire glacial : « Ne t'en fais pas, nous n'attendons rien de toi. Toutes ces années, nous avons assumé à ta place tes devoirs de fils aîné à l'égard de ta famille, et tu ne nous en as jamais su gré. Nous continuerons pourtant à le faire. »

Les paroles de sa femme semblèrent stimuler oncle Mohsen. Il a repris d'une voix plus forte : « Ça fait des années que j'ai appris à ne rien attendre de mon grand frère. Autant sur le plan matériel qu'affectif. Toutes les charges, toute la responsabilité de la vie de nos parents vieillissants, j'ai tout assumé sans rien demander à mon frère aîné, qui est un riche médecin établi à l'autre bout du monde. Avec mon minable salaire d'employé de bureau, j'ai réussi à envoyer trois enfants à l'école et à l'université. J'ai exercé plusieurs emplois en même temps, tandis que mon frère aîné dépense l'équivalent de mon salaire mensuel en bonbons pour son petit-fils. Il pourrait transformer ma vie avec la monnaie qui traîne au fond de ses poches. Mais je suis obligé de faire appel à des étrangers et d'emprunter, simplement pour arriver à joindre les deux bouts. » Il s'est tourné vers Mère. « Je ne vous pardonnerai jamais, à papa et à toi, de ne pas m'avoir envoyé à l'étranger comme lui. Mon unique défaut était d'être un enfant studieux. Vous avez pris ce qui aurait dû me revenir et vous le lui avez envoyé, vous avez fait de lui un homme riche et prospère, en nous condamnant à rester dans cet enfer. Et voilà qu'en plus, nous devons supporter l'arrogance de ces gens-là. Nous devons les écouter nous reprocher de ne pas parler anglais couramment et de ne pas être au fait des dernières nouveautés, des évolutions culturelles les plus récentes. Eh quoi ? Tu as passé trente ans là-bas, Mohammad ! Il m'aurait suffi d'y vivre deux ans pour apprendre à parler anglais correctement ! Et nous voilà obligés de les entendre nous traiter d'arriérés, de collaborateurs. Ils vont même jusqu'à s'imaginer que nous leur devons quelque chose ! Ils ont le culot de se plaindre que nous ne leur avons pas envoyé assez d'argent pour s'acheter une maison ? Ils se plaignent d'avoir eu trop peu d'argent de poche, d'avoir eu du mal à s'en sortir quand ils étaient étudiants ! J'aurais été prêt à dormir dans la rue pour avoir leur avenir, leurs possibilités, leur confort ! »

Oncle Mohsen était lancé et toute sa colère accumulée se déversait enfin. Je ne l'avais encore jamais vu se plaindre aussi ouvertement. Il avait toujours assumé ses responsabilités avec calme, bien qu'avec une certaine tristesse, il est vrai. On décelait parfois dans son attitude une étincelle de colère cachée, mais il parvenait toujours à l'étouffer. Et voilà qu'après toutes ces années, il avait entrepris de dire ce qu'il avait sur le cœur, et personne n'avait le courage de l'arrêter. Il ne comprenait pas à quel point ses paroles pouvaient être blessantes pour Mère.

Il a fouillé dans ses poches et en a sorti deux photos. « Là, regardez. Voici mon appartement de cent trente mètres carrés, et là, vous pouvez admirer son immense villa sur deux étages, avec une cour devant, un jardin derrière, où il habite tout seul ! En quoi étions-nous différents, lui et moi ? »

Nous le regardions, bouche bée. Mère a murmuré tout bas : « Mohsen, tais-toi.

– Pourquoi devrais-je me taire ? Comment pourrais-je me taire ? Je l'ai envié toute ma vie. Je suis toujours passé après lui, à la maison comme au travail. J'avais beau me crever le cul, c'était quand même Mohammad que tout le monde adorait. Mère pleurait toutes les larmes de son corps parce qu'il n'était pas là. Elle m'appelait en pleine nuit pour me dire qu'elle s'inquiétait parce qu'il ne répondait pas au téléphone. Croyez-vous qu'elle se soit jamais inquiétée pour moi ? Tous les branleurs qui rataient leurs examens étaient envoyés à l'étranger. Alors que ceux qui bossaient et passaient leurs diplômes comme moi se tapaient ensuite deux ans de service militaire puis, à force de tirer toutes les ficelles possibles, finissaient par trouver du boulot dans une boîte quelconque où ils découvraient que leurs supérieurs étaient ces mêmes glandeurs qui étaient revenus de l'étranger avec un diplôme obtenu Dieu sait où ! Ils truffaient leurs discours de mots anglais, français ou même allemands, et nous rebattaient les oreilles de toutes les expériences qu'ils avaient faites à l'étranger, des locaux, des labos, des machines, comme si c'était eux qui les avaient fabriqués ! J'aurais mieux fait de me la couler douce et de rater mon examen d'entrée à la fac en Iran !

– Parce que tu crois qu'il était facile d'entrer en fac de médecine ? a rétorqué oncle Mohammad. Si j'avais choisi des études plus simples comme toi, j'aurais été accepté en Iran, moi aussi. Tu ne crois pas que j'aurais préféré rester près de ma famille, là où je disposais de tout ? Où on faisait ma lessive et où on me préparait à manger, comme à toi ? Sais-tu au moins ce que c'est d'être loin de chez soi, seul dans une ville étrangère, à passer tout son temps à travailler et à étudier ? Tu n'as pas connu les épreuves de l'exil.

– Ah oui ? Tu veux qu'on fasse l'échange, juste pour voir ? Reste en Iran avec la famille, et moi, j'irai vivre les épreuves de l'exil. »

M. Shafaghi est intervenu, d'une voix calme et respectueuse : « Mohsen, pourquoi êtes-vous resté si vous aviez tellement envie de quitter l'Iran ? Vous auriez pu partir après la Révolution. Vous auriez bien trouvé un point de chute dans ce vaste monde.

– C'est vous qui le dites ! » a lancé Afsaneh.

Mohsen a évacué toute sa rancœur refoulée sur ce pauvre M. Shafaghi.

« Comment aurais-je pu partir ? Qu'étais-je censé faire de mon vieux père et de ma vieille mère ? Mes parents avaient déjà perdu un fils, le deuxième était parti aux États-Unis et le troisième avait été obligé de fuir le pays. Comment aurais-je pu abandonner mes vieux parents isolés, malades et éplorés ? Malheureusement pour moi, j'ai une conscience. J'ai le sens des responsabilités.

– Cesse de tout leur mettre sur le dos, a protesté oncle Mohammad. Ils n'étaient pas vieux à l'époque. Notre père était parfaitement capable de se débrouiller et n'avait pas besoin de nous. Ne leur reproche pas ta propre lâcheté et ta faiblesse.

– Oui ! C'est vrai, j'ai été lâche ! Quand j'ai compris qu'il était temps de partir, il était déjà trop tard. J'étais marié et j'avais deux enfants. Tu aurais voulu que je laisse tout pour repartir de zéro dans une autre région du monde ? Il était trop tard pour moi. Ils ne m'ont pas envoyé à l'étranger à temps, et j'ai laissé passer ma chance. J'ai été sacrifié sur l'autel de ta réussite. »

M. Shafaghi a repris, avec un calme imperturbable : « Cet argument est irrecevable. Savez-vous quel âge j'avais quand je suis parti ? J'avais plus de quarante ans. Il faut savoir prendre des risques dans la vie. Et j'ai emmené ma famille.

– Vous aviez pris vos précautions. Vous aviez déjà fait sortir tout votre argent du pays. Je n'appelle pas ça prendre des risques. Moi, je ne pouvais pas compter sur de l'argent tombé du ciel, et je n'ai volé personne non plus. »

M. Shafaghi a froncé les sourcils. Oncle Mohsen avait mis le doigt sur un point sensible.

« C'était mon argent. J'avais travaillé vingt-cinq ans pour le gagner. Et j'avais touché un héritage. De toute façon, je n'étais pas le seul. Tous ceux qui avaient un peu de biens, un diplôme, un parent à l'étranger, un passeport ou la double nationalité, autrement dit tous ceux qui étaient quelqu'un ont quitté le pays. Voilà pourquoi on parle de "fuite des cerveaux". » Il a poursuivi avec un petit rire nerveux. « Certains disent que les seuls à être restés au pays sont ceux qui n'ont pas de cervelle, ou bien qui ont collaboré avec le régime, ont obtenu un poste par copinage et se sont rempli les poches. »

C'en fut trop pour oncle Mohsen. « Merci pour le compliment ! Si je vous comprends bien, nous sommes donc soixante-dix millions de traîtres débiles ! Seuls les deux millions qui ont dépouillé le pays de ses capitaux, se sont enfuis à l'étranger et continuent là-bas à se plumer les uns les autres méritent le respect !

– Nous avons dépouillé l'Iran de ses capitaux ? C'est vous qui pillez notre pays depuis trente ans. Mais vous avez des poches si profondes que pas un sou ne s'en échappe en direction des masses affamées ! De toute façon, il ne reste rien de nos réserves nationales. Vous n'allez pas tarder à être en faillite.

– Les choses ne se sont pas passées exactement comme ça, est intervenu oncle Mohammad. La moitié de ceux qui sont partis n'avaient rien à perdre. Voilà pourquoi ils ont levé le camp dès qu'ils ont entendu parler d'un endroit au monde où on leur donnerait un peu d'argent et un toit. Maryam, tu te souviens d'Ali Asghar ? Le type qui nous livrait les engrais pour le jardin ? Tu te rappelles le jour où il est venu nous dire au revoir ? Il nous a appris que sa sœur avait demandé l'asile et vivait beaucoup mieux là-bas. Il nous a annoncé qu'il partait la rejoindre. »

Tante Maryam n'avait aucune envie de se laisser entraîner dans la querelle de ses frères, mais elle a jugé bon de chercher à apaiser les esprits. « Je m'en souviens très bien ! Quand papa travaillait au ministère de l'Agriculture, il avait envoyé Ali Asghar suivre une formation. Après ça, chaque fois que nous lui faisions une réflexion, il se dressait sur ses ergots et disait : "Vous ne devriez pas parler sur ce ton à un jardinier aussi instruit que moi !" »

Oncle Mohsen a repris avec un petit rire nerveux. « C'est sans doute ce qu'ils entendent par "fuite des cerveaux" ! Ils ont raison. Où trouverons-nous un cerveau comme celui d'Ali Asghar ? »

M. Hamidi a été incapable de garder le silence plus longtemps. Malgré tante Maryam qui tirait sur son pantalon pour l'empêcher d'intervenir, il a bondi sur ses pieds, a levé les bras au ciel et s'est écrié d'une voix forte : « Vous savez ce qui me rend fou ? Qu'ils nous aient laissés avec une guerre et toute sa misère sur les bras, se soient vautrés dans leurs plaisirs condamnables et en attendent encore davantage de nous ! Croyez-moi, des hommes comme votre Ali Asghar rentreront au pays à la première occasion, nous accuseront d'être des traîtres et des collaborateurs et réclameront les rênes du gouvernement ! »

M. Shafaghi s'est levé avec une étonnante agilité, comme s'il lui était impossible de s'exprimer assis. Agitant l'index, il a cherché à couvrir la voix de M. Hamidi : « Des gens comme Ali Asghar valent cent fois mieux que les collaborateurs et les traîtres qui ont les mains souillées du sang de la jeunesse iranienne !

– Parce que vous avez les mains propres, vous ? Vous vous compromettez avec toutes sortes de factions criminelles et ne reculez devant aucune manœuvre de propagande pour donner à vos patrons un prétexte pour bombarder des Iraniens innocents. Vous êtes prêts à laisser mourir des milliers de vos compatriotes simplement pour pouvoir revenir gouverner notre pays ! »

Oncle Mohsen n'avait jamais approuvé M. Hamidi qu'il trouvait exaspérant, mais cette fois, comme ils étaient dans le même camp, il a renchéri : « Et quand ils ne peuvent pas s'en prendre à ceux qui sont restés au pays, ils se chamaillent entre eux. Dès qu'ils voient quelqu'un qui pourrait faire bouger les choses, ils l'éreintent à la radio et à la télévision. Quiconque manifeste la moindre velléité de résistance est estimé et acclamé à condition qu'il meure. Autrement, il passe pour un traître, lui aussi ! »

En bon coéquipier, M. Hamidi a repris la balle au bond : « Et ça, c'est aussi longtemps qu'ils ne sont pas au pouvoir. Attendez qu'ils reviennent. Ils seront cent fois pires que Staline et Hitler.

– Ne jugez pas tout le monde à votre aune, a hurlé M. Shafaghi. Ce que vous avez fait jusqu'à présent est pire que tout ce qu'ont pu faire Staline et Hitler ! Prenez la question des droits de l'homme. Nous nous battons simplement pour que notre peuple jouisse du minimum de droits et de liberté. Contrairement à vous, nous n'avons jamais arrêté ni torturé personne sans procès ni condamnation, même des traîtres notoires ! Alors que vous, vous n'hésitez pas à envoyer des enfants impubères à la mort, sans procès, sans tribunal, sans jury ! Si vous aviez la moindre conscience, vous comprendriez que nous nous sacrifions pour votre liberté ! »

M. Hamidi, oncle Mohsen, Afsaneh et Siroos ont éclaté d'un rire sarcastique. « M. Shafaghi, s'est écrié oncle Mohsen, vous êtes vraiment impayable. Ce serait dommage de vous sacrifier. »

Tante Mahnaz était si furieuse qu'elle s'est levée, s'est approchée de son mari et lui a pris le bras pour lui manifester son soutien. On aurait dit une mère cherchant à éviter à son enfant de se faire brutaliser. Son regard sévère a fait taire les rires. Oncle Mohammad s'est porté au secours de sa sœur et a dit d'un ton apaisant : « Vous vous faites une image négative de ceux qui ont quitté l'Iran. Des sondages récents ont montré que les Iraniens font partie des émigrés les plus diplômés, et de ceux qui réussissent le mieux aux États-Unis. Ils ont fait leur chemin dans tous les domaines et… »

M. Hamidi ne l'a même pas laissé finir sa phrase. « Oh ! Quelle chance nous avons que ceux qui sont partis étudier aux États-Unis soient riches et prospères ! Ça nous fait une belle jambe ! Ils peuvent aller se faire foutre ! »

Sa grossièreté n'a pas eu raison de la sérénité d'oncle Mohammad. « Ce que je veux dire, c'est que, s'ils pouvaient faire bénéficier l'Iran de leurs compétences, de leurs atouts et de leurs expériences, l'Iran progresserait certainement. La vie de la population s'améliorerait.

– Quelle mauvaise foi ! s'est écrié M. Hamidi en faisant la grimace. Les vieux ne nous sont d'aucune utilité et la jeune génération, celle qui a grandi aux États-Unis, ne reviendra jamais. Leurs pères ont fui le pays, alors que pouvons-nous attendre d'enfants qui n'ont jamais mis les pieds en Iran ? Ces gens-là se fichent pas mal de notre pays ; tout ce qui les intéresse, c'est leur confort et leur bien-être personnels. Ils ne reviendront que si l'Iran leur promet une vie meilleure, de même qu'ils partiront pour un pays africain ou arabe s'ils sont sûrs de mieux gagner leur vie là-bas. Je n'appelle pas ça se sacrifier pour son pays ! Inutile de leur remettre les clés du pays et de devenir leurs esclaves ! »

Oncle Mohsen avait l'air perdu. Il avait toujours été favorable à un changement de régime et espérait trouver un patriote qui sauverait le pays, tout en souhaitant le retour des Iraniens diplômés. « Je ne sais pas quoi dire. Je critique le régime, mais je ne crois pas non plus en toi, Mohammad, et en tes semblables. Ce que vous dites est quelquefois tellement déconnecté de la réalité que c'en est risible. Je ne supporte pas de vous voir tranquillement assis sur la ligne de touche à nous dire quoi faire, à encourager nos enfants à aller se faire tuer alors que vous êtes en sécurité et vivez dans le confort. Je ne supporte pas que vous vous jugiez supérieurs à nous. En presque trente ans, nous avons appris à nous débrouiller plus ou moins bien avec les cartes que la vie nous a données. Mais vous, vous voulez repartir de zéro et vous cherchez quelqu'un à blâmer. Quand je pense que nous pourrions revivre tout ce qui s'est passé au début de la Révolution, les arrestations, les fusillades, les exécutions, j'en tremble. Non, non. Ce n'est pas ce que nous voulons. »

Tante Mahnaz l'a regardé, étonnée. « Tu es devenu myope et dogmatique. Quand nous as-tu entendus faire ce genre de propositions ? Tu devrais t'abstenir de nous imputer à tous les opinions purement personnelles que certains expriment à la télé. Et puis, qu'aurais-tu à perdre si des gens qui ont fait des études dans les meilleures universités du monde, qui ont grandi dans des cultures civilisées et progressistes, rentraient au pays pour le diriger ? S'ils venaient vous sauver de la faillite qui vous pend au nez ? Il faudra bien que vous consentiez quelques sacrifices pour profiter de cette chance. Tout a un prix, et tant que vous ne l'admettrez pas, vous ne pourrez pas avoir ce que vous voulez. »

Tante Maryam a fini par ajouter son grain de sel, elle aussi : « Ceux qui ont grandi là-bas sont sans doute très bien pour votre culture prétendument progressiste. Mais que savent-ils de notre situation en Iran ?

– Qu'a-t-elle de si différent, votre situation ? Vous voulez une assiette pleine, le confort, la sécurité et la liberté, comme tout le monde. »

M. Hamidi l'a coupée pour lancer aigrement : « Parce que vous croyez vraiment que nous serions heureux de nous remplir la panse de votre nourriture extraordinaire au prix de notre religion et de nos convictions ?! Non merci ! Notre culture religieuse est plus importante pour nous que ce que nous mangeons. »

Afsaneh s'est détournée, écœurée. L'extrémisme de M. Hamidi lui portait sur les nerfs, même s'ils étaient apparemment désormais dans le même camp. « Je vous en prie, parlez pour vous ! »

Oncle Mohsen a serré les dents et a poursuivi sur la même lancée qu'Afsaneh : « Hamidi, cesse de vouloir à tout prix avoir le dernier mot ! Nous sommes pris entre le marteau et l'enclume, il faut bien l'avouer ! »

Tante Mahnaz parlait plus fort que les autres et elle a interrompu oncle Mohsen. « Qu'ont fait au cours des trente dernières années les Iraniens qui prétendent comprendre votre souffrance ? Ils n'ont fait que confisquer tout ce que vous aviez ! Non, Mohsen, si le retour éventuel de ceux qui sont partis vous inquiète tant, c'est parce qu'ils risquent de prendre votre place grâce à leur instruction et à leurs compétences, bien supérieures aux vôtres.

– Sais-tu pourquoi nous ne pouvons pas vous faire confiance ? a demandé oncle Mohsen pensivement.

– Dis-le-moi ! T'avons-nous dépouillé de ton héritage ?

– Vous avez fait pire. Vous nous avez trahis. Vous nous avez abandonnés dans la situation la plus effroyable qu'on puisse imaginer, vous êtes partis. Et maintenant, alors que vous êtes en sécurité, bien tranquilles, vous nous ridiculisez et nous insultez. Non, ma chère sœur, nous ne pouvons plus vous faire confiance. Comment savoir si vous ne repartirez pas à la première désillusion ? Vous n'avez rien à perdre. Alors que nous, nous avons tout à perdre. »

M. Shafaghi a levé les bras au ciel : « Pensez-vous que je n'aurais pas pu changer de couleur comme un caméléon, me faire pousser la barbe et rester dans le système en faisant ma pelote exactement comme eux ? » Il a tendu le doigt vers M. Hamidi qui s'est empourpré et a répliqué : « On ne vous aurait jamais accepté dans ce système ! » Il s'est tourné vers oncle Mohsen et a poursuivi : « Je suis bien content qu'ils soient partis ! Bon débarras ! Chaque fois que je vois leurs stupides émissions à la télé, je rends grâce à Dieu que nous ayons eu la Révolution ! »

Ils parlaient tous en même temps et le ton ne cessait de monter, comme s'ils étaient convaincus que celui qui parlerait le plus fort aurait forcément raison. Leur discussion était devenue presque inintelligible et je ne comprenais que quelques phrases décousues.

« Ils boivent du whisky, sortent en boîte et prétendent nous dire comment nous devrions vivre !

– En réalité, la consommation annuelle d'alcool en Iran est supérieure à celle des pays européens. En plus, votre alcool est bien plus fort que tout ce qu'on peut boire ailleurs, il assommerait un cheval. Et je ne parle pas de l'opium et de toutes les autres drogues qui circulent dans les soirées, en veux-tu en voilà, sept jours sur sept ! Tous les gens qui reviennent d'Iran le disent.

– Vous pouvez parler de toxicomanie ! Tous les jeunes sont déjà accros, ou en passe de l'être, et passent leur temps à fumer du haschich et de l'herbe.

– Il paraît que fumer la chicha est du dernier chic. Comme une centaine d'autres machins dont nous n'avons même jamais entendu parler.

– Parce que, chez vous, les jeunes sont des petits saints ? C'est de là que viennent toutes les drogues !

– Qui pourrait avoir envie de vivre dans un pays qui ne respecte pas les droits de l'homme, où n'importe qui peut se faire arrêter pour un oui ou pour un non, où les prisons sont remplies d'innocents dont le seul crime est de réfléchir et de dire ce qu'ils pensent ?

– Les téléphones sont sur écoute dans votre pays de la liberté ! Votre courrier est surveillé. Vous avez des prisons secrètes et votre Sénat discute ouvertement du recours à la torture. Et ça, c'est un pays où il fait bon vivre ?

– Parce que la torture n'existe pas chez vous ? Vos prisonniers préfèrent encore avouer pour être exécutés tout de suite ! Il leur arrive même de se fracasser volontairement la tête contre un mur pour mourir plus vite !

– L'insécurité est telle que vous ne pouvez même pas organiser une simple réception de mariage à votre domicile.

– Un mariage ? La police vient vous arrêter dès que vous faites une fête avec huit ou dix invités !

– Et vous et votre belle Amérique ? Vous n'osez même pas sortir de chez vous après huit heures du soir !

– Tout le monde peut avoir une arme là-bas et quand les gamins se disputent à l'école, ils sortent leur pistolet et tirent sur leurs camarades et leurs professeurs ! »

J'ai entendu Mère crier et je me suis retournée. Elle était cramoisie et étouffait. Je me suis levée d'un bond en faisant tomber ma chaise et me suis précipitée vers elle. J'ai hurlé : « Taisez-vous tous ! Vous voulez la tuer ou quoi ? »

Un silence pesant s'est abattu sur la pièce et tout le monde s'est tourné vers nous. Quelques secondes plus tard, ils étaient massés autour de Mère et moi. Oncle Mohammad a cherché sa sacoche de médecin et tante Maryam a préparé de l'eau sucrée, comme d'habitude. Tante Mahnaz a apporté un verre d'eau, s'est assise en face de Mère et lui a aspergé le visage. Mère a pris une profonde inspiration. Oncle Mohammad a brandi une seringue vers la lumière et en a vérifié le contenu. Avec l'autorité du médecin, il a ordonné : « Dehors ! Sortez tous ! Dokhi, tu peux rester. Remonte sa manche. »

Ils sont sortis, la tête basse. Mère a rapidement repris ses esprits et sa respiration est redevenue normale.

« Demande à Mehdi et à Mohsen de nous aider à la faire monter à l'étage. Il faut qu'elle se repose », m'a dit oncle Mohammad.

Tous avaient regagné leurs chambres et la maison avait retrouvé son calme. Je me suis brossé les dents et j'ai rejoint Mère. Elle pleurait tout bas dans son lit. Je me suis agenouillée à côté d'elle : « Mère chérie, essaie de te calmer et de dormir, je t'en supplie.

– Je suis encore en vie, a-t-elle répondu d'une voix faible, et ils se chamaillent déjà. Que se passera-t-il après ma mort ?

– Ce n'est pas si grave. Il arrive à tout le monde de se disputer. Chacun a son opinion et n'en démord pas, voilà tout. Rappelle-toi que cela fait trente ans qu'ils vivent dans des cultures très différentes.

– Ces différences transforment des frères et sœurs en étrangers. Je suis sûre qu'ils sont plus proches de leurs voisins, et qu'ils s'entendent mieux avec eux qu'entre eux.

– Essaie de dormir, maintenant. Et cesse de te tracasser. Tout ira mieux demain matin, je te le promets. »

Mais je n'y croyais pas moi-même. Mère a fermé les yeux et je suis sortie de la chambre. En bas, toutes les lumières étaient éteintes. D'un coup, je me suis sentie épuisée. Mes jambes ne me portaient plus et je me suis assise sur les marches. J'avais envie de pleurer sans trop savoir pourquoi. Je suis descendue chercher mon journal que j'avais laissé au rez-de-chaussée et je suis remontée dans notre chambre. La respiration régulière de Mère m'a appris qu'elle dormait. J'ai observé son visage à la lueur de la lampe de chevet. Je l'ai trouvée plus vieille et plus pâle et j'en ai eu le cœur serré. Oncle Mohammad a entrouvert la porte et m'a demandé : « Comment va-t-elle ?

– Elle dort. Je ne sais pas ce que tu lui as donné, mais ça a été efficace.

– C'est un sédatif. Viens me chercher si elle se réveille dans la nuit.

– Entendu.

– Bonne nuit.

– Bonne nuit. »

*

Une odeur infecte parvenait à mes narines. Ça sentait l'humidité, la sueur, la crasse, la pourriture et le sang. Les murs étaient hauts et aveugles. Une petite ampoule électrique était suspendue au plafond. Une enfant sortait des vêtements d'une valise posée au milieu de la pièce. Les vêtements se sont transformés en morceaux de papier. Six femmes étaient dans un coin, leurs têtes rapprochées. On aurait dit qu'elles n'avaient qu'une tête, une énorme tête, pour six corps…

Les morceaux de papier se sont envolés. L'enfant a poussé des cris de joie. Une ombre noire a voilé la lumière. L'enfant, effrayée, s'est réfugiée dans un coin. La grosse tête s'est brisée et tous ses morceaux ont hurlé. Leurs voix étaient assourdissantes. Les corps ont couru autour de la pièce, mais leurs jambes se sont effacées…

Elles n'ont pas de jambes. Il faut que je trouve leurs jambes. Des jambes ! Des jambes ! Où sont leurs jambes ? J'ai repoussé une couverture sale. Oh non ! Ces morceaux de chair rouges, noirs et jaunes ne sont pas des jambes. Ils empestent. Quelle odeur atroce, écœurante ! Un cri monté de mes entrailles restait coincé derrière mes dents, m'empêchant de respirer. J'ouvrais et refermais la bouche, comme un poisson hors de l'eau gâchant ainsi inutilement ses derniers instants de vie. L'écho de bruits bizarres et lointains résonnait dans ma tête. Il fallait que je m'échappe, mais mes jambes refusaient de bouger. J'ai baissé les yeux vers elles : il n'y avait rien ! Je n'avais pas de jambes ! Où étaient mes jambes ? Il n'en restait qu'une puanteur fétide qui emplissait l'air.

Je n'arrivais pas à respirer. J'étouffe ! Je ne peux pas respirer ! Je meurs ! Je meurs ! Je n'ai plus d'air !

*

Un liquide froid m'a éclaboussé le visage. J'ai frissonné sous le choc. J'ai ouvert les paupières si grand que j'ai eu l'impression que mes yeux jaillissaient de leurs orbites. Quelqu'un était assis derrière moi et me tirait en arrière pour que je m'allonge. On m'a vaporisé quelque chose dans la bouche, mais je n'arrivais toujours pas à respirer. On m'a giflée en me disant de crier. Je ne sais pas comment je suis enfin arrivée à rejeter l'air prisonnier de mes poumons et à libérer le hurlement enfermé en moi. Après quelques cris, ma respiration s'est transformée en halètements douloureux. Je n'ai plus pu retenir mes larmes. Je tremblais pendant que quelqu'un me disait de continuer à crier. Je me suis accrochée aux bras que je voyais tendus devant moi et j'ai bredouillé à travers mes larmes : « Elles n'avaient pas de jambes ! On leur avait arraché les jambes ! Elles n'avaient pas de jambes ! C'est ma faute ! »

Je ne pouvais plus m'arrêter. J'avais l'impression qu'une autre parlait à ma place sans que je puisse l'en empêcher. J'ai senti une seringue s'enfoncer dans mon bras. Mes phrases confuses se sont transformées en murmure. Je suis retombée sur le lit, inerte. J'avais les yeux ouverts, mais je ne voyais rien. Je ne sais pas combien de temps je suis restée comme cela. Ma respiration a repris un rythme à peu près normal et les voix qui m'entouraient sont devenues intelligibles : « Si elle fait encore deux ou trois crises de ce genre, elle risque d'en mourir.

– Si seulement nous avions une bonbonne d'oxygène.

– Il faut absolument trouver une solution. »

J'ai reconnu la voix faible et angoissée de Mère : « C'est la première fois qu'elle fait une crise aussi violente et aussi longue. »

Les voix se sont fondues. Elles se sont étirées et assourdies comme un enregistrement au ralenti. Elles flottaient dans les ténèbres au-dessus de moi, elles sont redevenues indistinctes et lointaines. Je me suis laissée tomber de tout mon poids dans un tourbillon sans fond.

LE HUITIÈME JOUR

J'ai eu du mal à ouvrir les yeux. J'avais l'impression d'avoir les paupières enflées. J'ai regardé autour de moi. Où étais-je ? J'avais le cerveau vide, vide de pensées, vide de sentiments. C'était comme si on avait remplacé ma tête par un ballon de baudruche. J'étais seule dans la chambre. J'ai commencé peu à peu à reconnaître vaguement ce qui m'entourait. J'ai tendu le bras pour repousser les lourds rideaux et un flot de lumière s'est déversé à l'intérieur. Éblouie, j'ai refermé les yeux immédiatement. Quelle heure était-il ? Venais-je de me réveiller après une nuit de sommeil, ou après la sieste ? Je ne me souvenais de rien. J'ai regardé ma montre. Quoi ?! Deux heures ? Il ne pouvait pas être deux heures du matin, mais ce n'était pas non plus le moment de la sieste. Avais-je dormi toute la nuit et toute la matinée suivante ? Peut-être ma montre s'était-elle arrêtée. Je suis sortie de mon lit, la tête toujours comme un ballon. Tout étourdie, j'ai dû me tenir au mur pour ne pas tomber. J'ai ouvert la porte et suis sortie sur le palier. Les images confuses qui tournoyaient autour de moi ont commencé à devenir plus nettes. J'ai aperçu au rez-de-chaussée tante Mahnaz qui tenait une casserole dans une main et une cuiller dans l'autre. Elle a soufflé sur son contenu et l'a goûté. Elle a fermé les yeux et a attendu quelques secondes, comme si elle voulait que la saveur se diffuse dans tout son corps. J'avais une faim de loup ! Elle a ajouté une pincée de sel dans la casserole. Tante Maryam préparait de la salade à la table de la cuisine. Je n'ai pas vu les autres. Je suis retournée dans la chambre. Mon vertige s'était un peu dissipé, mais je savais que je ne me sentirais pas d'aplomb tant que je n'aurais pas pris une douche. Je suis restée sous l'eau froide, sentant la fraîcheur inonder tout mon corps, stimulant mes neurones. L'air qui m'emplissait le cerveau a peu à peu laissé place à des pensées. Quelqu'un a frappé à la porte. « Comment ça va, ma chérie ? a demandé tante Maryam. Tu es réveillée ?

– Oui, quelle heure est-il ?

– Deux heures passées.

– J'ai vraiment dormi tout ce temps ? Vous auriez dû me réveiller !

– Tu avais besoin de repos. Tu veux quelque chose ?

– Non. Je descends tout de suite. »

*

Mère m'a serrée dans ses bras.

« Ma puce, quelle peur tu m'as faite ! »

Oncle Mohammad m'a prise contre lui et m'a embrassé les cheveux. Mes tantes, qui tenaient chacune un côté de la nappe, m'ont souri gentiment. Je me suis approchée pour les aider.

« Non, non, ce n'est pas la peine. Va t'asseoir.

– Où sont les autres ?

– Mohsen et sa famille sont allés faire des courses. Tous les autres sont à la plage. Nous les avons déjà appelés pour le déjeuner. »

Pendant le repas, tout le monde a parlé très doucement. Ils choisissaient leurs mots soigneusement pour ne pas risquer de heurter les autres et gardaient les yeux baissés sur leurs assiettes. Tout le monde avait l'air affreusement gêné. On aurait dit qu'ils attendaient avec impatience que nous ayons fini de manger pour pouvoir se réfugier dans leurs chambres. La table a été rapidement débarrassée et certains ont pris prétexte de la sieste pour quitter la pièce.

Michael est venu s'asseoir à côté de moi. « Pourquoi est-ce que tu ne sors pas avec les jeunes ? Tu traînes toujours avec les adultes.

– Ils ne me proposent jamais de les accompagner.

– Tu n'as pas envie d'être avec nous, a rétorqué Sanaz en fronçant les sourcils. Tu te conduis toujours comme une grande personne et tu nous considères comme des gamins. On n'est pas très à l'aise avec toi. »

Je l'ai regardée, surprise. Je n'étais pas beaucoup plus âgée qu'elle.

« Et si nous allions tous à la plage ? a proposé Siroos.

– Maintenant ? Je suis trop fatiguée et puis, Mère ne se sent pas très bien. Je préfère rester avec elle.

– Tu vois ? s'est-il esclaffé. Tu trouves toujours une bonne excuse. Et après, tu t'étonnes qu'on ne te propose pas de nous accompagner.

– Tu es trop dépendante de grand-mère, a remarqué Michael en secouant la tête. Ce n'est pas normal. Je me demande si tu n'es pas déprimée. Ça t'arrange peut-être d'avoir un prétexte pour ne pas sortir. »

Sanaz m'a tirée par la main. « Oncle Mohammad veillera sur elle. Allons, viens ! a-t-elle insisté. Ça ne te fera pas de mal de prendre un peu l'air. »

*

Il faisait tellement beau. J'ai fermé les yeux, savourant la caresse de la brise marine sur mon corps. Sanaz et Nader blaguaient et riaient, et Siroos, renonçant à son personnage de garçon maussade et renfrogné, laissait échapper un éclat de rire occasionnel. Les enfants jouaient autour de nous. Oncle Mehdi, toujours inquiet pour son fils, nous a rejoints en courant. Au bout d'un moment, Nader a murmuré : « Je me plais bien ici, mais je n'arrive pas à comprendre pourquoi les adultes n'en profitent pas. Pourquoi est-ce qu'ils sont incapables de s'entendre ?

– Ceux qui ont quitté l'Iran sont trop prétentieux, a répondu Siroos. Pardonne-moi, oncle Mehdi, mais on dirait que vous êtes tombés de la trompe d'un éléphant !

– Tombés de la trompe d'un éléphant ? a répété Nader perplexe. Qu'est-ce que ça veut dire ? »

Son air ahuri nous a amusés.

« C'est une expression. Ça veut dire que vous frimez.

– On ne frime pas. On est jaloux de vous. »

Siroos et moi avons éclaté de rire.

« Je t'avais bien dit qu'il lui manque un boulon, a lancé Siroos.

– Un boulon ? Comment ça ?

– Siroos, ne sois pas méchant comme ça.

– Je ne suis pas méchant. Il comprend parfaitement ce que je veux dire. C'est le seul mec sympa de la bande.

– Au moins, tu le reconnais. Merci », a répondu Nader.

Je me suis tournée vers oncle Mehdi. « Ne fais pas attention à lui. Il ne parle pas de toi.

– C'est bon. J'y suis habitué. On ne peut pas dire que vous ayez caché ce que vous pensez de nous jusqu'à présent. »

Embarrassé, Siroos a baissé la tête. « Tu n'es pas comme les autres, mon oncle. Tu es plus proche de nous que d'eux. »

Sanaz a pris Nader par la main et ils nous ont dépassés. Comme je trébuchais dans le sable, Michael m'a rattrapée par le bras, l'air inquiet : « Ça ne va pas ? Tu es fatiguée ?

– Non, j'ai perdu l'équilibre, c'est tout. Je suis un peu abrutie.

– Ne me dis pas que tu es encore fatiguée ! a protesté Siroos. Tu as dormi toute la matinée. Alors que nous, c'est à peine si on a fermé l'œil de la nuit à cause de toi !

– Je vous ai réveillés aussi ?

– Tu as même réveillé les voisins, jusqu'au bout de la rue. Tu as complètement pété les plombs !

– Ça t'arrive souvent quand tu rêves ? m'a demandé Michael gentiment.

– Ce n'est pas un rêve ordinaire. C'est un cauchemar. Terrifiant. Il y a des soirs où j'essaie de ne pas m'endormir tellement j'ai peur que ça recommence.

– Tu devrais aller voir un psychologue. Ça t'aiderait à résoudre bien des difficultés. J'y suis allé, moi, tu sais.

– Pourquoi ?

– Tu crois être la seule à avoir des problèmes ? Ça n'a pas toujours été facile pour moi non plus. La seule différence, c'est que plein de gens se font du souci pour toi et te prennent dans leurs bras quand tu te réveilles de tes cauchemars. Alors que moi, j'étais petit, faible et seul. Tu imagines ça ?

– Pourquoi étais-tu seul ? s'est étonné Siroos. Où était ton père ?

– À l'hôpital. Au travail. Perdu dans ses pensées. Fatigué. Et seul, lui aussi.

– Tu n'avais pas de nounou ?

– Si, j'en ai eu un tas quand j'étais tout petit. Mais après, quand j'ai été un peu plus grand, j'étais seul à la maison presque toutes les nuits. »

Ardeshir s'est précipité vers nous, le visage dissimulé sous un masque effrayant. Surprise, j'ai poussé un cri. Nader et Sanaz le suivaient, portant eux aussi des masques ridicules et faisant les pitres. Nous avons ri de leurs bêtises, et de nos mines effarées. « Que diriez-vous d'aller prendre un verre ? » a suggéré Michael.

Siroos l'a singé. « Quelle bonne idée. Allons prendre un verre ! Tu parles comme un livre. Tante Mahnaz doit être ravie. »

Je me suis assise sur une chaise en rotin et j'ai étiré les bras au-dessus de ma tête. Immédiatement, une petite voix m'a rappelée à l'ordre – « C'est indécent » – et je les ai baissés. Je n'arrive pas à me débarrasser de ces remontrances intérieures. Voyant que Nader et Sanaz n'avaient pas retiré leurs masques, j'ai dit : « Voyons, Nader, ce n'est plus de ton âge. Ardeshir et Sanaz sont encore des gamins, mais toi, tu seras bientôt docteur ! »

Nader a retiré son masque et m'a répondu avec le plus grand sérieux : « Sanaz n'est pas une gamine. Elle comprend tout et c'est la seule ici qui sache profiter de la vie. Vous autres, vous êtes tous comme… comment tu disais, Sanaz ?

– Comme des zombies.

– Oui, exactement. Vous avez l'air tellement déprimés. Je ne peux pas croire que tu sois plus jeune que moi. À te voir, on dirait une grand-mère. Vous discutez de sujets qui ne vous regardent pas et en plus, vous vous mentez tout le temps.

– Ah oui ? Et à quel sujet, je te prie ? Nous faisons tous partie de la même famille, alors, pourquoi est-ce qu'on se mentirait ?

– Je n'en sais rien, mais c'est comme ça. Je ne suis pas capable de faire le tri entre ce qui est vrai ou non dans tout ce que vous avez dit, mais je sais quelles craques j'ai racontées, moi.

– Parce que tu nous as dit des craques ?

– Pas directement, mais maman aime bien vous mentir à notre sujet. Je ne sais pas pourquoi. Les parents de mes amis iraniens font pareil.

– Comment ça ? Qu'est-ce qu'ils disent ?

– Ils se font mousser sans raison en racontant des trucs sur leurs enfants. On est tous censés faire des carrières de médecins ou d'ingénieurs. Et si quelqu'un a envie d'étudier autre chose ? Ou de ne pas étudier du tout ? Juste avant qu'on vienne ici, un couple d'amis de ma mère sont arrivés chez nous, en larmes, à cause de leur fils, Farhad. J'ai cru qu'il était mort. Mais non, il avait simplement décidé qu'il n'avait pas envie d'être médecin et avait laissé tomber la fac de médecine. Il veut être artiste. Je leur ai demandé où était le problème et j'ai bien cru qu'ils allaient m'étrangler ! »

Nous avons tous ri et Sanaz a expliqué : « C'est une question de titres. Ils peuvent la ramener avec leurs fils médecins ou ingénieurs. Les femmes aussi peuvent frimer avec un mari que tout le monde appelle docteur, mais pas avec un mari qu'on appelle comptable. » Nous nous sommes amusés un moment à donner des titres farfelus à des maris imaginaires. Sanaz avait vraiment beaucoup d'humour. J'avais mal au ventre à force de rire, quand Siroos est redevenu subitement sérieux et a demandé à Michael : « Pourquoi est-ce que tu ne bosses pas à la Nasa ?

– À la Nasa ? Mais ce n'est pas du tout mon domaine !

– Ça n'a pas d'importance. Ils t'embaucheront juste parce que tu es iranien. Toutes nos connaissances qui se sont installées aux États-Unis ont fait embaucher leurs enfants par la Nasa.

– Bien sûr, a lancé Sanaz. C'est parce que les extra-terrestres parlent farsi. Alors la Nasa embauche tous les gens qui parlent farsi. »

Cet après-midi-là, j'ai ri plus que je n'avais ri de toute ma vie. Nous étions heureux et la moindre sottise nous faisait pouffer. La brise nous apportait le parfum de la mer. Je regardais les gens qui couraient autour de nous, mais leur présence ne m'inspirait aucune angoisse. Personne n'avait l'air gêné ou inquiet. Personne ne nous jetait de regards lourds de reproches. Ils ne faisaient pas attention à nous. Quel délicieux sentiment de liberté ! Je sentais le vent dans mes cheveux et j'avais l'impression que toute la nature pénétrait en moi. La chaleur du soleil et la brise marine fraîche et salée me revigoraient. C'était peut-être ça, être jeune. Je n'avais pas envie de retourner à la villa. Michael a proposé qu'on dîne dehors, sur la plage.

Nous avons regagné la maison froide et sans âme en pleine nuit. Oncle Mohsen et Afsaneh étaient allés se coucher depuis longtemps. Tante Maryam, qui avait l'air d'une bonne sœur dans sa chemise de nuit, a ouvert la porte de sa chambre pour laisser entrer ses enfants. M. Shafaghi somnolait devant la télé et tante Mahnaz nettoyait la cuisine. Elle passait son temps à s'activer et n'avait jamais l'air très heureuse. Mère et oncle Mohammad bavardaient sur la terrasse.

Quand nous sommes arrivés, ils se sont levés et sont allés se coucher. Nous nous sommes préparés pour la nuit, nous aussi. Je ne sais pas si c'était l'effet des médicaments de la veille ou de l'agréable après-midi que j'avais passé à la plage, mais mes paupières étaient si lourdes que j'ai immédiatement sombré dans un profond sommeil.

LE NEUVIÈME JOUR

Je me suis réveillée en pleine forme. Mère dormait encore. Je me suis passé de l'eau sur le visage en essayant de ne pas faire de bruit et j'ai quitté notre chambre. Je n'ai vu personne au salon ni à la cuisine. J'ai rempli la bouilloire et l'ai posée sur la cuisinière, puis j'ai ouvert la porte tout doucement et suis sortie sur la terrasse, qui avait grand besoin d'un bon coup de ménage. J'ai inspiré profondément à plusieurs reprises, savourant la fraîcheur de l'air. Les feuilles des arbres scintillaient dans la lumière du petit matin et une douce brise me caressait la peau. Pourquoi ne mangions-nous jamais sur cette belle terrasse ? J'ai pensé que ce serait une bonne idée d'y prendre le petit déjeuner aujourd'hui. J'ai posé mon journal sur la table et je me suis mise au travail. J'étais pleine d'énergie. J'ai passé la terrasse à grande eau, j'ai nettoyé la table et mis les chaises en place tout en fredonnant gaiement. J'ai étalé la nappe sur la table et je suis allée cueillir quelques fleurs dans le jardin. J'ai préparé le thé et sorti tout ce qu'il fallait pour le petit déjeuner, ainsi qu'un grand verre d'eau. J'ai disposé les fleurs dans le verre, au milieu de la table.

Puis je me suis assise et j'ai commencé à feuilleter mon journal jusqu'à ce que j'entende du bruit à l'intérieur de la maison : tout le monde se levait. Tante

Mahnaz est descendue la première. Je l'ai aperçue à travers la baie vitrée. Elle regardait autour d'elle, se demandant qui avait fait le thé. Puis elle m'a vue par la fenêtre et elle est sortie. Elle a regardé la table avec étonnement et s'est écriée : « Quelle bonne idée ! Ça fait longtemps que tu es debout ?

– Pas tellement. J'ai pensé que nous profiterions mieux du beau temps sur la terrasse. J'aimerais bien que nous prenions tous le petit déjeuner ensemble aujourd'hui. »

Les commissures de ses lèvres se sont abaissées et elle a haussé les épaules d'un air sceptique, puis elle est rentrée.

*

Tante Maryam et M. Hamidi poussaient leurs enfants devant eux. Ils ne m'avaient pas remarquée, pas plus que la table dressée pour le petit déjeuner. Je crois qu'ils avaient l'intention de filer discrètement avant que les autres se réveillent. Les enfants résistaient, ils ne voulaient pas partir. Leurs parents se sont mis à les gronder mais les petits s'obstinaient. J'ai entendu la voix de Somayeh qui protestait : « Je n'ai pas envie d'aller faire les magasins. J'en ai marre des magasins. Je veux aller à la plage avec Sara et faire des châteaux de sable. »

Meysam a renchéri, la voix nouée : « Je ne veux pas y aller, moi non plus. Oncle Medhi et Michael ont promis de nous emmener au parc aquatique. Je ne viendrai pas ! »

Tout en cherchant à rester calme, M. Hamidi a dit : « Si tu veux aller au parc aquatique, je t'y emmènerai moi-même. Je sais où c'est.

– Non. Ça ne sera pas marrant du tout. On veut y aller avec les autres. Ce n'est pas drôle s'ils ne sont pas là.

– Mais vous ne vous connaissiez même pas avant la semaine dernière ! est intervenue tante Maryam. Et ensuite, vous n'avez pas cessé de vous chamailler. Et voilà que d'un coup, vous ne pouvez pas vous amuser sans eux ?

– Maintenant, on est copains. On ne se dispute plus. »

M. Hamidi a repris, plus sérieusement : « Je préfère que vous y alliez avec moi. Je refuse de confier mes enfants à une bande d'étrangers.

– Des étrangers ? a protesté tante Maryam d'une voix frémissante. Je te rappelle que ce sont mes frères et sœurs !

– Ils sont pires que des étrangers, car nous n'avons rien en commun. Je ne veux pas que Somayeh traîne avec la fille de Shafaghi. Elle a une mauvaise influence sur elle. »

Somayeh a cherché à amadouer son père. « Elle est vraiment très gentille, tu sais. En plus, elle me fait de la peine. Elle n'arrête pas de me dire que j'ai beaucoup de chance d'avoir mes deux parents et une vraie famille. Sa maman lui manque beaucoup. »

Je me suis décidée à intervenir. J'ai écarté mon journal et je me suis appuyée contre la balustrade en disant : « Tante Maryam, le petit déjeuner est prêt. Venez donc manger quelque chose avant de partir. »

Ils se sont tournés vers moi, étonnés.

« Ah ! Tu es là !

– Oui. J'ai tout préparé.

– Nous petit-déjeunerons en ville.

– Prenez au moins une tasse de thé. Les enfants doivent avoir faim. Pas vrai, les petits ? » Somayeh et Meysam en ont profité pour se précipiter sur la terrasse. « J'ai faim ! a crié Meysam. Je veux mon petit déjeuner. »

Mère est apparue au bras d'oncle Mohammad.

« Où allez-vous, Maryam ? Vous ne déjeunez pas avec nous ? Voyez cette belle table ! »

M. Hamidi et tante Maryam ont eu l'air d'hésiter. Elle a marmonné : « Hamidi a des choses à faire en ville. Nous voulions partir tôt pour avoir assez de temps.

– Le petit déjeuner ne vous retardera pas beaucoup. De toute façon, rien n'est encore ouvert à cette heure-ci. Venez prendre quelque chose et ensuite, vous pourrez aller faire ce que vous voulez. »

Tante Mahnaz est sortie en portant un plateau de thé et oncle Medhi l'a suivie avec la corbeille de pain.

« Maryam ! a dit oncle Mehdi. Tu as goûté ce pain ? On dirait du nan-e barbari[1] iranien. »

Mari et femme ont regagné lentement la terrasse. Tante Maryam a retiré son tchador, l'a plié et l'a posé sur le dossier d'une chaise. Ils se sont assis l'un à côté de l'autre.

« Quelqu'un devrait aller chercher Mohsen et sa famille, a remarqué Mère. Ils sont toujours les derniers levés ! »

Les autres enfants nous ont rejoints bruyamment et Meysam et Somayeh ont essayé de se dissimuler au milieu d'eux. M. Shafaghi, Michael, ainsi qu'oncle Mohsen et sa famille sont enfin arrivés, eux aussi.

L'air du matin, le sommeil réparateur de la nuit précédente, la table du petit déjeuner dressée sous les

1. Pain iranien plat mais relativement épais.

grands arbres et le bruit lointain des vagues créaient une atmosphère apaisante qui a soulagé la tension générale. Pendant le petit déjeuner, les enfants ont fait assaut de stratagèmes, dans différentes langues, pour supplier tante Maryam et M. Hamidi de permettre à Somayeh et Meysam de rester avec eux. Sara, qui ne prenait plus la peine de cacher qu'elle parlait farsi, disait : « Si Somayeh ne vient pas, je n'irai pas non plus ! Je vous en prie, laissez-la venir. Je vous en supplie !

– On veut rester ensemble, a renchéri Meysam. On n'y peut rien si vous ne vous entendez pas mais nous, on est copains et on veut être ensemble ! »

Tout le monde est resté silencieux, les yeux baissés. La vérité nous rendait muets. Mère a soupiré avant de s'adresser à ses enfants : « Vous devriez avoir honte de vous et écouter ces petits. Allez jouer, mes chéris. Soyez amis et amusez-vous bien ensemble. »

Les enfants ont avalé une dernière bouchée et sont partis en courant, au milieu des rires et des cris. On aurait cru qu'ils cherchaient à s'éloigner le plus possible de nous. Se rappelant ses années d'enseignante, Mère a posé les yeux tour à tour sur chacun de ses enfants.

« Des petits qui ne s'étaient encore jamais vus sont devenus inséparables. Alors que vous, qui êtes frères et sœurs, vous vous êtes transformés en ennemis jurés. J'avais voulu vous voir tous ensemble une dernière fois, poser vos mains les unes sur les autres et trouver un certain réconfort en me disant que vous prendriez soin les uns des autres quand je ne serais plus là. Je n'ai pas voulu me mêler de vos conversations pour vous permettre de trouver un terrain d'entente. Mais c'est l'inverse qui s'est passé. Vous avez évité de dire bien des choses que vous auriez dû dire et, à la place, vous avez dit des choses que vous auriez mieux fait de taire. Non seulement vous n'avez pas renoué vos liens, mais vous avez réussi à déchirer ce qui vous unissait autrefois. Vous avez franchi toutes les limites de la civilité. Dans quelques jours, nous allons tous rentrer chez nous. Comment vous direz-vous au revoir ? Qu'éprouverez-vous au moment de vous quitter ? Serez-vous encore des frères et des sœurs ? Ou enterrerez-vous le passé pour partir chacun de son côté ? Pour suivre un chemin qui, un jour peut-être, vous dressera l'un contre l'autre ? Êtes-vous déjà prêts à vous entre-tuer ? » Sa voix a tremblé. « Et ce jour-là, qu'adviendra-t-il de moi ? Duquel d'entre vous serai-je la mère ? Devrai-je donc me couper en morceaux ? »

Nous sommes restés assis, sans rien dire. Tante Maryam a fini par prendre la parole : « Maman chérie, ne dramatise pas. Après tout, nous sommes frères et sœurs. Nous nous disputons peut-être, mais ça ne nous empêche pas de nous aimer. »

Mère a ri amèrement. « À quoi bon si vous êtes prêts à vous entre-déchirer ? Ce que je comprends, c'est que vous vous infligerez les pires blessures aussi longtemps que vous serez en vie, mais que vous pleurerez à chaudes larmes quand l'un de vous mourra. Non ! Ce n'est pas ce que je veux. Ce que je veux, c'est que vous soyez un soutien l'un pour l'autre, que vous vous compreniez et que vous vous aidiez.

– Vous ne pouvez pas obliger les gens à avoir les mêmes idées, a fait remarquer M. Hamidi, ni à entrer dans le même moule.

– Nous ne sommes pas faits d'argile, c'est vrai, et nous ne sommes pas censés entrer dans le même moule. Mais nous pouvons tout de même respecter les convictions et les opinions des autres. Nous pouvons essayer de nous comprendre. Nous pouvons nous mettre à la place des autres et leur manifester un minimum d'empathie. Et nous pouvons, quelquefois, nous prendre par la main et nous aider. Ça ne vous paraît pas possible ? »

Le silence s'est prolongé. Au bout de quelques secondes, M. Shafaghi a répondu : « Vous avez tout à fait raison. Tant que les intentions de chacun sont pures et que tous se soucient de l'avenir de notre pays, nos divergences n'ont pas d'importance. Nous devrions pouvoir trouver des solutions communes. »

M. Hamidi a fait un effort pour rester maître de lui. « Cherchez-vous à nous dire que vos intentions sont pures et que vous vous souciez de notre pays et que, par conséquent, nous sommes tous censés nous ranger aux solutions que vous proposez ? »

Tout le monde avait l'air las de cette discussion. Oncle Mohammad a serré les lèvres, a tapé du poing sur la table et a lancé d'un ton grave : « Ça suffit maintenant ! J'en ai plein le dos. Nous allons vous réserver une chambre, puisque vous êtes des politologues avertis, et vous pourrez y passer toute la journée à discuter tous les deux ! Mais je ne vous laisserai plus semer la zizanie entre nous, ni faire de la peine à maman. »

M. Shafaghi a répondu avec le plus grand calme : « Qu'ai-je dit ? Votre mère nous a rappelé que nous devions être des frères et des alliés. Eh bien, pour être des alliés, il faut partager les mêmes idées. »

M. Hamidi a répliqué avec un rire nerveux : « Vous voyez ! Il est prêt à nous offrir son amitié, pourvu que nous acceptions ses convictions sans discuter. Mère, vous ne me direz pas qu'il n'est pas odieux et arrogant !

– En effet, et vous êtes exactement comme lui, a répondu Mère en secouant la tête avec philosophie. Dogmatique, partial, intraitable, incapable d'aimer et de pardonner. Vous pourriez sans difficulté vous traiter réciproquement de traître et devenir ennemis ; vous pourriez même signer un ordre d'exécution l'un contre l'autre. Vous vous ressemblez étrangement. Cela m'inquiète et me terrifie. »

M. Shafaghi et M. Hamidi ont bondi comme s'ils ne supportaient pas le poids de ces accusations. Ils se sont mis à parler en même temps.

« Vous prétendez me comparer à lui ?!

– Vous trouvez que je suis comme… »

Cette fois, oncle Mohammad était vraiment en colère. « Arrêtez ! Je me fiche pas mal que vous, vous soyez monarchiste et vous, extrémiste religieux. Je me fiche même que vous soyez des modérés, des réformistes, des partisans d'une diplomatie pro-occidentale ou pro-orientale. Ce qui me chagrine, c'est de ne pas pouvoir communiquer avec mon frère. Pourquoi sommes-nous incapables de nous comprendre ? Qu'est devenu notre amour fraternel ? Je ne reconnais plus aucun de vous et, évidemment, vous ne me reconnaissez pas non plus. Voilà le problème. L'éloignement dans le temps et dans l'espace, cette grande distance géographique, nous ont divisés. Nous ne savons plus rien de ce que chacun d'entre nous a vécu. Nous n'avons partagé ni nos joies ni nos peines. Nous n'éprouvons ni sympathie ni affection les uns pour les autres parce que nous ne nous connaissons pas, voilà tout. »

Le visage de Mère s'est éclairé. « Exactement ! a-t-elle repris. J'espérais que ce voyage vous permettrait de refaire connaissance. Mais, à part quelques souvenirs vieux de plus de trente ans, vous n'avez plus rien en commun. Vous avez commencé par vous mentir et par exagérer et, incapables d'avouer la vérité, vous avez préféré vous lancer dans des discussions politiques ! Vous vous êtes accablés réciproquement de reproches, vous vous êtes moqués les uns des autres, et vous êtes devenus ennemis. Je refuse de rentrer chez moi tant que vous n'aurez pas dissipé les malentendus qui vous opposent. Je ne tolérerai pas que vous repartiez sans que ce problème ait été réglé. Si vous éprouvez encore un tout petit peu d'amour et d'affection pour moi, si vous avez le minimum de respect pour moi, alors passez les derniers jours qui nous restent à aplanir vos désaccords et permettez-moi de rentrer chez moi l'esprit tranquille. Cela ne se fera ni par la force ni même par un silence respectueux. Il faut que vous vous parliez franchement. Profitez de cette occasion pour essayer de vous connaître. Voilà le chemin de la compréhension et de l'affection. Voilà ce que nous allons faire aujourd'hui. »

M. Shafaghi était perplexe. Il ne voyait pas de quoi il pourrait bien parler sinon de politique. Il a regardé sa montre et a dit : « Mais j'ai un rendez-vous en ville.

– Je vous en prie, allez-y. Tout ce que je veux, c'est que mes enfants se parlent. Je ne voudrais surtout pas vous causer le moindre désagrément. »

Apparemment, M. Hamidi n'attendait pas autre chose. Il s'est levé immédiatement : « Dans ce cas, je n'ai aucune raison de rester, moi non plus. » Il est parti sans attendre la réponse. Sanaz a pouffé tout bas et s'est tournée vers moi : « Quelle chance ! Les coqs de combat se sont tirés ! »

Je me suis mordu la lèvre pour ne pas rire et les autres lui ont jeté un regard réprobateur. Sanaz a pris l'air embarrassé et a baissé les yeux. Tout le monde s'est tourné vers tante Mahnaz et tante Maryam. Nous leur avons adressé un sourire timide et avons haussé les épaules d'un air contrit. Elles se sont regardées et, à notre grand soulagement, leurs sourires contraints ont laissé place à un immense éclat de rire. Apparemment, elles étaient aussi ravies que nous d'être enfin débarrassées de leurs époux dogmatiques.

*

Nous nous sommes mis au travail sans perdre de temps. La léthargie et l'indifférence qui nous accablaient une heure plus tôt avaient cédé la place à un regain d'énergie. Nous avons débarrassé la table et fait la vaisselle. « Ne vous souciez pas du déjeuner, a annoncé oncle Mohammad. Je vous invite au restaurant du quai. Habillons-nous confortablement et asseyons-nous. J'ai beaucoup de choses à vous dire. »

Tout le monde avait l'air d'éprouver autant de curiosité que moi. Mère s'est assise au milieu du salon et ils ont tous tiré une chaise ou un canapé pour se rassembler autour d'elle en formant un grand cercle. J'ai préféré rester derrière le comptoir de la cuisine et les regarder d'un peu plus loin. Je voulais être en mesure de les voir tous en même temps. J'ai ouvert mon journal et rivé les yeux sur les lèvres d'oncle Mohammad.

« Je venais d'avoir dix-neuf ans. Jusqu'à ce jour, je n'avais pas passé une nuit hors de chez moi. Je n'étais jamais allé plus loin que Qom, et mon anglais était on ne peut plus scolaire – vous savez tous ce que ça veut dire. Je suis arrivé aux États-Unis après un long voyage en avion, je suis sorti de l'aéroport au petit matin, et je suis resté pétrifié. J'avais l'impression de débarquer sur une autre planète. J'avais peur, j'étais seul. Si j'avais pu, j'aurais regagné l'Iran sur-le-champ. J'ai regardé autour de moi, cherchant à repérer un visage familier, tendant l'oreille, à l'affût d'un mot connu. À l'époque, les Iraniens n'étaient pas nombreux à l'étranger. J'ai cherché des yeux Abdolreza, le lointain parent qui était censé venir me chercher, mais il n'était pas là. J'ai ramassé mes grosses valises et je suis sorti. Je me suis assis sur une marche, à l'entrée de l'aéroport, en me demandant comment mon père avait pu m'envoyer là sans la moindre préparation. Il tenait à ce que je devienne médecin et je dois avouer que je n'ai pas fait beaucoup d'efforts pour réussir l'examen d'entrée à l'université en Iran, parce qu'il m'avait dit que, si j'étais recalé, il m'enverrait en Amérique. L'Amérique ! J'en rêvais. J'y étais à présent, mais j'en voulais à mon père. Je lui reprochais ma solitude et ma peur. Peut-être avait-il simplement cherché à se débarrasser de moi.

J'ai passé toute la journée, affamé, gelé, à dévisager les passants. Je ne sais pas combien de temps je suis resté sur cette marche. Finalement, un policier est arrivé et il m'a adressé la parole. Je n'ai rien compris. On aurait cru que je n'avais jamais entendu un mot d'anglais de ma vie ! Je n'ai pu que fouiller dans ma poche et lui tendre le papier où se trouvait le numéro de téléphone d'Abdolreza. Ils l'ont appelé depuis l'aéroport et j'ai fini par comprendre qu'il n'avait pas reçu à temps le télégramme que nous lui avions envoyé. Il était allé me chercher dans une autre ville, à une bonne distance de là. J'ai passé deux jours dans un hôtel miteux du centre-ville. J'ai eu de la chance qu'il ne m'arrive rien et qu'on ne me vole pas les deux mille dollars que maman avait cousus à l'intérieur de la poche d'une de mes chemises. La nuit, je me roulais en boule et je pleurais, en pensant à la maison, aux constantes allées et venues et à la bonne cuisine de maman. Je venais d'arriver aux États-Unis et déjà, tout ce que j'avais connu me manquait. Je regrettais la gentillesse de Maryam et le babillage enfantin de Mehdi, et même mes bagarres avec Mohsen et Habib ou le despotisme de Mahnaz. J'étais jaloux de vous tous. Ces deux jours ont été les plus longs de ma vie. Abdolreza a fini par arriver et par m'emmener chez lui. Ma vie a retrouvé un semblant de stabilité. Il m'a fait suivre des cours d'anglais et, peu à peu, je me suis adapté. Je me suis inscrit à l'université mais l'argent que papa m'envoyait n'était pas suffisant. J'avais toujours cru qu'il avait une bonne situation et gagnait bien sa vie. Nous ne manquions de rien en Iran, et je ne comprenais pas pourquoi il m'infligeait une telle épreuve. J'ai dû prendre un emploi. À la maison, maman ne me demandait jamais de participer à la moindre corvée alors qu'à présent, j'en étais réduit à faire la plonge dans un restaurant toute la nuit ! Je passais même l'aspirateur ! Suivre des études universitaires dans une langue étrangère n'était pas une mince affaire. J'étais forcé de chercher tous les mots dans le dictionnaire et j'avais de mauvaises notes. J'ai passé ces premières années à bûcher comme un fou et à m'angoisser pour l'avenir. Quand j'ai appris que Mohsen avait été admis à l'université de Shiraz et que toute la famille l'avait accompagné pour son inscription et pour l'aider à trouver un logement, je me suis apitoyé sur mon sort. Vous m'avez même dit que sa logeuse lui servait le petit déjeuner, le déjeuner et le dîner et qu'il pouvait rentrer à la maison à Téhéran à la fin de chaque trimestre ! N'oubliez pas qu'à l'époque, on ne se téléphonait pas aussi souvent qu'aujourd'hui. Je pouvais appeler une ou deux fois par an, et encore ! Quant au courrier, il mettait des siècles à arriver. C'est ainsi que la distance entre nous a grandi de jour en jour.

J'ai fini par m'intégrer. J'ai fait des progrès en anglais et mes études m'ont paru plus faciles. J'ai commencé à voir le bon côté des États-Unis. Je me suis fait des amis et j'ai appris à profiter de tout ce que m'offrait ce pays. Je ne pouvais plus imaginer vivre sans tout ce dont je disposais là-bas. Je me demandais comment j'avais pu m'en passer en Iran. Il m'arrivait même d'avoir l'impression d'être chez moi. Je suis tombé amoureux et je me suis marié. Caroline m'a accepté tel que j'étais, elle m'a apporté tout ce qui me manquait. Nous avons eu un bébé. Au cours de ces années, je ne pensais presque plus à l'Iran. C'était Caroline qui me rappelait de vous téléphoner. Nous avions décidé de regagner l'Iran à la fin de mon internat. À l'époque, la plupart des Iraniens n'avaient pas l'intention de s'installer durablement aux États-Unis. Caroline a commencé à apprendre le farsi. Elle était encore plus emballée que moi à l'idée de déménager en Iran, surtout après les deux mois de vacances que nous y avions passés et l'accueil chaleureux qu'elle avait reçu. Moi, je n'étais pas particulièrement pressé de rentrer. Ces années ont été les plus heureuses de ma vie. Pourtant, chaque fois que je me heurtais à un problème ou que de mauvaises nouvelles m'arrivaient d'Iran, j'avais le mal du pays. Une simple chanson, une odeur ou un mot suffisaient parfois à me plonger dans la mélancolie.

Le jour où j'ai appris que la maladie de Caroline était incurable, j'ai cru devenir fou. Après sa disparition, j'errais sans but dans les rues. J'aurais voulu pouvoir poser la tête sur l'épaule de maman et pleurer tout mon saoul. Mes amis ne m'étaient d'aucun réconfort, c'était ma famille que je voulais autour de moi, un compatriote, quelqu'un qui comprenne ma langue. Je voulais quelqu'un à qui parler, quelqu'un qui puisse prendre ma vie en main, le temps que je me remette. Il me fallait quelqu'un pour s'occuper de mon fils. J'ai fini par l'envoyer chez la mère de Caroline, mais elle était trop affligée, elle aussi. Je me suis rendu compte qu'elle serait incapable d'aider Michael et, pis encore, qu'elle allait lui faire perdre ce qu'il lui restait d'insouciance enfantine. J'éprouvais une solitude insupportable, qui m'a fait comprendre à quel point mon intégration était superficielle.

– Tu aurais dû prendre Michael par la main, est intervenue Mère, et rentrer en Iran.

– Oui, c'est ce que j'aurais dû faire, mais je n'avais pas la force de prendre une décision pareille. Ma vie m'échappait, je n'avais plus de projets. Quelque chose en moi m'obligeait à m'abîmer dans le travail. Je bossais comme un forcené et le reste du temps, je buvais.

– Heureusement que tu n'es pas rentré à ce moment-là, a fait remarquer oncle Mohsen. C'était la guerre et Téhéran était bombardé. Il aurait fallu être fou pour quitter les États-Unis et rejoindre un pays en guerre. Perdre son conjoint peut vous arriver n'importe où et c'est une tragédie insupportable quelles que soient les circonstances. La situation n'aurait pas été tellement différente si tu avais été en Iran. »

Nous avons gardé le silence, chacun se demandant ce qu'oncle Mohammad aurait pu ou dû faire. Il a secoué la tête et a poursuivi, un pli amer aux lèvres : « Je ne sais pas. Tu as peut-être raison. Tout ce que je sais, c'est que si j'avais été moins seul, ces trois années d'épreuve et cette dépression interminable n'auraient sans doute pas duré aussi longtemps. J'aurais peut-être pu retrouver une vie normale plus tôt. Mais le plus étrange est l'effet que m'a fait la mort de papa. J'étais adulte et je savais que papa avait pris de l'âge, que c'était un vieil homme. Mais je gardais de lui l'image d'un homme vigoureux, à qui rien n'était impossible. Quand vous me parliez de sa maladie, j'avais l'impression que vous me parliez d'un de mes patients. J'entendais ce que vous me disiez, mais je ne comprenais pas que mon père était malade.

Le jour où j'ai téléphoné à maman pour prendre des nouvelles et que je l'ai entendue pleurer, j'ai été pétrifié. J'ai lâché le combiné. Je ne savais pas quoi faire. Mon père était mort, il fallait que je fasse quelque chose, mais je ne savais pas quoi. Je me demandais sans cesse si je devais prévenir quelqu'un, mais qui ? Est-ce que j'étais censé aller au cimetière ? Il était enterré à l'autre bout du monde ! J'étais complètement perdu. J'ai passé toute la journée à marcher, je ne sais même pas où je suis allé. Je comprends maintenant combien nos funérailles traditionnelles sont réconfortantes, avec leurs hurlements et leurs sanglots bruyants. Je me sentais lourd, accablé par le poids d'un chagrin dont je n'arrivais pas à me défaire. Pleurer en silence ne me permettait pas d'évacuer ce qui m'étouffait. Ça m'a conduit au bord de la folie. »

Sans la moindre trace de reproche dans la voix, oncle Mohsen a repris la parole : « Au moins, tu n'as pas eu à trouver une tombe et un entrepreneur de pompes funèbres, à nourrir des visiteurs pendant toute une semaine, à t'interroger sur la bienséance de la cérémonie et à te demander si elle avait dignement rendu hommage au défunt, ni à répondre aux vaines récriminations de telle ou telle personne qui n'avait pas été invitée. Pendant cette période, j'aurais été heureux de profiter de quelques heures de solitude pour pouvoir faire mon deuil en silence, écouter la chanson préférée de papa et pleurer un bon coup.

– Si tu savais la chance que tu as eue de pouvoir pleurer la mort de notre père, alors que moi, je pleurais mille autres choses en plus de sa mort, comme les années que j'aurais pu passer à côté de lui et qui étaient perdues à jamais. J'étais rongé de culpabilité à l'idée de n'avoir rien fait pour lui. J'aurais tellement voulu être à ta place, ne fût-ce qu'un jour ! Assumer ma part de tout ce que tu avais fait pour lui de son vivant et après sa mort. Peut-être aurais-je éprouvé alors un tout petit peu du sentiment de satisfaction qui est le tien, ce qui aurait contribué à apaiser mon chagrin.

– C'est curieux ! Pendant toute cette épreuve, c'est moi qui aurais voulu être à ta place ! Je n'oublierai jamais le jour où j'ai conduit papa à l'hôpital pour son opération de la prostate. J'avais tout organisé, j'étais certain qu'il n'y aurait aucun problème et pourtant, nous avons dû passer deux jours dans les couloirs de l'hôpital parce qu'il n'y avait pas de chambre pour lui. Tu imagines papa avec une sonde urinaire et une bande de gens qui passent devant lui, en lui jetant des regards apitoyés ? Il était mortifié. On a fini par l'allonger sur un brancard, toujours dans le couloir. C'était la guerre, et l'hôpital ne savait plus où mettre les blessés. J'ai essayé de discuter avec tous les gens que je pouvais trouver, je leur ai expliqué que le médecin avait signé ses papiers d'admission et qu'il fallait l'opérer immédiatement. Leur unique réponse a été que papa était âgé et qu'ils devaient s'occuper en priorité des jeunes combattants. J'ai cherché à faire marcher mes relations, à trouver un autre hôpital, mais son médecin m'a dit que c'était inutile. Cet hôpital était le plus cher de la ville et n'avait plus une seule chambre libre, alors il ne fallait pas imaginer en trouver une dans un hôpital meilleur marché. Il m'a conseillé d'attendre et de prier pour qu'un lit se libère. Tu ne peux pas imaginer ce que nous avons vécu.

– Et encore, ce n'était rien par rapport à ce qui s'est passé après l'opération, a renchéri Afsaneh. Ils l'ont fait sortir plus tôt que prévu, il a eu une hémorragie interne et la sonde urinaire ne fonctionnait pas comme il fallait.

Nous avons dû le ramener à l'hôpital en pleine nuit et ils n'ont même pas pu lui déboucher sa sonde. »

Oncle Mohsen a secoué la tête. « Quelle nuit de cauchemar ! Il hurlait de douleur et j'ai été obligé de courir à travers toute la ville à la recherche d'une seringue pour déboucher la sonde.

– Comment ça ? s'est étonné oncle Mohammad. Tu veux dire que l'hôpital n'avait pas de seringue ?

– Je sais que ça paraît inimaginable, mais effectivement, il n'en avait plus. C'était la guerre et on manquait de tout. Nous avons même dû fournir nous-mêmes le fil des sutures ! Il m'arrive de me demander comment on est arrivés à s'en sortir.

– Comment vous avez fait ?

– J'ai téléphoné au docteur Arabshani, à son domicile. C'était un ami de papa. Tu te rappelles sûrement qu'ils se voyaient souvent le dimanche ? Toujours est-il qu'il avait une seringue chez lui et qu'il a pu nous la faire parvenir. Et puis on a eu un autre coup de chance. L'interne de garde était un étudiant d'Arabshani et il a pu aller chercher une autre seringue en salle d'opération parce que celle qu'avait apportée le docteur Arabshani n'était pas suffisante. Ils ont fini par déboucher la sonde, et papa a commencé à se sentir un peu mieux. Mais franchement, nous avons vécu l'enfer. Je n'arrêtais pas de dire à Afsaneh : "Mon cher frère est médecin, et ça nous sert à quoi ? Où est passé notre prince héritier ? Pendant que son père souffre le martyre, il se prélasse dans un pays qui est un paradis sur terre." J'étais tellement jaloux de toi. »

Oncle Mohammad avait baissé la tête, cramoisi et honteux, comme un écolier qui a fait une bêtise. Oncle Mohsen a fini par avoir pitié de lui. D'une voix conciliante, il a repris : « Je ne te fais pas de reproches. Je te raconte simplement ce qui s'est passé pour que tu comprennes la chance que tu as eue de ne pas être là.

– Non, mon frère, j'aurais préféré y être et assister à tout cela. Mieux vaut être au milieu des flammes que se tenir à l'écart et voir brûler ceux qu'on aime.

– Sois raisonnable. À quoi bon brûler avec eux ?

– Ce n'est peut-être pas logique, mais comment peut-on regarder souffrir des êtres chers et se réjouir de ne pas partager leur sort ? Même si cette idée ne faisait que te traverser l'esprit, tu aurais mauvaise conscience jusqu'à la fin de tes jours.

– Je regrette que tu ne sois pas venu. Tu aurais pu nous être d'un grand secours !

– Voilà ce qui me tue : ne pas avoir été là alors que j'aurais dû y être. J'avais mille excuses pour ne pas retourner en Iran à l'époque. Je n'avais pas de congés à prendre, j'aurais perdu mon emploi, j'avais peur de la guerre et de la situation qui régnait chez vous. S'y ajoutaient toutes sortes d'autres raisons qui semblaient sensées sur le moment, mais me paraissent absurdes aujourd'hui. J'échangerais volontiers tout ce que je possède contre ta bonne conscience, malgré toutes les difficultés que tu as vécues. Je continue à rêver de revivre un unique moment, une seule minute, du temps que j'ai perdu pendant mon absence, de connaître, ne fût-ce qu'une fraction de seconde, l'affection et les émotions dont j'ai été privé. Et plus je vieillis, plus ce manque me tourmente. »

Les deux frères se sont regardés, les larmes aux yeux. Ils étaient si émouvants tous les deux, si semblables…

Tante Mahnaz a secoué la tête comme pour chasser une pensée. « Je n'ai pas mauvaise conscience, moi, a-t-elle dit d'une voix sérieuse. Je voulais revenir en Iran, mais ils ne m'ont pas laissée rentrer. J'ai l'impression de m'être fait avoir. Quand je pense à toutes les épreuves que j'ai subies, à ma jeunesse gâchée… Vous croyez que c'était facile ? J'étais l'épouse d'un général et je vivais dans le confort. Cet été-là, comme tous les ans, j'ai quitté l'Iran avec deux valises et un peu d'argent, juste le nécessaire pour un court voyage. Je n'avais pas imaginé un instant que je ne pourrais pas revenir. Sattari m'a expliqué que la situation était très tendue et qu'il était préférable que je reste là-bas en attendant que ça se calme. Je lui ai demandé combien de temps il faudrait. Je lui ai dit que je n'avais pas assez d'argent. Il m'a promis de m'en envoyer et a ajouté que si les choses s'aggravaient, il vendrait tout et nous rejoindrait. Mais il ne s'est pas décidé à temps. Je n'ai jamais reçu un sou. Je ne comprends toujours pas ce qui nous a valu un tel malheur. Pourquoi nous a-t-on confisqué tout ce que nous avions ? Sattari ne faisait pas de politique. C'était un militaire, qui obéissait à ses supérieurs. Les seules choses qui l'intéressaient vraiment étaient la poésie, la musique, et prendre du bon temps. C'était un artiste dans l'âme et je me suis toujours demandé ce qui avait pu le pousser à entrer dans l'armée. J'ai vécu des jours terrifiants, j'étais rongée d'inquiétude. Vous ne pouvez pas imaginer l'épreuve que c'est, d'être privée de tout soutien du jour au lendemain, après avoir été mariée pendant des années. J'ai mis longtemps à admettre qu'il était vraiment mort. J'attendais obstinément qu'il nous rejoigne. Le chagrin de sa disparition, qui venait s'ajouter au calvaire d'un exil dans le plus complet dénuement, dans un pays dont je parlais à peine la langue, avec deux enfants à charge et ne sachant pas de quoi notre avenir serait fait – tout cela m'a détruite. Personne ne m'a aidée et ce qui m'a le plus blessée a été l'attitude de ma famille. Vous avez tous fait comme si Sattari avait mérité d'être exécuté ! Vous ne m'avez pas soutenue comme vous auriez dû le faire. »

Mère ne l'a pas contredite. « Si tu savais ce qu'ils ont dit de lui et des crimes qu'il avait commis. Nous avions peur de t'embarrasser. Nous étions bouleversés, ton père et moi. Il n'arrêtait pas de dire qu'il n'aurait jamais dû accepter qu'il t'épouse.

– Parce que vous avez cru tout ce qu'ils racontaient ?! Que nous avions aménagé une salle de torture dans notre sous-sol ? Pauvre Sattari ! Vous ne le connaissiez donc pas ? S'était-il jamais montré désagréable ou irrespectueux ? Je sais que papa ne l'a jamais apprécié. Quand il est venu demander ma main, papa a dit qu'il était trop vieux pour moi. Et puis, il n'appréciait pas que Sattari soit dans l'armée. Il se figurait que les militaires étaient souvent violents et irrationnels et qu'ils menaient leur maisonnée comme une caserne. Papa pensait qu'ils étaient tous comme l'officier qui l'avait giflé pendant son service militaire. J'ai essayé de lui faire comprendre que Sattari était un homme gentil et doux. Il ne m'a pas crue. Aucun de vous n'a jamais admis que j'étais sincèrement amoureuse de lui. Vous pensiez que j'avais été séduite par son uniforme et par son pouvoir. Vous ne le connaissiez pas vraiment et, ensuite, vous avez cru tous les mensonges qu'ils ont déballés à son sujet. Je ne vous le pardonnerai jamais !

– Nous étions perdus, a essayé d'expliquer Mère. Tout le pays était plongé dans le chaos et ils prétendaient avoir des preuves de ses crimes. Comment aurions-nous pu faire le tri entre ce qui était vrai et ce qui ne l'était pas ? Nous nous consolions en nous disant qu'au moins, vous étiez en sécurité, les enfants et toi, et que vous ne manquiez de rien.

– Parce que tu t'imagines que nous ne manquions de rien ? Par quel miracle ? En Iran, j'avais toujours eu des domestiques alors qu'à Paris, j'ai été obligée de faire le ménage et la vaisselle chez d'autres gens ! Nous vivions dans une petite chambre glacée et humide, et j'avais le plus grand mal à joindre les deux bouts. Et, si j'y suis arrivée, c'est grâce à l'aide de Mohammad. J'étais physiquement et mentalement brisée, mais j'ai dû travailler pour nourrir mes enfants.

– Et l'argent que Sattari avait fait sortir du pays ? s'est étonnée Mère.

– Quel argent ? Nous n'avions pas d'argent à l'étranger. Nos possessions se limitaient à notre maison de Téhéran, notre villa du nord, un bout de terrain et nos voitures. Tout a été confisqué. J'avais été riche et je me suis retrouvée sans un sou du jour au lendemain !

– Mais tu m'avais bien dit un jour que vous aviez un compte bancaire à Paris ?

– Oui, c'est vrai, j'avais un compte sur lequel Sattari virait de quoi faire face à nos dépenses quand nous partions en voyage. Tu te figurais que j'avais un compte épargne avec des mille et des cents ?

– Mais oui ! »

Nous regardions tante Mahnaz, médusés. Comment avait-elle vécu pendant toutes ces années ? C'était la première fois que je me posais la question. Après quelques instants de silence, elle a poursuivi, la gorge nouée : « Vous vous rappelez que maman priait pour que ceux qu'elle aimait ne soient jamais humiliés ? Eh bien, je peux vous dire que j'ai été humiliée. Vous ne pouvez pas imaginer à quel point j'ai souffert.

– Pourquoi n'es-tu pas rentrée ? Ton père était encore en vie. Il était à la retraite et ne gagnait plus beaucoup d'argent, mais on se serait débrouillés. Nous nous serions entraidés.

– Comment voulais-tu que je revienne ? Tout retour m'était impossible. J'entendais des histoires horribles, on disait que les Iraniens fuyaient en masse. Et de toute façon, où aurais-je pu aller ? Dans quelle maison ? Pour quelle vie ? Aurais-tu voulu que je rentre en Iran pour être condamnée à mendier auprès de mes amis et de ma famille ?

– Après tout, ç'aurait peut-être été mieux que de faire le ménage chez les autres et de subir toutes ces épreuves, tu ne crois pas ? Tu aurais pu trouver un meilleur emploi dans ton pays.

– Crois-tu que quelqu'un aurait embauché la femme d'un général exécuté ? J'ai même reçu une lettre de licenciement du bureau où je travaillais avant. À Paris au moins, personne ne me connaissait. Je pouvais prendre n'importe quel emploi, tout le monde s'en fichait. En Iran, je n'aurais jamais pu faire ça. Même toi, tu n'aurais pas supporté d'entendre ce que les gens chuchotaient dans mon dos. Non ! Vous ne pouvez pas comprendre la situation dans laquelle j'étais. L'Iran me dégoûtait. Je détestais ceux qui avaient assisté à l'exécution de mon mari et qui avaient applaudi. Et je vous détestais, parce que vous aviez cru à leurs mensonges. J'en voulais à tout le monde. Je me réjouissais chaque fois que les médias parlaient de la guerre et des pénuries que vous enduriez. C'était bien fait pour vous, voilà ce que je me disais. En même temps, ça n'atténuait pas ma peine. Il m'a fallu deux ans pour commencer à émerger. Notre demande d'asile a enfin abouti, j'ai appris le français, trouvé un emploi et inscrit les enfants à l'école. Mais, psychologiquement, j'étais toujours en pleine déprime, je n'arrivais pas à faire mon deuil. Je me bourrais de médicaments, j'étais tout le temps fatiguée et je n'avais jamais un moment pour me reposer. Il fallait que je recommence ma vie et que je trouve un emploi correct. Or, sans diplôme, c'était impossible. J'ai enfin réussi à m'inscrire à la fac. C'était mon premier succès et il m'a un peu remonté le moral. Je vous ai appelés, toute contente. Je n'oublierai jamais la froideur de votre réaction ! Papa, qui m'avait toujours encouragée à poursuivre des études, m'a simplement dit : "Bonne chance." Il ne m'a même pas demandé quelles études je faisais. Quant à toi, Maman, tu as trouvé que c'était une mauvaise idée et tu m'as rétorqué : "Comment auras-tu le temps de t'occuper des enfants ?" J'étais effondrée. J'ai hurlé et je t'ai dit de ne pas t'inquiéter pour mes enfants, alors tu t'es vexée et tu as raccroché. Le remords de t'avoir blessée est venu s'ajouter à ma colère et à ma peine. Je ne m'en suis pas encore remise et ça ne fait que creuser, jour après jour, le fossé qui nous sépare.

– À cette époque, chaque fois que nous appelions chez toi, tu étais sortie, a rétorqué Mère. Nazila pleurait et nous disait qu'elle était seule. Elle nous a appelés un jour, terrifiée. Elle a dit que Nader n'arrivait pas à respirer, qu'il était tout bleu et que tu n'étais pas là. J'ai failli faire un infarctus. Je lui ai dit qu'il devait avoir quelque chose de coincé dans la gorge et je lui ai expliqué ce qu'il fallait faire. Mais je mourais de peur à l'autre bout du fil. Je me demandais pourquoi tu étais devenue aussi négligente, pourquoi tu laissais tes enfants seuls aussi souvent. Nazila était bien trop petite pour assumer de telles responsabilités. »

Tante Mahnaz a répondu, le visage fermé : « Je n'avais pas le choix. Si je n'avais pas travaillé, nous n'aurions pas mangé. Et si je n'étais pas allée à la fac, j'aurais dû passer ma vie à faire des ménages. Je n'ai pas compris que c'était encore plus dur pour Nazila que pour moi. Elle avait connu notre vie d'avant la Révolution et, après tout ce qui s'était passé, elle n'arrivait pas à accepter un tel contraste. J'étais trop déprimée pour pouvoir l'aider. Elle a eu une adolescence très difficile. Elle était têtue comme une mule, ne fichait rien en classe et traînait avec une bande de voyous. Elle a fait une fugue à quatorze ans. À cette époque, la vie n'était plus qu'un fardeau pour moi et s'il n'y avait pas eu Nader, je me serais suicidée. »

Elle s'est tue, les yeux pleins de larmes. J'ai vu sa main trembler quand elle a tendu le bras pour prendre un verre d'eau. Mère s'est détournée et a essuyé ses propres larmes. Afsaneh observait la scène, bouche bée.

Tante Mahnaz a avalé quelques gorgées et sa voix s'est raffermie. « Je m'apitoyais sur mon sort. Je ne pouvais pas croire que le foyer que j'avais bâti, rempli de rêves et d'espoir, s'était évanoui du jour au lendemain. Ce pauvre Sattari avait arrangé la maison exactement selon mes vœux. Je regrette encore chacun des objets que j'avais. Pas seulement les beaux meubles que j'avais achetés après avoir fait je ne sais combien de magasins, mais la moindre casserole, la moindre poêle, l'appareil ménager le plus banal. Je passais mon temps à vous imaginer tous ensemble, chez vous, vous rassemblant tous les soirs, pour bavarder et rire. L'envie m'étouffait. Je pleurais toutes les nuits d'épuisement, de solitude, de peur de l'avenir. Mohammad faisait ce qu'il pouvait pour me remonter le moral. Tu te rappelles que tu m'as écrit que les premières années étaient les plus dures ? Tu me conseillais d'essayer de m'adapter, tu m'assurais que tout irait mieux après ces premières années. J'ai essayé, mais je n'y arrivais pas. J'ai appris que papa avait vendu la maison et avait l'intention d'acheter un petit appartement. Je lui ai écrit pour lui demander de m'aider à trouver un logement dans la banlieue de Paris pour que je sois sûre que mes enfants aient un toit, pour me soulager de ce souci. Il ne m'a jamais répondu. Je ne pouvais pas croire que vous m'ayez oubliée comme ça. J'avais l'impression que je pouvais être vivante ou morte, ça vous était bien égal.

– Ton père était très ennuyé. Il ne savait pas quoi faire. Nous avons parlé à Mohammad et il s'est engagé à veiller sur toi. Il nous a conseillé de ne pas nous inquiéter.

– Qu'aurais-je dû vous dire ? a interrogé oncle Mohammad. Que Mahnaz pleurait jour et nuit ? Qu'elle n'allait pas bien du tout ? Qu'auriez-vous pu faire ? Lui envoyer de l'argent ? J'avais l'intention de la faire venir aux États-Unis avec ses enfants, et puis cette histoire d'otages m'en a empêché. À quoi bon vous dire la vérité ? Ça n'aurait fait que précipiter le décès de papa. »

Tante Mahnaz ne les écoutait pas. « J'avais l'impression d'être seule au monde. J'ai compris que vous ne m'aviez jamais aimée. Comme la plupart des déprimés, je me souvenais avec précision de tous vos comportements blessants à mon égard, et j'avais oublié tout ce que vous aviez fait de gentil pour moi. Mohammad n'arrêtait pas de me dire que la situation économique en Iran était catastrophique. Qu'il y avait des tickets de rationnement et qu'il fallait faire la queue pendant des heures pour pouvoir acheter quoi que ce soit. Il disait que la monnaie iranienne s'était terriblement dépréciée et que papa ne pouvait pas m'aider. Je ne le croyais pas. Afsaneh est venue voir ses parents à Paris avant leur départ pour le Canada. Je lui ai rendu visite et j'ai passé quelques jours avec elle. Tu te rappelles toutes les emplettes que tu as faites, Afsaneh ? Tu connaissais les boutiques mieux que moi. Si vous saviez tout ce qu'elle a acheté : des vêtements, des chaussures, des ustensiles de cuisine, des souvenirs pour tout le monde ! Elle a fait tellement d'achats que son père a dû payer un supplément pour les bagages. J'en ai conclu que vous me mentiez. Comment la situation économique pouvait-elle être aussi épouvantable alors qu'elle pouvait se permettre d'acheter tout ça ? Vous vous en sortiez forcément mieux que moi ! Mon amertume grandissait de jour en jour. Les appels téléphoniques hebdomadaires où on se disait toujours la même chose ne me faisaient aucun bien. J'avais l'impression d'être une étrangère pour vous, surtout après la mort de papa, quand je n'ai pas reçu la part d'héritage que j'attendais. J'étais furieuse contre vous tous. »

Mère était blême. Elle a murmuré : « Tout le monde disait que tu avais quitté le pays avec beaucoup d'argent. On racontait que tous les chefs de l'armée du shah possédaient des villas sur la Côte d'Azur. Nous n'imaginions pas que tu avais des difficultés financières.

– De toute façon, est intervenue tante Maryam, ils n'auraient pas pu faire grand-chose même s'ils l'avaient su. Papa était à la retraite, il ne touchait plus que la moitié de son salaire et le taux de change nous était très défavorable. Tout le pays vivait dans l'insécurité. Plusieurs voisins ont été assassinés chez eux. Il y avait eu quelques tentatives de cambriolage, alors papa et maman ont préféré vendre la maison et s'installer dans un appartement, ce qui était moins risqué. Les prix de l'immobilier étaient bas, et la maison s'est vendue assez vite. Ils ont loué un appartement en attendant de trouver quelque chose qui leur convienne. Mais les prix ont flambé d'un coup. Quelques mois plus tard, ils n'avaient même plus assez pour acheter un appartement avec ce que leur avait rapporté la vente de notre grande maison. Papa est devenu fou. Il avait l'impression d'avoir tout perdu, il se rongeait les sangs et déprimait. Après avoir travaillé pendant quarante ans et avoir occupé un bon poste, il n'avait plus rien entre les mains. Ils ont vendu tout ce qu'ils avaient pour pouvoir acheter un petit appartement. Et encore, ils ont eu de la chance. Avec le loyer qu'ils payaient, ils n'auraient pas tardé à se retrouver à la rue ! La situation économique qui régnait en Iran a provoqué la ruine de nombreuses familles, pendant que d'autres s'enrichissaient. Ils ont acheté l'appartement au nom de maman. Voilà pourquoi il n'y a pas eu d'héritage à se partager après la mort de papa. Tu ne savais pas ça ? »

Afsaneh semblait toujours sous le choc. Elle a dit, comme si elle se parlait à elle-même : « Mahnaz est effectivement venue me voir quand j'ai rendu visite à mes parents en Europe. Je lui ai offert les souvenirs que j'avais apportés pour elle, mais ça n'a pas eu l'air de lui faire plaisir. On aurait dit qu'elle s'attendait à autre chose. Elle ne m'a même pas invitée chez elle. Sa froideur m'a heurtée. Je lui ai parlé de notre situation en Iran, mais ça n'a pas eu l'air de l'intéresser. Je n'aurais jamais pensé qu'elle ferait aussi grand cas de tout ce que j'ai acheté dans des solderies. J'avais toujours rêvé d'avoir des articles occidentaux ; j'enviais les belles robes que Mahnaz rapportait de voyage et qu'il lui arrivait même de ne jamais porter. J'avais fait des économies pendant longtemps et je m'étais serré la ceinture pour avoir de quoi faire des achats en Europe. Certaines collègues m'avaient aussi remis de l'argent pour que je leur prenne quelques babioles. En plus, mes parents, qui allaient s'installer définitivement au

Canada, m'ont laissé tout ce dont ils n'avaient plus besoin. Je n'aurais jamais pensé que toutes ces bricoles pouvaient te faire envie, d'autant plus que tu me reprochais d'acheter de la camelote. Je n'étais pas certaine de pouvoir ressortir d'Iran un jour, alors j'ai dépensé tout ce que j'avais. On se sert encore de beaucoup de choses que j'ai rapportées, vingt ans après. »

Un silence pesant est retombé. Tante Mahnaz avait l'air si loin de nous ! Au bout d'un moment, elle a repris : « Tu ne peux pas imaginer dans quelle détresse financière je me trouvais quand je suis venue te voir. J'espérais que tu m'avais apporté un peu d'argent. J'avais déjà pensé à ce que j'en ferais. Je me disais que j'aurais peut-être de quoi m'acheter un studio, ou bien verser un apport personnel et prendre un crédit pour le reste. Ou qu'au moins, je pourrais payer les arriérés de loyer que je devais. Mais tu ne m'avais apporté que mes vieilles robes du soir. J'étais atterrée. Je t'ai demandé pourquoi tu n'avais pas pris les manteaux des enfants et tu m'as dit que tu pensais qu'ils seraient trop petits pour eux maintenant et que j'en avais probablement acheté des neufs. Tu ne comprenais rien à ma situation ! Tout ce que tu me racontais sur l'Iran ne présentait aucun intérêt pour moi. J'avais déjà entendu tout ça à la radio, ou par d'autres émigrés. Tu pensais que je serais désolée pour vous tous, mais ce que je savais, moi, c'est que vous viviez toujours chez vous alors que moi, j'étais exilée, et désespérée. Je ne pouvais pas croire à l'ampleur des changements qui s'étaient produits. Les témoignages qui me parvenaient étaient incompatibles et contradictoires. Alors, quand je pensais à la vie de ma famille, je l'imaginais telle qu'elle était avant mon départ. Peut-être mes difficultés personnelles étaient-elles si graves qu'elles m'empêchaient de penser à celles des autres. J'avais le sentiment que tout le monde me devait quelque chose. »

Afsaneh n'en revenait toujours pas. « Mais toutes tes lettres, toutes tes photos ! Tu nous envoyais des images d'endroits dont nous ne pouvions que rêver. Tu avais l'air de t'en sortir très correctement !

– Je n'allais pas prendre de photos dans une cave, tu penses bien ! Quand maman me demandait des photos pour voir si les enfants avaient grandi, nous enfilions nos plus beaux vêtements et nous allions dans un parc, au pied de la tour Eiffel, ou dans un autre lieu touristique. Je ne voulais pas être humiliée, j'étais trop fière pour ça. Je ne voulais pas vous faire pitié. Alors je faisais comme si je vivais bien. Je me vantais des succès de mes enfants. S'il nous arrivait de voir d'autres Iraniens une fois par mois peut-être, je vous écrivais pour vous le raconter en exagérant beaucoup les détails. »

Mère avait une boule dans la gorge. Je ne voyais pas ses larmes, mais les rides de son visage semblaient plus creusées que jamais. « Ma chérie, pourquoi ne nous as-tu jamais avoué que tu avais tant de problèmes ?

– Vous ne m'avez jamais posé la question ! Chaque fois que vous m'appeliez, vous ne parliez que de vos difficultés, comme si de mon côté, tout était forcément tout rose.

– C'est vrai. J'imaginais que ta vie à Paris était sans nuage. Alors qu'en réalité, c'était l'enfer pour toi comme pour nous. En plus, nous étions fâchés contre toi. Je te trouvais ingrate, je me demandais pourquoi nous ne te manquions pas, pourquoi tu ne venais jamais nous voir, pourquoi tu ne nous invitais jamais à te rendre visite, pourquoi tu ne demandais jamais si nous n'avions besoin de rien… » Elle a séché ses larmes et demandé d'une voix inquiète : « Parle-nous de Nazila. Comment va-t-elle en ce moment ? Où est-elle ? Je me fais du souci pour elle.

– Il n'y a plus de raison de s'inquiéter. Elle mène une vie relativement normale. Mais elle a bien failli me pousser à bout avant de devenir adulte. Sa vie ne prenait pas la voie que j'aurais voulue. Elle a eu bien du mal à finir le lycée. Elle n'a pas continué ses études ensuite. De toute façon, avec les notes qu'elle avait, elle n'aurait pas pu. Elle a même fait un séjour en hôpital psychiatrique. Les choses ont commencé à s'arranger quand elle a rencontré François, son copain actuel. Contrairement aux précédents, c'est un type bien. Ils vivent ensemble et, avec lui, elle a retrouvé un certain équilibre. Il lui arrive encore de rêver de notre maison à Téhéran et de la piscine que nous avions, mais sa colère et sa haine se sont apaisées. Elle m'appelle une fois par semaine, pas plus, et je la vois à peu près une fois par mois. J'ai appris à la laisser vivre sa vie, et j'ai accepté de renoncer à tous mes espoirs et à tous les rêves que j'avais faits pour elle. »

Tante Maryam est allée s'asseoir à côté d'elle. Elle a serré sa sœur contre elle et l'a embrassée sur la joue : « Ma chérie, ne te tracasse pas. Tout est bien qui finit bien. Tes enfants sont en bonne santé, et tu mènes une vie confortable. Sois heureuse de ce que tu as, et cesse de penser aux épreuves du passé. » Les deux sœurs se sont enlacées et ont partagé quelques larmes. Mère a demandé à tante Mahnaz : « Maintenant que tu es remariée, ça va mieux ? Ta vie est-elle plus facile ?

– Après avoir fini ma formation, j'ai pu trouver un meilleur emploi. J'avais plus de temps libre, j'aimais mon travail et je me sentais mieux dans ma peau, mais la solitude me pesait toujours. Shafaghi n'est sans doute pas parfait et s'occuper de deux jeunes enfants n'est pas toujours une partie de plaisir, mais j'avais besoin d'avoir quelqu'un dans ma vie, et je pense que retrouver une vie de famille a fait du bien à Nader. Shafaghi lui donne le bon exemple. C'est un chic type, et il entretient de bonnes relations avec Nader. Il a presque réussi à remplacer son père.

– Alors tu n'as pas épousé Shafaghi par amour mais simplement pour ne plus être seule ?

– Pas exactement. Notre chagrin nous a réunis. Nous ne sommes peut-être pas amoureux, mais je l'apprécie beaucoup. Nous nous comprenons très bien. Il a connu des moments difficiles, lui aussi. »

Oncle Mohsen a froncé les sourcils. « Ah oui ? a-t-il lancé. Il vivait comme un prince avant la Révolution. Et ensuite, il a pris tout son fric et est allé s'installer dans la plus belle ville du monde, où il a épousé des femmes plus jeunes que lui et a eu des enfants.

– Je t'en prie, ne le juge pas aussi vite. Tu ne sais pas ce qu'il a vécu. Il aimait profondément sa première femme. Alors qu'ils fuyaient l'Iran, elle a eu une appendicite perforée au milieu de nulle part, à proximité de la frontière turque. Quand ils ont enfin réussi à trouver un hôpital, il était trop tard. Il a vu sa jeune femme mourir sous ses yeux. Il a dû repartir de zéro et élever son petit garçon tout seul. Quand son fils a été grand et est parti de la maison, sa famille en Iran lui a trouvé une autre épouse qu'elle a envoyée en France. Cette femme ne l'a épousé que pour pouvoir quitter le pays. Je ne comprends pas pourquoi elle a accepté d'avoir des enfants de lui. Elle a fini par divorcer, prendre la moitié de son argent et filer avec un Italien en lui laissant les gosses sur les bras. Quand j'ai fait sa connaissance, il était si seul, si malheureux qu'il m'a fait pitié. Je me reconnaissais en lui. Nous avons passé des heures à nous consoler mutuellement. C'est un homme instruit et j'apprécie sa compagnie. Nous pouvons discuter interminablement d'un article ou d'un livre, et ses activités dans le milieu culturel me font plaisir.

– Tu veux parler des émissions de radio auxquelles il participe ?

– Mais non ! Il n'y participe que pour faire la publicité de son dernier livre. Il arrive qu'on lui demande son opinion sur des sujets politiques, alors il répond, c'est tout.

– Il a écrit un livre ?

– Vous avez passé tellement de temps à le critiquer que vous ne lui avez même pas demandé ce qu'il fait. Il se réjouissait de vous offrir son bouquin. Il avait envie d'en discuter avec vous et de vous demander ce que vous en pensiez. Mais vous n'avez vraiment pas été sympas avec lui.

– Je suis navré ! a marmonné oncle Mohsen. J'ai essayé, je t'assure, mais il n'arrête pas de parler politique, notamment d'organisations que je n'apprécie pas. En plus, il prend la mouche dès qu'on n'est pas d'accord avec lui. Alors, j'ai préféré l'éviter.

– C'est parce qu'il rêve de rentrer en Iran depuis si longtemps ! Ne serait-ce que pour quelques jours. Mais c'est impossible sans un changement de régime. Voilà pourquoi la politique est tellement importante pour lui. S'il pouvait, il en parlerait tout le temps avec moi aussi.

– Ça ne doit pas être marrant tous les jours de vivre avec un homme pareil.

– Détrompe-toi, Afsaneh, ce n'est pas si difficile quand on le connaît. L'important, c'est que ses qualités l'emportent sur ses défauts. Après toutes ces années de solitude, je suis bien contente d'avoir Shafaghi. »

Nader a traversé la pièce, s'est agenouillé devant sa mère et a incliné la tête pour mieux voir son visage. Il lui a caressé les mains affectueusement. Les traits adoucis par un petit sourire, tante Mahnaz lui a ébouriffé les cheveux. Nous les regardions en silence. C'était une jolie scène. Nader s'est ensuite glissé à côté de sa mère, a posé le bras autour de ses épaules et a dit : « Je suis fier de toi. Tu ne te sens pas mieux, maintenant ?

– Et toi ? lui a demandé Mère. Comment as-tu vécu cette période ? Ça a été très dur pour toi ?

– Non. Je n'étais qu'un gamin. Contrairement à maman et à Nazila, je n'ai pas beaucoup de souvenirs d'Iran. J'ai grandi à Paris. Ma vie, ma maison, mes amis, mon avenir, tout est là-bas. Je ne regrette rien. Sans maman, j'aurais déjà oublié le farsi à l'heure qu'il est. Et comme je ne vous connaissais pas, vous ne pouviez pas me manquer. À dire vrai, je ne vous comprenais pas très bien. Et je ne comprends toujours pas les raisons qui vous poussent à faire un certain nombre de choses. Je ne comprends pas l'importance que vous attachez à certains trucs. Maman n'arrêtait pas de me conseiller de faire attention à ce que je disais pour ne pas la gêner, et ça me rendait dingue ! Par exemple, je n'ai jamais compris pourquoi Nazila, François et moi devions absolument passer un doctorat.

– Mais alors, tu n'es pas en troisième cycle ? a demandé Sanaz spontanément.

– Qu'est-ce que ça change pour toi ? Tu ne m'aimeras plus si je ne prépare pas un doctorat ? »

Sanaz a répondu en rougissant : « Maman dit toujours que mon futur mari doit être riche. Un médecin ou un ingénieur peuvent gagner beaucoup d'argent. Mais le plus important, c'est qu'il vive à l'étranger.

– Et toi ? Quels sont tes critères de choix pour ton futur mari ?

– Je ne sais pas. J'ai toujours pensé que maman avait raison. Mais maintenant, j'aimerais mieux que mon futur mari soit mon ami. Qu'il ait bon caractère et soit facile à vivre. Je voudrais le respecter et qu'il me respecte. Pouvoir parler et rire avec lui, partager ses intérêts. Je veux profiter de la vie avec lui, comme j'en ai profité avec toi ces derniers jours. »

Nous l'avons dévisagée, étonnés de la voir déclarer son amour avec une telle innocence. J'en avais les yeux écarquillés, tandis qu'oncle Mohsen et Afsaneh étaient pétrifiés. Nader s'est levé et a dit en riant : « Tu vois pourquoi je la trouve super, maman ? Simple et directe. Merci de m'avoir obligé à apprendre le farsi ! »

L'atmosphère avait changé. Le bonheur et la joie avaient remplacé l'amertume, et tous les visages étaient souriants. Mère s'est tournée vers Nader : « Tu veux bien nous faire passer ces pâtisseries, s'il te plaît ? Et toi, Sanaz, sers donc un peu de thé, tu seras gentille. »

Nous savions pourtant que nous n'avions pas encore dit tout ce que nous avions sur le cœur. Sanaz a apporté le thé et s'est arrêtée devant sa mère. Afsaneh n'a pas tendu le bras pour prendre une tasse. Je l'ai observée. Était-elle fâchée contre Sanaz ? Je n'ai pas décelé le moindre signe de colère sur son visage. Elle avait l'air ailleurs, plongée dans ses pensées. Sentant nos regards posés sur elle, elle a fini par rompre le silence : « Je ne sais plus ce qui est bien ou mal. Mais je continue à penser que ceux qui sont partis ont eu une vie plus facile que nous, en Iran. Vous n'avez pas connu toutes les horreurs qui ont suivi la Révolution, les arrestations, les exécutions de masse, l'insécurité, le désespoir face à l'absence d'avenir ; et pis encore, les huit années de guerre au cours desquelles tant de gens ont perdu la vie, et leur foyer. Vous ne pouvez pas imaginer ce que nous avons vécu : huit années à vivre dans la peur qu'une bombe ou un missile nous tombe dessus. Le mugissement des sirènes d'alerte aérienne qui vous fait trembler de tous vos membres… »

Tante Maryam a fait un geste d'impatience : « Tu parles de ces années de guerre comme si nous avions passé tout notre temps à redouter des attaques aériennes.

– Parce que ce n'était pas le cas ?

– Dans les zones de guerre, si, sans doute. Mais à Téhéran, la situation n'était vraiment inquiétante que par moments. Afsaneh, tu t'es affolée pour rien. Nous avons vécu la même situation que vous, mais nous nous y sommes habitués. »

Afsaneh a répondu sèchement : « Tu peux me traiter de trouillarde si tu veux. Oui, c'est vrai, je ne suis pas courageuse. J'étais déjà peureuse quand j'étais toute petite. Au cours de ces huit ans, j'ai souvent senti la mort me frôler. Au début, dès que les bombardements commençaient, nous quittions la ville et filions vers le nord, ou bien nous nous réfugiions dans une autre ville, chez des amis ou de la famille. Mais les choses ne se sont pas arrangées en quelques jours, ni en quelques semaines, ni même en un an. Nous ne pouvions pas encombrer les autres aussi longtemps. Parfois, il y avait tant de monde entassé dans une maison que plus personne n'avait la place de s'asseoir. J'étais gênée pour ceux qui nous hébergeaient. Et il fallait bien que Mohsen retourne travailler. Alors nous avons renoncé à partir. Nous avons acheté une tente. Nous passions la journée à Téhéran et la nuit, nous campions hors de la ville. Nous nous faisions dévorer par les insectes, nous souffrions de la chaleur et du froid, et notre tente était si petite que nous devions dormir assis. Les enfants étaient malades. Il nous est arrivé de passer toute la nuit dans la voiture. Jusqu'au jour où Mohsen a refusé de quitter la maison. Il s'était habitué aux bombes et trouvait que je m'inquiétais inutilement. Mais j'étais morte de peur. Chaque fois que j'entendais une sirène, je tremblais tellement que je m'entendais claquer des dents. J'obligeais les enfants à aller se cacher sous l'escalier. Nous restions assis là pendant des heures, terrifiés, et pour me calmer, je rêvais d'autre chose. Je m'imaginais près de mes parents et de mes frères et sœurs, qui vivent tous au Canada ou aux États-Unis. J'aurais donné n'importe quoi pour être avec eux. Nous en parlions souvent avec Mohsen et, deux fois, nous avons vendu tout ce que nous possédions, dans l'intention de partir d'Iran. Mais chaque fois, Mohsen y a renoncé. Il disait qu'il ne pouvait pas quitter ses parents. Même quand son père était encore vivant et en bonne santé, Mohsen se sentait responsable d'eux. Je crois que ce n'était qu'un prétexte. Je pense qu'en réalité, il avait peur de partir. Nous écoutions différentes stations de radio, et plus tard, nous avons suivi les informations sur des chaînes satellitaires. Vue à travers leurs yeux, notre situation nous paraissait encore plus affreuse. Nous racontions à d'autres ce que nous avions entendu et tous ne réagissaient pas de la même façon. Nous fréquentions les gens qui partageaient notre point de vue, et nous avons rompu toute relation avec ceux qui n'y voyaient qu'un fatras de mensonges.

Les enfants ont grandi, la guerre s'est terminée et les voyages sont devenus plus faciles. Ceux qui avaient quitté l'Iran revenaient, le sourire aux lèvres. Ils étaient chics et modernes, ils étaient chargés de valises remplies d'objets incroyables. Ils venaient revoir leur pays et les familles qu'ils y avaient laissées. Leurs enfants étaient libres et manifestaient une insouciance qui m'étonnait. Je comparais leur comportement à celui de mes propres enfants, et j'avais l'impression que mon pauvre Siroos était déjà vieux, qu'il avait été privé d'enfance. Il me faisait de la peine. Nous avions du mal à comprendre ces visiteurs. Quand ils évoquaient leurs problèmes, ils me faisaient rire et quand ils parlaient de toutes les possibilités qu'ils avaient, ils me faisaient envie. S'ils me demandaient comment je pouvais porter un foulard en plein été ou pourquoi je me couvrais de la tête aux pieds pour sortir, je m'apitoyais sur mon sort et le hidjab me faisait encore plus horreur. Ils parlaient des petits amis et des petites amies de leurs enfants, de boîtes de nuit, de pique-niques, de tout ce qu'ils pouvaient faire, et moi, je pensais à toutes les fois où j'avais dû me démener pour sortir mes gosses de prison ou leur éviter le fouet parce qu'ils avaient été arrêtés pour être allés à une fête ou avoir parlé à une personne du sexe opposé. Ils racontaient que leurs enfants s'étaient inscrits à l'université sans avoir à passer d'examen, et moi, je pleurais sur mes enfants qui passaient des mois et des mois à la maison à étudier et qui finissaient par rater leurs examens à cause de la concurrence acharnée de tous ceux qui voulaient entrer à la fac. Quand ils parlaient de l'indépendance de leurs enfants et de leurs succès professionnels, je regardais mon fils, et je voyais un jeune homme sans emploi, sans projet, amer et désespéré, bourré d'antidépresseurs.

Nous avons essayé d'envoyer Siroos à l'étranger plusieurs fois, en vain. Mon seul espoir était que Sanaz se trouve un mari étranger. Je ne voyais pas d'autre solution. Mais maintenant, après tout ce que vous nous avez raconté, je ne sais plus quoi penser. Tout ce que tout ce que les gens qui sont partis d'Iran nous ont raconté n'était-il qu'un tissu de mensonges ? »

Oncle Mohammad lui a adressé un sourire plein de bonté. « Non, Afsaneh, ce n'étaient pas des mensonges. Leur situation n'est pas la même que la vôtre. Ils ont des choses que vous n'avez pas et qui vous font envie alors qu'elles sont tout à fait banales à leurs yeux. Mais ça ne les empêche pas de vous jalouser pour ce que vous avez.

– Quoi, par exemple ? a demandé Afsaneh avec un sourire narquois. Qu'avons-nous qui puisse vous faire envie ? »

Michael a pris la parole d'une voix tremblante, avec son air guindé habituel. « Grand-mère ! Vous, vous avez grand-mère. Et puis, vous êtes ensemble ! En ces jours amers de solitude, si je vous avais eus à mes côtés, j'aurais moins souffert. Je ne me serais pas senti aussi abandonné. Voyez Dokhi. Je n'ai perdu que ma mère, alors qu'elle a perdu ses deux parents quand elle était toute petite. Mais, d'après vous, lequel de nous deux entretient les relations les plus saines avec notre famille ? N'a-t-elle pas plus de parents que moi ? N'éprouve-t-elle pas un sentiment d'amour et d'appartenance plus profond ? Je me doute qu'elle a souffert de la solitude, elle aussi, mais je suis certain qu'elle n'en a pas souffert autant que moi. Je vois bien que vous vous inquiétez tous pour elle. Elle vous est proche et vous vous occupez d'elle de votre mieux. Vous l'aimez. Oh ! J'aurais tant voulu qu'on m'accorde autant d'attention ! Non, non ! Vous ne mesurez pas le prix de ce que vous avez. »

J'étais abasourdie. En vérité, qu'aurais-je fait sans ma famille ? J'avais de la peine pour Michael. J'ai tourné les yeux vers oncle Mohammad. Une larme était suspendue à sa moustache. « Tu avais une grand-mère et un oncle aux États-Unis. Cela ne te suffisait donc pas ? a-t-il demandé.

– Papa, je n'ai rien à leur reprocher. Ils étaient très gentils avec moi. Mais je ne les voyais qu'une ou deux fois par an. Je ne dis pas qu'ils étaient froids ou insensibles, mais ils ne manifestaient pas leurs sentiments comme nous. Tu sais très bien que les Américains ne montrent pas leurs émotions comme les Iraniens. Je suis irano-américain. Crois-tu que cette dualité ne touche que la couleur de ma peau ? Non ! J'éprouve des besoins affectifs différents. Il faut que les deux côtés s'équilibrent pour que je me sente complet. Voilà pourquoi j'ai toujours l'impression qu'il y a un vide en moi. »

Ses derniers mots ont été à peine audibles. J'avais peur qu'il n'éclate en sanglots devant tout le monde. Mais il s'est levé et est sorti sur la terrasse. Je le comprenais si bien ! Après avoir exprimé des sentiments qu'il avait toujours dissimulés, même à lui-même, il avait besoin de rester seul avec ses pensées.

Nous nous sommes levés, nous sommes dérouillé un peu les jambes et avons mangé quelques fruits. Danial est arrivé en courant et a chuchoté quelque chose à l'oreille de son père. Oncle Mehdi s'est levé, est allé à la cuisine, a rempli un verre de lait et l'a tendu à son fils. Il a pris quelques biscuits sur le comptoir et était sur le point de suivre Danial dans le jardin quand tante Maryam, assise à l'autre bout du salon, l'a arrêté : « Où vas-tu ? Ne crois pas que je vais te laisser filer comme ça. Rassieds-toi. J'ai un tas de questions à te poser. Depuis que nous sommes ici, personne n'a eu le cran de te demander ce que tu as. Tu passes ton temps dans ton coin quand tu ne cours pas après ton fils. On pourrait croire que tu n'es pas venu ici pour nous voir, mais simplement pour prendre des vacances avec lui. Quand je te regarde, je ne peux pas m'empêcher de me demander si tu es vraiment le Mehdi gentil et drôle d'autrefois. Où est-il passé ? Pourquoi a-t-il changé à ce point ? »

La brutalité de ses questions nous a surpris, mais nous étions heureux de son intervention. Nous nous sommes tournés vers oncle Mehdi. Il s'était arrêté net. Danial a dégagé sa main de celle de son père, a répondu aux appels de Meysam dans un mélange de farsi et de suédois et est ressorti sur la terrasse en courant. Oncle Mehdi a gardé le silence et nous ne l'avons pas quitté du regard jusqu'à ce qu'il réponde enfin d'une voix rauque : « Ce Mehdi-là est mort. Il est enterré dans le froid et les ténèbres arctiques. » Entendant Mère respirer bruyamment, je me suis tournée vers elle. Oncle Mehdi a poursuivi : « Vous savez tous que je n'avais pas le choix. Je ne voulais pas quitter l'Iran. J'étais inscrit à l'université et j'avais commencé mes études. Je ne sais pas quel génie a eu l'idée d'offrir aux étudiants la possibilité de devenir des martyrs de la guerre. Toujours est-il qu'en 1988, en guise de cadeau de Nouvel An, ils nous ont envoyés au front sans formation ni préparation. J'ai pris mes jambes à mon cou au premier cadavre que j'ai vu. Je savais que je risquais la peine de mort. Au bout d'un moment, les déserteurs ont été si nombreux que le pouvoir a été obligé de gracier les étudiants-soldats. Mais, sur le moment, nous n'imaginions pas qu'il en arriverait là. Je me suis caché un moment chez tante Shamsi. Papa disait que, même si on me graciait, je serais obligé de partir parce qu'il ne me restait qu'un semestre à faire avant mon diplôme. Ensuite, le service militaire m'attendait, que je le veuille ou non. Voir la guerre d'aussi près avait été une expérience tellement terrifiante que j'étais prêt à tout pour ne plus retourner au front. La seule solution était de quitter le pays. Je n'avais aucune envie de partir. J'étais amoureux et je n'avais jamais connu que l'Iran. J'ai demandé à papa s'il pouvait faire en sorte que je puisse rester, mais il m'a répondu qu'il n'avait rien pu faire pour Habib et qu'il fallait que je parte.

Après avoir été ballotté d'un pays à l'autre, j'ai fini par me retrouver dans un camp glacial, à l'extrême nord de la Suède. La neige s'étendait à perte de vue et les rayons du soleil eux-mêmes me paraissaient bizarrement obliques. J'avais l'impression d'avoir débarqué sur une autre planète, loin de toutes les notions de temps et d'espace qui m'étaient familières. En l'absence de soleil, j'étais incapable de distinguer le jour et la nuit. Je ne savais pas quand dormir ni quand me réveiller. S'y ajoutait le froid qui me pénétrait jusqu'aux os.

J'ai passé trois mois dans une chambre glaciale, à contempler la noirceur et la blancheur infinies qui recouvraient le paysage. Pourquoi suis-je devenu taciturne ? Parce que, quand on ne peut pas parler sa langue, qu'on n'a personne à qui parler et rien à dire, on ne peut que se réfugier dans le silence. J'avais presque perdu l'usage de la parole quand soudain, la chance m'a souri. Forouzan a été envoyée dans le même camp que moi. Nous sommes tombés amoureux en une semaine, et un mois plus tard, nous étions mariés. Maman m'a écrit pour me demander pourquoi j'avais pris aussi rapidement la décision la plus importante de ma vie. Son étonnement m'a fait rire. Faire le bon choix : qu'est-ce que cela signifie quand on n'a pas le choix ? Au moins, la présence de Forouzan a évité que je me suicide, comme tant de demandeurs d'asile. Je ne regardais plus le paysage lugubre. J'avais enfin trouvé une raison de vivre. J'ai fini par apprendre le suédois, et nous avons obtenu nos papiers. Nous avons quitté le camp, nous nous sommes installés en ville. J'ai trouvé un emploi et nous avons commencé à bâtir une vie commune. Nous avons eu des enfants. Mais la nécessité qui nous avait rapprochés au camp avait disparu. Nos divergences ont commencé à me sauter aux yeux. Nous n'avions aucun centre d'intérêt commun, aucun sujet de conversation. Nous n'avions même pas l'énergie de nous disputer. Nous avions quitté l'Iran pour des raisons différentes, et chacun voyait dans l'autre un obstacle à ses projets. Nous sommes devenus ennemis. Nous avons divorcé, et Forouzan a obtenu la garde des enfants. Je me suis retrouvé seul. J'avais un bon boulot, mais l'Iran, la maison, me manquaient. Je n'avais jamais pu me faire à cet éloignement forcé. Je savais que je resterais à jamais un citoyen de seconde zone. C'est sans doute difficile à comprendre pour vous. Vous pouvez vous élever aussi haut que vous voulez, vous serez toujours un étranger. Vous allez me trouver fou, mais même notre balayeur me manquait !

J'appartiens à une génération qui n'a jamais été autorisée à prendre ses décisions elle-même. Tout nous a été imposé, et notre situation nous a conduits sur des voies que nous n'avions pas choisies. Je suis redevenu taciturne. Comment faire autrement ? Qu'aurais-je pu dire ? Le silence est naturel dans cette froideur, je l'ai appris des Suédois, et je suis devenu comme ça : froid, gelé, ni franchement malheureux ni franchement heureux. Je n'ai pas de problèmes, j'ai toutes les assurances qu'il faut, je vis confortablement et je n'ai plus de rêves. Il m'arrive de me demander si je suis toujours en vie. Peut-être suis-je mort il y a longtemps et je ne m'en suis pas encore rendu compte. Si quelque chose, parfois, peut me donner le sentiment d'être encore en vie, c'est un bruit, un souvenir, un parfum, une chanson qui me rappellent le passé, notre maison, notre enfance insouciante, le chaud soleil de ma patrie. Et si je vous envie quelque chose, c'est d'être aussi proches les uns des autres, même quand vous vous disputez. »

Un rire insolent a échappé à Siroos. C'était tellement inopportun que nous nous sommes tous tournés vers lui, le fusillant du regard. Il s'est interrompu pour lancer : « On croit rêver ! Maintenant, je comprends mieux l'expression "le bonheur rend fou". Je te plains de tout mon cœur ! »

Et il s'est remis à rire. J'étais habituée à son aigreur, mais je ne l'avais encore jamais vu aussi provocant.

« Tu aurais mieux fait de rester en Iran, mon oncle, a-t-il poursuivi. Tu aurais pu aller sur le front, te faire blesser, être fait prisonnier par l'ennemi ou devenir martyr, qui sait ? Tu serais peut-être allé en prison, on t'aurait torturé. Tu aurais appris ce que c'est d'être pauvre et sans emploi. Peut-être te serais-tu senti plus vivant comme ça. Tu as raison. La vie est trop dure quand tout est calme et paisible, quand tu es libre de faire tout ce que tu veux. Ta femme t'a quitté ? La belle affaire ! Remarie-toi ! Ou trouve une autre femme qui s'installera avec toi. Tu n'es pas obligé, toi, de présenter un certificat de mariage chaque fois que tu te promènes avec une femme. Comme je te plains de devoir te passer de police des mœurs et de coups de fouet, et de n'avoir personne pour te dire ce qui est permis ou défendu dans ta vie privée ! »

Son rire nerveux est devenu incontrôlable.

Rouge de colère, oncle Mehdi s'est tourné vers Siroos. « Nous ne faisons pas un concours de malheur ! Vous m'avez demandé pourquoi j'avais changé, alors je vous ai expliqué par quoi j'étais passé. Vous n'avez ni vu ni senti ce que j'ai vécu, et je ne vous demande pas de me comprendre. Je ne vous comprends pas non plus. Je n'ai pas mis les pieds en Iran depuis de longues années, et j'ai conscience que les choses ont changé. J'ai perdu le contact avec ta génération, Siroos, c'est sûr. Je te trouve pétri de contradictions. Je ne comprends pas pourquoi tu te crois tout permis. On dirait que le monde entier te doit quelque chose ! Puisque tu es si franc, permets-moi de te dire ce que moi, je pense de toi. Tu sais quoi ? Tu es tellement content de toi, tellement gâté. À te regarder, on pourrait croire que tu arrives tout droit du Massachusetts, alors que tes idées remontent à l'ère kadjar ! Tes parents t'ont donné tout ce qu'ils pouvaient, mais ça ne te suffit pas et tu les traites comme des larbins. Tu n'as aucun projet d'avenir, aucun plan, aucune motivation, aucun enthousiasme. Tu es tout le temps de mauvaise humeur, tu passes tes journées à bouder. Ces deux derniers jours, je t'ai entendu demander je ne sais combien de fois ce que ton père, tes oncles, tes tantes et ton pays ont fait pour toi. Pourquoi ne te demandes-tu pas ce que toi, tu as fait pour eux ? Quand j'avais ton âge, j'avais des millions de projets. Je bossais dur et j'étais impatient de faire quelque chose de ma vie. Je voulais être indépendant. J'avais honte de dépendre de mes parents. Toi, tu ne te lèves même pas pour te chercher un verre d'eau ! Combien de temps encore seras-tu à la charge de ton père ? Combien de temps encore ta mère devra-t-elle faire ta lessive ? Et quand on te dit la vérité, tu te vexes. Mohammad a eu raison de te dire qu'un garçon qui, à trente ans, n'a rien fait de sa vie en Iran ne fera pas mieux aux États-Unis. Mais monsieur s'est senti insulté ! Tu crois qu'il mentait ? Ta mère t'a chouchouté toute ta vie, elle continue à te nourrir, à veiller sur toi. Sais-tu te servir d'un lave-vaisselle ? Sais-tu passer la serpillière ? Ou imagines-tu décrocher un poste de cadre chez Microsoft ? Et puis d'abord, pourquoi est-ce que c'est ton père qui doit parler pour toi ? Tu n'as pas de langue ? Depuis que nous sommes ici, je n'ai entendu sortir de ta bouche que des remarques méprisantes. J'ai essayé de comprendre ton point de vue sur la vie, mais ça ne m'a mené à rien. Tu n'as exprimé qu'envie, amertume et dérision ! »

Siroos a eu l'air aussi sonné que si oncle Mehdi l'avait giflé. Personne ne lui avait jamais parlé sur ce ton, et il ne savait pas comment réagir. Il ne quittait pas oncle Mehdi des yeux. Je me suis tournée vers oncle Mohsen et Afsaneh. Ils étaient abasourdis, eux aussi. L'instinct maternel d'Afsaneh a fini par prendre le dessus et elle a volé au secours de son fils. Les lèvres pincées, elle s'est précipitée sur oncle Mehdi. Allait-elle le frapper ? Je me suis caché les yeux pour ne pas voir. Mère avait dû avoir la même idée que moi car elle a crié : « Oh, non ! » N'entendant plus rien, j'ai écarté mes doigts pour jeter un coup d'œil. Afsaneh s'était arrêtée juste devant sa cible, sans doute désarmée par le regard plein de bonté d'oncle Mehdi.

« Afsaneh, ma chère, je ne voulais pas vous contrarier, Siroos et toi. Tu as été une mère pour moi et je ne l'oublierai jamais. Je me rappelle que, même enceinte et souffrante, tu m'as toujours soutenu. Tu étais ma confidente. Tu m'écoutais pleurnicher sur mes amours impossibles et tu as même invité la fille que j'aimais chez vous. Tu savais que quitter l'Iran me brisait le cœur et tu as partagé mes larmes. Siroos était mon neveu préféré. Il était tout le temps dans mes bras avant mon départ d'Iran et c'est lui qui m'a le plus manqué pendant ma première année d'exil. Crois-moi, je n'ai parlé ainsi que par amour. Je n'avais pas l'intention de le déprécier ni de l'insulter. Tout ce que je veux, c'est qu'il se réveille. Ça me navre de le voir aussi déprimé, aussi apathique. Qu'il prenne lui-même sa défense. Permets-lui de devenir enfin un homme. Je t'en prie, ne prends pas cela personnellement et laisse-le écouter ce que j'ai à lui dire. Qui le lui dira, si je ne le fais pas ? »

Oncle Mohammad a rejoint Afsaneh et a posé le bras autour de ses épaules. « Il a raison. Croyez-moi quand je dis que nous ne voulons que son bien. Toutes nos paroles sont dictées par l'affection. Si vous saviez combien de fois j'ai dû faire monter dans un avion des gens qui souffraient de dépression chronique comme Siroos pour les renvoyer chez eux. Certains étaient tellement bourrés de talent que ça me brisait le cœur. Mais je ne pouvais pas faire autrement. Ils étaient trop mous, trop faibles, parce qu'ils avaient été choyés toute leur vie. Ils étaient incapables de supporter la solitude de l'exil. Ils n'avaient pas appris à se débrouiller seuls. Je vous jure que, contrairement à ce que vous croyez, vivre à l'Ouest n'est pas qu'une partie de plaisir. Je vous dois la vérité, pour que vous puissiez prendre vos décisions en toute connaissance de cause. Ne croyez pas que je cherche à me dérober à mes responsabilités, mais vous vous trompez si vous pensez que je vais jouer pour lui le rôle que vous jouez depuis vingt-neuf ou trente ans. Tôt ou tard, nous devons permettre à nos enfants d'apprendre et de s'exprimer par eux-mêmes, de faire leurs choix en toute conscience et d'assumer leurs responsabilités. Voici (il a sorti quelques feuillets pliés de sa poche) des formulaires d'inscription à l'université que j'avais apportés pour Dokhi et Siroos. »

Afsaneh a été désarmée ; elle ne savait plus quoi dire. Elle est restée debout un instant, hésitante, puis elle a laissé oncle Mohammad la raccompagner à sa chaise. Elle s'est assise à côté d'oncle Mohsen qui n'avait pas quitté son frère du regard.

Tout le monde se taisait. Je crois que nous étions tous épuisés. Oncle Mohammad a pris sa tasse de thé, froid à présent, et l'a vidée d'un trait. Oncle Mehdi a allumé une cigarette et a appuyé la tête contre le dossier de son siège. Mais les rides sur le visage de Mère étaient toujours aussi creusées. Je n'aurais pas su dire si elle était fâchée, triste ou soulagée que la vérité ait enfin été dite. Tante Mahnaz a épluché des fruits et les a disposés devant elle sur une grande assiette. Je voyais bien qu'elle avait l'esprit ailleurs. Sanaz et Nader étaient inhabituellement silencieux. Tante Maryam a pris les tasses vides et les a rangées sur le comptoir de la cuisine. Je me suis levée pour faire circuler l'assiette de fruits que tante Mahnaz avait préparée. Je l'ai tendue à Siroos, mais il n'a pas réagi. On aurait dit qu'il ne me voyait pas. Je suis retournée m'asseoir. Puis entendant la voix lasse de Siroos, je me suis tournée vers lui. Ses lèvres étaient pâles et sèches.

« Le premier souvenir que j'ai est celui d'une nuit glaciale, où maman m'a brutalement tiré du lit pour me traîner sous l'escalier. Il faisait noir et nous entendions les sirènes. Maman ne se rendait pas compte qu'elle me serrait trop fort contre elle. J'arrivais à peine à respirer. Elle tremblait de tous ses membres et sa peur envahissait jusqu'à la moelle de mes os. Je ne sais pas si elle s'est mise à parler pour me rassurer, ou pour se rassurer elle-même. "Un de ces jours, m'a-t-elle dit, nous prendrons un avion et nous monterons dans le ciel, plus haut que les nuages. Nous volerons, volerons, volerons jusqu'à un très joli endroit. Grand-père, grand-mère, tante Roya et ses enfants, et puis aussi oncle Esfandiar nous attendront à l'aéroport." Sa voix est devenue plus douce et les battements de son cœur plus réguliers. C'était comme si elle était descendue de l'avion et saluait ses parents. “Ils nous feront monter dans leur voiture et nous emmèneront. Quelle belle ville ! Toute propre, pleine d’arbres et de fleurs, sous un ciel bleu d’azur ! Nous irons chez grand-mère. Ils ont une pelouse verte et une maison à deux étages. Ils nous installeront dans une des chambres du haut, si confortable, meublée avec tant de chic. Tout est si beau là-bas. Tout le monde est heureux et souriant. Il n’y a pas de guerre, pas de bombes. Nous nous amuserons beaucoup…” Elle parlait, parlait et moi, j’imaginais le paradis qui nous attendait. J’ai passé toute mon enfance sous l’escalier à écouter les rêves de maman, à espérer que nous rejoindrions bientôt ma grand-mère et mes tantes qui avaient tant de chance. Tous les bons souvenirs, toutes les belles images de cette époque se rattachaient à ceux qui avaient quitté l’Iran. Chaque fois qu’on voyait une jolie maison à la télé, je disais à maman : “Viens vite voir, c’est la maison de tante Roya !”

Vous ne comprenez pas pourquoi je suis tendu et angoissé. Huit ans ! Toute mon enfance n’a été que black-out, peur du noir, cris de maman m’ordonnant de ne pas bouger d’un pouce, réveils en pleine nuit au son des sirènes et bruit lancinant des battements de cœur de maman sous l’escalier. À chaque explosion, elle hurlait et retenait son souffle. Puis elle soupirait en murmurant : “Dieu merci, ce n’était pas pour nous !” Puis, prise de remords, elle priait pour ceux qui étaient prisonniers des décombres. Tous les jours, je pensais que ce serait notre tour. Je n’ai jamais pu me défaire de l’angoisse qui s’est imprimée en moi à cette époque. Pendant la journée, nous passions en revue le nombre de morts des bombardements de la nuit précédente. Nous comptions les portraits des martyrs de la guerre sur le chemin de l’école, nous vérifiions tous les jours qui étaient les nouveaux. C'était un peu l'album de photos du quartier. Il n'y avait jamais de bonnes nouvelles. Je n'ai rien su de ce qui était arrivé au mari de tante Mahnaz, rien su de la mort d'oncle Habib, du départ d'oncle Mehdi, des pénuries ou des problèmes économiques. La seule chose que je voyais, c'est que tout le monde était déprimé, nerveux, inquiet. Papa écoutait la radio nuit et jour et nous donnait des nouvelles encore plus alarmantes que ce que nous pouvions observer par nous-mêmes. Il détestait les émissions de la télévision nationale. Notre unique source de divertissement était les films VHS de contrebande que nous regardions en cachette. Une fois par semaine, le livreur de films arrivait avec un sac plein de cassettes ! Nous nous entourions d'autant de précautions que si nous avions acheté de l'héroïne ! Papa montait la garde dans la rue, et je faisais le guet à la porte. Maman choisissait rapidement quelques films et après le départ du livreur, nous restions à l'affût pendant une demi-heure, inquiets à l'idée qu'il soit arrêté et nous dénonce. Mes parents me rappelaient inlassablement de jamais en parler à l'école. De ne jamais dire qu'il arrivait à papa de boire de l'alcool ou à maman de ne pas porter le foulard. J'étais perdu, incapable de distinguer le bien du mal. Un bon garçon devait-il mentir ou dire la vérité ? Mais notre sécurité reposait sur des mensonges et je ne mentais pas bien. Un jour, j'ai révélé notre grand secret à un copain de classe. Je lui ai avoué que, la veille au soir, un ami de mon père nous avait apporté une bouteille de vin fait maison et que j'en avais bu une toute petite gorgée. Je lui ai dit que ça avait un goût bizarre. Je lui ai même raconté qu'ensuite, nous avions regardé un film et que je pourrais le lui prêter s'ils avaient un magnétoscope. Une semaine plus tard, on s'est disputés et il m'a dénoncé au directeur. J'étais terrifié, je me sentais tellement coupable ! J'avais peur qu'ils viennent nous fouetter et qu'ils jettent mes parents en prison. Je suis tombé malade, j'ai eu de la fièvre et j'ai fait des cauchemars pendant une semaine. En définitive, il ne s'est rien passé, mais je n'avais que huit ans. J'ai eu l'impression d'être mort et ressuscité. Je me suis juré de ne plus jamais faire confiance à personne.

Chaque fois que les adultes se retrouvaient, c'était pour échanger de mauvaises nouvelles. On aurait dit que ça les amusait de se terrifier mutuellement. C'était une surenchère d'horreurs et ils ne songeaient même pas à l'effet que ça pouvait avoir sur nous, les enfants. D'ailleurs, ces discussions n'étaient pas bonnes pour eux non plus. Ça virait au sadomasochisme.

Maman ne cessait de dire que ceux qui étaient partis avaient bien de la chance, tandis que papa n'arrêtait pas de vitupérer et de se plaindre que ses parents ne l'aient pas envoyé à l'étranger au bon moment. Et ils passaient leur temps à se disputer à propos de notre éventuel départ. Maman menaçait de partir coûte que coûte, quitte à nous laisser avec lui. Ses menaces m'ont valu bien des nuits d'insomnie. Nous étions entourés de violence. Elle touchait même Dieu ! En classe, nos professeurs de religion nous en traçaient des images bien différentes de celles que j'avais toujours eues de Lui. Il s'est alors transformé dans mon esprit en une figure terrifiante qui épiait le moindre de mes gestes, attendant que je commette la plus petite erreur pour me jeter dans un puits ou dans les flammes de l'enfer, ou pour me noyer dans une fange écœurante, grouillante de serpents et de scorpions. Les châtiments de Dieu dépendaient de la créativité de nos professeurs et rivalisaient en atrocité. Un jour, nous avons fait une sortie de classe et on nous a conduits dans un cimetière. J'ai été obligé de m'allonger dans une tombe vide et de me demander ce que je ressentirais le jour de ma mort. Cette expérience me hante encore vingt ans plus tard. Je ne comprends pas pourquoi Dieu nous déteste autant. Comme je me suis complètement détaché de Lui, je n'ai plus aucun recours dans mes heures de détresse. Je me sens complètement seul dans ce monde vaste et violent.

Ne croyez pas que la fin de la guerre ait marqué la fin de nos angoisses. Oh non ! Elles ont changé d'objet, c'est tout. Nous n'étions plus bombardés, mais nous étions traqués par la police des mœurs. Chaque fois que je sortais, je devais faire attention à ne pas me faire arrêter. Nous devions surveiller notre tenue. Un de mes amis s'est fait prendre parce qu'il portait une chemise imprimée. Même ici, je suis constamment à l'affût de la police des mœurs ! J'ai tout le temps l'impression d'être suivi. Peu importent les vêtements que je porte, les gens avec qui je suis, que je fasse quelque chose d'illégal ou non, je suis perpétuellement sur les nerfs.

Les seuls moments où nous sommes autorisés à crier des slogans, à parler à des filles ou à nous regrouper pour défiler dans les rues sont les jours de deuil religieux ! Vous ne trouvez pas ça grotesque ? Comment pourrai-je apprendre ce qu'est l'amour dans un pays où nos jours de fête sont des jours de deuil ?

Quand maman est revenue en Iran après être allée voir sa famille en Europe, je n'ai pas eu l'impression que nous lui avions manqué. Elle était plus fâchée d'être de retour qu'heureuse de nous voir. La première remarque qu'elle a faite a été : "Comme tout est poussiéreux ici !" Quand nous sommes arrivés à la maison, elle s'est mise à parler de tout ce qu'ils ont de magnifique là-bas. De leurs salles de bains, plus belles que notre salon. Plus elle parlait, plus j'étais convaincu que la vraie vie n'existait qu'à l'Ouest. Je me suis mis à détester tout ce que j'avais. » Il s'est tu un instant, puis j'ai vu la colère envahir à nouveau ses yeux. Il s'est penché légèrement en avant et a repris d'une voix forte et rauque. « Vous m'avez élevé dans le pessimisme, dans la rage et l'angoisse. À vous entendre, tout le monde ment et les étrangers sont responsables de tous les maux de notre pays. Si nous sommes entourés d'espions ou de traîtres, comment faire confiance à qui que ce soit ? Pour vous, tous ceux qui obtiennent un poste sont des collaborateurs du régime. Qui aurais-je pu choisir comme modèle ? Vous traitez les martyrs d'imbéciles. Vous dites que, quand vous étiez jeunes, vous étiez aussi idéalistes qu'idiots, et vous vous moquez de votre propre naïveté. Et après, vous avez le culot de me demander pourquoi je n'ai pas d'idéaux, pourquoi je ne défends aucune cause, pourquoi je ne suis pas prêt à donner ma vie pour quoi que ce soit ? Vous ne croyez pas que nous avons raison de refuser de participer à cette mascarade ?

Vous me demandez pourquoi je n'ai pas envie d'aller à la fac, pourquoi je n'ai pas trouvé d'emploi. À quoi bon se donner la peine de faire des études ? Papa en a fait, et à quoi lui ont-elles servi ? Il travaille dans un bureau, mais il gagne moins bien sa vie qu'un épicier ou un déménageur. Si vos parents vous donnent un capital pour vous permettre d'ouvrir une boutique ou une petite entreprise, vous arriverez peut-être à joindre les deux bouts. Mais le salaire d'un employé de bureau ordinaire ne permet même pas de payer le loyer d'un studio ! Alors pourquoi voulez-vous que je travaille si, avec un emploi de bureau, je ne peux même pas payer mes transports et mes repas ? Je préfère rester à la maison à ne rien faire et éviter de souffrir comme papa les jours où il va bosser. Vous pouvez vous plaindre que je ne travaille pas, que je n'aille pas à la fac et que je n'aie aucun projet d'avenir. Comment voulez-vous que j'aie des ambitions alors que l'avenir paraît si sombre et si lugubre ? Je déteste tout le monde et j'ai l'impression qu'on me doit tout ? C'est vrai ! C'est comme ça que vous m'avez élevé. Et maintenant, vous vous arrachez les cheveux et vous vous demandez pourquoi la jeune génération est aussi arrogante et paresseuse. Pourquoi nous ne vous ressemblons pas davantage. Pourquoi nous ne sommes pas heureux, pourquoi nous n'éprouvons aucune joie de vivre, pourquoi nous n'avons aucune motivation ! De qui étais-je censé apprendre tout ça ? Je n'ai jamais vu personne éclater de rire autour de moi. Je n'ai jamais participé à des carnavals, à des fêtes ni même à des sorties peinardes où j'aurais pu apprendre à m'amuser. Personne autour de moi n'a jamais parlé de l'avenir avec espoir. Vous dites tous que je me conduis comme si mes parents me devaient quelque chose. Eh bien oui. Parce qu'au lieu de me faire découvrir le plaisir, l'espoir, l'amour et la sérénité, ils ne m'ont inculqué que la peur, l'angoisse et le pessimisme. Vous dites qu'ils ont travaillé dur pour nous élever. Oui, c'est vrai. Ils ont travaillé dur pour m'acheter des vêtements et des jouets. Et j'en voulais toujours plus. Ça me permettait de frimer devant les autres gamins et compensait l'humiliation que j'éprouvais en pensant à nos parents de l'étranger. Mais tout cela était tellement dérisoire qu'une seconde après, je me désintéressais des affaires qu'ils m'avaient achetées à prix d'or. Je les jetais et j'en réclamais d'autres. Maintenant, je ne veux plus rien. Je suis fatigué. Je suis fatigué de tout. Tout ce que je veux, c'est oublier. M'enfuir. Et je sais comment faire. Les solutions sont à portée de main et bon marché. Je n'ai que l'embarras du choix. Je pourrais même vous donner quelques tuyaux. »

Il est sorti de la pièce sur un rire nerveux et caustique, claquant la porte derrière lui. L'amertume de ses propos nous a laissés sans voix. Nous nous sommes dévisagés, avant de nous détourner. Les sanglots d'Afsaneh ont brisé le silence. « Il a raison ! Ce sont les enfants de la Révolution, de la guerre, de la violence et du désarroi. Ils ont vécu des épreuves très cruelles. Nous avons réussi à oublier bien des choses, mais elles ont laissé une empreinte indélébile sur son âme. »

Oncle Mohsen était courbé en deux, les coudes sur les genoux et la tête entre les mains. Il avait l'air d'avoir vieilli de plusieurs années.

« J'ai travaillé toute ma vie pour que ma famille ne manque de rien. J'ai avalé bien des couleuvres, simplement pour toucher un salaire et réussir à nourrir ma famille. Quand Afsaneh a dû arrêter de travailler après la Révolution, la pression a été encore plus forte. Il m'arrivait de me sentir écrasé sous le poids des responsabilités. Je cumulais les emplois et je rentrais à la maison éreinté. Mais j'avais beau trimer comme une bête de somme, je ne lisais que tristesse et chagrin sur les visages de ma femme et de mes enfants. Quand Siroos a passé son permis de conduire, j'ai emprunté de l'argent pour pouvoir lui acheter une voiture. Ça ne l'a pas rendu heureux. Il a dit à sa mère qu'il ne voulait pas d'une voiture d'occasion et que le père de son copain lui avait acheté le tout dernier modèle. J'avais beau faire, je n'arrivais jamais à satisfaire ma famille. J'étais complètement impuissant. Vous ne pouvez pas imaginer le sentiment d'échec qu'on éprouve en voyant que tout le boulot qu'on fait ne sert à rien, au contraire même. »

Oncle Mohammad s'est levé. J'ai cru qu'il allait consoler oncle Mohsen, mais il s'est dirigé vers la porte, l'a ouverte et a crié : « Hé, Siroos ! Tu ne peux pas te défiler comme ça. Écoute au moins ce qu'on a à te répondre. »

Quand il est revenu au salon, Siroos avait l'air surpris, mais aussi curieux, et nettement plus calme. Oncle Mohammad s'est tourné vers oncle Mohsen et a dit d'un ton acerbe : « Vous êtes vraiment des as du sentiment de culpabilité, vous autres. Vous avez fait tout ce que vous deviez faire, et même plus. Alors pourquoi cet air abattu ? Vous croyez-vous responsables de tout ce qui concerne vos enfants ? Mais non ! Il y a des choses qui vous échappent. Est-ce vous qui avez déclenché la guerre et provoqué les bombardements ? Êtes-vous pour quelque chose dans l'insécurité et la confusion qui en résultent ? Bien sûr que non ! Alors pourquoi vous sentir coupables ? Vous avez tout fait pour élever vos enfants correctement, pour subvenir à leurs besoins, pour assurer leur sécurité. S'ils ne le comprennent pas, s'ils n'apprécient pas tout ce que vous avez fait pour eux, s'ils en attendent encore plus de vous, tant pis pour eux. Je ne dis pas que vous n'avez commis aucune erreur. Tout le monde en fait. Je me considère comme un assez bon psychologue, mais je n'ignore pas que je ne me suis pas toujours bien conduit avec Michael. Mes erreurs n'étaient pas intentionnelles. Je n'ai jamais cherché à rendre mon fils angoissé ou malade. Non ! J'ai fait ce que je pouvais. Pensez-vous que, si nos enfants ont un jour des enfants, ils s'en sortiront mieux que nous ? » Il s'est tourné vers Siroos et a poursuivi : « Comme tu as l'air de penser que nous te devons encore quelque chose, s'il te plaît, apporte-nous ta facture et nous te réglerons le solde ! Qu'attendais-tu de ton père qu'il n'a pas su te donner ?

– Papa et maman ne sont pas de mauvais parents, je m'en rends bien compte. Je sais qu'ils ont fait ce qu'ils pouvaient. Mais il ne suffisait pas de m'acheter des jouets. J'avais besoin de sentir de l'amour, de la joie et de l'espoir autour de moi.

– Tu crois qu'ils ne t'aimaient pas ?

– Ils m'aimaient, si. Ils m'aimaient même beaucoup, mais ils n'ont pas su me le montrer. Mon père n'a jamais cherché à discuter d'homme à homme avec moi, à m'expliquer sa situation. Il bossait tellement qu'il n'avait pas de temps pour moi. J'avais besoin de joie et d'espoir, pas d'argent et de nouveaux vêtements. Les mauvaises nouvelles étaient encore plus démoralisantes quand elles sortaient de sa bouche. J'aurais voulu que mes parents nous rassurent quand nous avions peur ou que nous avions l'impression que le monde s'écroulait autour de nous, qu'ils nous expliquent que ce n'était pas aussi terrible et que tout finirait par s'arranger. Mais tout ce qu'ils savaient dire, c'est que la situation était encore pire que nous ne l'imaginions. Et qu'elle ne pouvait qu'empirer. Quand je dis que j'attendais plus d'eux, je ne veux pas parler d'argent. Ce que j'attendais d'eux, c'est qu'ils m'insufflent de la joie, du bonheur, de l'optimisme.

– Siroos, je ne dis pas que tu as tort. Je comprends ce que tu éprouves. Et je ne prétends pas non plus que tes parents et le monde dans lequel tu vis soient sans reproche. Nous ne pouvons pas changer grand-chose au contexte dans lequel nous vivons, mais j'ai tout de même une question à te poser à propos de tes parents. As-tu jamais cherché à te mettre à leur place, ne serait-ce qu'un instant ? As-tu jamais cherché à les comprendre ? Tu ne peux pas nier qu'ils vous ont aimés et qu'ils se sont sacrifiés pour vous. Et pourtant, tu n'étais ni heureux ni satisfait. Pourquoi ? Tu affirmes que c'est parce qu'ils n'ont pas su t'apporter le bonheur, t'inspirer un peu d'espoir. C'est vrai. Mais t'es-tu jamais demandé pourquoi ils étaient comme ça ? Mets-toi à leur place et réfléchis aux problèmes qu'ils ont dû affronter.

– Je ne nie pas leurs difficultés. Mais je ne peux parler que de ce qui me concerne. Si tu veux savoir ce qu'ils ont vécu, tu n'as qu'à les interroger.

– Non ! C'est à toi que je pose la question. Tu es leur fils aîné. Tu as assisté à tout. Je veux que, pour une fois, tu cesses de contempler ton nombril et que tu penses à quelqu'un d'autre. Pense à ceux qui te sont le plus proches, mets-toi à leur place, et essaie de dresser la liste des problèmes auxquels ils ont dû faire face. Si tu avais été à la place de ton père, si tu avais dû assumer toutes ses responsabilités, rentrer à la maison éreinté par une longue journée de travail, pleurer la mort d'un frère, supporter l'absence de sérénité ou d'affection qui régnait chez vous, qu'aurais-tu fait ? Aurais-tu pu prendre le temps de jouer avec tes enfants ? Aurais-tu pu avoir l'air épanoui, sortir avec eux, leur consacrer du temps ? Tes parents sont comme tout le monde, ils se heurtent aux limites de la vie, ils connaissent la faiblesse, la fatigue, la maladie et, parfois, la dépression.

– Et moi ? Je n'étais qu'un gamin et je ne comprenais rien. Tout ce dont j'avais besoin, c'était d'un peu de paix, d'espoir et de bonheur, et ils me les ont refusés. Voilà pourquoi je suis devenu comme je suis. Le miroir de leur malheur ! »

Oncle Mehdi a pris appui sur le canapé, s'est tourné vers Siroos et lui a dit : « Rien de tout cela n'excuse ta conduite actuelle. Si tous ceux qui se sont pris une gifle quand ils étaient petits ou qui n'ont pas été suffisamment aimés, avec qui on n'a pas assez joué, s'arrogeaient le droit d'être déprimés, désabusés et arrogants, le monde serait rempli de gens sinistres. Tout cela remonte à ton enfance. Tourne la page. Vis ta vie, tire les leçons des erreurs qui ont été commises et tâche ne pas les reproduire avec tes propres enfants. »

Siroos s'est remis à rire nerveusement et s'est adressé à oncle Mohammad : « Tu es médecin, tu as des notions de psychologie. Explique à oncle Mehdi que ce n'est pas aussi simple que ça. Dis-lui que les expériences négatives de l'enfance peuvent vous poursuivre toute votre vie. »

Oncle Mohammad a haussé les sourcils et a secoué la tête : « Tu as raison. Elles laissent des traces, mais quelle sorte de traces ? Il arrive que quelqu'un qui a été maltraité petit reproduise ce qu'il a vécu et frappe ses enfants. Alors qu'un autre, qui a subi les mêmes violences, ne lèvera jamais la main sur les siens. Il se rappelle la douleur et l'humiliation des coups qu'il a reçus et décide d'agir autrement. Tout dépend de la maturité et du point de vue de chacun. Un être sensé ne devient pas l'esclave de ses complexes et de ses carences. Il n'imite pas ce qu'il a subi, il cherche à résoudre ses problèmes. Il essaie de les épargner aux autres. Loin de moi l'intention d'absoudre tes parents de tout tort ou de minimiser ce que tu as vécu. Tout enfant mérite de grandir dans un environnement calme, joyeux, optimiste et les parents ne devraient pas sacrifier le bonheur de leurs enfants à leurs propres difficultés. Malheureusement, c'est courant. Les parents veulent généralement que leurs enfants ne manquent de rien. Ils font tout ce qu'ils peuvent, et s'ils n'y arrivent pas, eh bien, c'est dommage, voilà tout. Il n'est pas juste de punir quelqu'un pour un crime involontaire et encore moins pour une erreur. Le pardon est une des étapes de la maturité. Ton enfance est derrière toi, tu es un homme maintenant. Penche-toi une dernière fois sur tout ce qui s'est passé. Rappelle-toi tout ce que tes parents ont fait ou n'ont pas fait pour toi, analyse-le et pardonne-leur ! Pas pour eux, pour toi ! Alors, tu pourras repartir dans la vie d'un pied sûr et corriger leurs erreurs. Chaque adulte a le devoir d'essayer de s'améliorer. Nous sommes responsables de nous-mêmes. Sors de chez toi, sors de toi-même ! Le monde est vaste et tu dois apprendre à t'y débrouiller tout seul. Tes parents ont toujours veillé sur toi, ce qui ne t'a pas permis d'affirmer ton indépendance. Prends des décisions, agis. Ce sera peut-être difficile au début, mais tu t'y feras. Si tu crois que tes problèmes sont dus à l'absence de joie et de bonheur, si tu penses que c'est à cause de tes parents, eh bien, puisque tu es le jeune homme de la maison, essaie d'y remédier. Aide ton père à retrouver l'envie de rire. Redonne un peu d'espoir à ta mère, à ta sœur et à ton petit frère. Ton père prend de l'âge et il faut que tu assumes certaines de ses responsabilités. Découvre le monde qui s'étend au-delà de tes quatre murs. Tu as raté une des grandes étapes de l'entrée dans l'âge adulte, celle qui consiste à trouver un emploi et à gagner un salaire. Pourquoi ? Parce que l'argent ne te suffit pas ? Peu importe ! L'expérience en soi est précieuse, même si tu ne gagnes pas un sou.

– Papa déteste son boulot. Il déteste ses patrons parce qu'ils n'ont pas autant d'instruction ni d'expérience que lui. Il n'arrête pas de se prendre la tête avec eux. Tu crois que ça m'a donné envie de travailler ?

– Au moins, tu te rends compte que tu as peur de travailler. Sais-tu ce que tu devrais faire ? Affronter tes peurs. Il faut que tu réussisses à les vaincre, au lieu de te trouver des excuses. Même le plus détestable des boulots t'apportera des expériences utiles pour l'avenir.

– Tu ne connais pas notre société. Il ne sert à rien de respecter les règles et les principes, ce qu'il faut, c'est connaître des gens bien placés, avoir des relations. Je suis trop fatigué,.trop démotivé. Je ne sais pas où trouver un minimum d'enthousiasme.

– Ils en vendent à la boutique du coin, a lancé oncle Mehdi. Tu veux que ton papa aille t'en acheter ? »

Oncle Mohammad a jeté à son frère un regard lourd de reproches. « C'est en toi que tu le trouveras. Il est caché tout au fond de toi, sous des couches de pessimisme et de défaitisme. Cherche-le. Je suis sûr que tu le découvriras. Et, même s'il est aussi minuscule qu'une graine, tu pourras le faire grandir jusqu'à ce qu'il fasse partie de ton être. Il restera à jamais en toi, tu ne souffriras plus de son absence. Si tu apprends à voir les choses du bon côté, tu trouveras la joie et le bonheur n'importe où. À l'inverse, si tu es incapable de corriger ta vision de la vie, tu seras malheureux où que tu ailles. »

Après un long silence, oncle Mehdi s'est levé. L'ironie qui déformait ses traits quelques instants plus tôt s'était effacée. S'approchant de Siroos, il l'a pris par les épaules. « Écoute ce que te dit Mohammad. Crois-moi, le monde entier regorge de gens déprimés. Tu n'imagines pas le nombre de suicides qu'il y a dans les pays de l'Ouest. Si tu pars aux États-Unis dans l'état où tu es en ce moment, tu ne t'en remettras pas. Cesse de t'en prendre à tes parents et de les rendre responsables de tout. S'il leur arrive quelque chose, c'est toi qui souffriras le plus. Prends une décision ! Commence enfin à vivre ! »

Siroos avait l'air d'un somnambule. Il est passé à côté d'oncle Mehdi, le regard vide, et j'ai eu l'impression qu'il ne nous voyait pas. Comme un robot, il a ouvert la porte et est sorti. J'étais incapable d'imaginer ce qu'il avait en tête. J'ai eu l'impression qu'il n'était pas fâché parce que, contrairement à la fois précédente, il n'a pas claqué la porte derrière lui. Mais il n'était pas heureux non plus, car n'y avait pas l'ombre d'un sourire sur ses lèvres. Où était-il allé ?

Mère s'est tenu les reins en se relevant. Je voyais bien qu'elle souffrait, mais elle avait l'air heureuse. Je connais bien cette expression. Toutes les rides de son visage se dirigent vers le haut quand elle a le cœur léger.

« Quelle heure est-il ?

– Deux heures passées.

– Oh là là ! Comme nous avons parlé longtemps ! Et les petits ? Où sont-ils ?

– Hamidi les a emmenés en ville, a répondu tante Maryam. Ils déjeuneront là-bas.

– Il est grand temps de préparer quelque chose pour nous aussi. Tout le monde doit avoir faim. »

Oncle Mohammad a sorti une carte de sa poche. « Voici le numéro du restaurant du quai. On n'y mange pas mal. Je vais leur commander quelque chose. Ça sera livré dans une demi-heure. Vous pourrez mettre la table pendant ce temps. »

Tout le monde a commencé à s'activer. Je les ai trouvés plus proches les uns des autres, plus détendus. Oncle Mohsen, qui était assis sur le canapé, a pris la main d'oncle Mohammad au passage. Ils ont échangé un regard et se sont souri.

*

Dans l'après-midi, nous nous sommes tous retrouvés sans nous être concertés à l'avance. Nous savions que tout n'avait pas encore été dit. Tout le monde s'est assis confortablement et a attendu que quelqu'un prenne la parole. Tante Mahnaz s'est finalement tournée vers tante Maryam et lui a demandé en souriant : « Et alors Maryam, qu'est-ce que tu es devenue, toi ? Je pense que de nous tous, c'est toi qui as eu la plus belle vie. Tu avais une grande différence d'âge avec nous quatre, et nous t'adorions tous. Tu étais si jolie, si gaie. Ton rire résonne encore à mes oreilles. Et maintenant, tu mènes la vie que tu as choisie, tu as un métier qui te plaît. Si j'ai bien compris, tu n'as pas de problèmes financiers. Tu n'as jamais connu la solitude ni l'exil, tu as toujours eu ta famille près de toi. Je suis heureuse que la vie t'ait été aussi douce. »

Tante Maryam l'a regardée d'un air surpris. Un sourire amer, sarcastique lui tordait les lèvres et elle a haussé les épaules : « Je ne sais pas. Franchement, je me demande ce que tu entends par une belle vie. Si tu veux dire par là que je suis restée en Iran, oui, c'est vrai. Mais une famille n'existe pas sans ses membres. Quand vous êtes partis, vous autres, vous avez emmené la famille et je suis restée avec un vide en moi, avec la nostalgie de tout ce que j'avais aimé, de tout ce qui avait compté pour moi. Croyez-moi, il est plus douloureux de rester et de contempler la place qu'ont laissée ceux que vous aimez que de partir. Quitter l'Iran vous a obligés à affronter un monde nouveau, à vous adapter à une autre vie. Vous avez découvert des choses, des gens inconnus. Alors que nous, nous avons dû nous contenter de notre vieille vie, des vieux problèmes auxquels vous avez échappé. Si vous vous êtes sentis seuls à l'étranger, je me suis sentie seule dans ma propre maison, dans ma propre ville, dans mon propre pays.

J'ai toujours été celle qui vous disait au revoir, qui restait et vous regardait vous éloigner. Je n'ai jamais eu envie de partir, mais j'ai toujours souffert de ne plus vous avoir autour de moi. J'en souffre encore. Vous étiez tout pour moi, mes frères, ma sœur que j'aimais plus que tout. Et soudain, vous m'avez tous quittée. Chaque abandon m'a affectée différemment. La première fois que j'ai éprouvé la douleur de la séparation, c'est quand Mohammad est parti. Je n'avais que huit ou neuf ans et je l'ai supportée facilement. Son départ était un signe de réussite et d'espoir. Il devait partir pour devenir un bon médecin, et revenir ensuite. C'était une source de fierté pour toute la famille. J'imaginais déjà son retour. Je racontais à mes camarades de classe que mon frère allait être médecin. Que, quand il reviendrait, il guérirait tous les gens malades. J'étais convaincue que, dès qu'il serait à nouveau là, plus personne ne serait plus jamais malade ! Je l'idolâtrais et je me faisais mousser grâce à lui !

Mais quand tu es partie, Mahnaz, et les petits aussi, ça a été une autre affaire. J'étais très attachée à tes enfants. J'ai refusé d'en parler. Ma sœur unique, qui était censée jouer un rôle si important dans ma vie, m'abandonnait brutalement. Quelque chose en moi s'est brisé alors. Et, pis que ce départ, une distance s'est creusée entre nous. À un moment, j'ai eu l'impression de ne plus te connaître. On disait que ceux qui quittaient l'Iran devenaient froids. Je n'avais pas voulu le croire, mais c'est ce que j'ai ressenti avec toi. Peu à peu, j'ai oublié que j'avais une grande sœur, et c'est une chose que je ne peux pas te pardonner. Mais le plus terrible a été de perdre Habib. Sa disparition nous a porté un coup si cruel que nous ne nous en sommes jamais remis. Elle a rendu vos départs insignifiants, parce que nous pouvions espérer vous revoir un jour, alors que nous savions que nous ne reverrions Habib qu'à la résurrection des morts. Je me consolais un peu en songeant qu'au moins, Mehdi était encore là, mais voilà qu'il a dû partir, lui aussi ! Ce départ m'a été vraiment insupportable. Je n'avais plus que Mohsen, et il était tellement enfermé en lui-même qu'il aurait aussi bien pu être ailleurs. J'ai compris alors que, moi qui avais eu cinq frères et sœurs, je n'avais plus personne. Vous m'aviez tous laissée avec des parents âgés et malheureux, dont la responsabilité était la seule chose qui me maintenait en vie.

Je suis d'une génération qui a vu le chagrin et le deuil de près. J'aurais pu me laisser submerger par le désespoir ; j'aurais pu me révolter et risquer ma vie. Et j'aurais pu, aussi, fuir vers un coin du monde plus sûr, comme vous. Mais rester comme ça à faire la tête et à me plaindre me répugnait. La raison me disait que l'heure n'était pas à la révolte. Et un profond sentiment d'attachement m'interdisait d'abandonner nos parents. Il ne me restait qu'une solution : essayer de m'en sortir. J'ai accepté la situation telle qu'elle était et j'ai continué à vivre.

– Comment as-tu évité de t'enfoncer dans le désespoir ? Telle que je te vois, je ne distingue aucun signe des tourments dont tu parles.

– J'ai d'abord été perdue, désorientée. J'avais la tête pleine de questions sans réponses. Je ne voyais rien de réconfortant autour de moi. Il fallait que je trouve une motivation, quelque chose qui me donne envie de continuer à vivre. C'est alors que j'ai découvert Dieu, un Dieu bon, un Dieu clément à qui je pouvais parler, en qui je pouvais croire. Avec Lui, je n'étais plus seule, et j'ai trouvé des réponses à toutes mes questions. J'ai été capable de tout supporter parce que telle était la volonté de Dieu. À cette époque-là, mes sentiments n'avaient rien de religieux. C'était une foi, pure et belle. Je n'avais pas besoin d'intermédiaire pour sentir la présence de Dieu. C'est Hamidi qui a cherché à m'enseigner les rituels et les gestes censés accompagner mes convictions. Je connais à présent une multitude de règles et de principes, mais je regrette la belle et profonde connexion que je possédais autrefois.

Je sais que vous aurez du mal à me comprendre, mais c'est la foi qui m'a sauvée et m'a aidée à surmonter mes difficultés. Je suis une enseignante, une mère, une épouse, une fille, j'ai tant de responsabilités que je n'ai pas le temps de réfléchir, de m'inquiéter ou d'être triste. J'ai donc décidé d'accepter la vie telle qu'elle est et de me contenter d'apprendre à mes enfants à être heureux.

– Tant mieux pour toi ! a approuvé tante Mahnaz. Je n'aime pas les religieux et je les rends responsables de tous mes malheurs, mais tes idées me plaisent. Comme beaucoup de gens, tu t'es tournée vers une forme de mysticisme par nécessité. Je comprends mieux pourquoi on trouve autant de cours de spiritualité de nos jours. Les gens ont besoin de croire en une puissance supérieure parce qu'ils ont perdu toute foi dans l'homme. Quoi qu'il en soit, je suis heureuse pour toi si ta foi t'apporte un sentiment de réconfort et d'espoir. Mais j'ai toujours du mal à comprendre comment tu arrives à supporter autant de mauvaises nouvelles.

– Quelles mauvaises nouvelles ? Je ne crois pas à votre version des mauvaises nouvelles. Ce que je vois de mes propres yeux est peut-être décourageant, mais c'est la même chose partout. Après tout, aucun de nous ne vit dans un monde idéal. Ma recette, c'est de refuser de m'exposer constamment aux nouvelles attristantes. Contrairement à Mohsen qui les recherche avidement et passe son temps à écouter les informations les plus démoralisantes et à se ronger les sangs.

– Mais alors, comment peux-tu trouver la vérité ?

– Je ne trouverai jamais la vérité, pas plus que la réalité, alors j'ai renoncé. Si je ne peux rien changer à quelque chose, à quoi bon me laisser abattre ? Je ne fréquente pas les gens qui voient tout en noir. Et je n'écoute pas les rumeurs, qu'elles viennent d'Iran ou de l'étranger. C'est quelque chose que j'ai appris en observant la vie de Mohsen. J'ai appris à créer un foyer où mes enfants ne sont pas constamment soumis à des exigences contradictoires, où on ne leur dit pas de se conduire de telle façon chez eux et autrement dans la société. J'ai accepté un mode de vie et je m'y tiens.

– Autrement dit, tu as capitulé ?

– Je me sens mieux comme ça. Et mes enfants sont en meilleure santé et plus en sécurité.

– Tu crois ? Et la lutte pour la liberté et pour tes droits ? N'est-ce pas toi qui avais écrit une dissertation sur l'injustice de ton directeur, quand tu étais en cinquième ? Père avait dû faire le siège du collège tous les jours pour qu'ils acceptent de te reprendre ! Et maintenant, tu dis que tu préfères ne pas voir, ou ne pas entendre, ou ne pas fréquenter ceux qui sont conscients des difficultés ? Tu préfères prier et aller à des cours de religion. Que t'est-il arrivé ? Qui es-tu ? Franchement, je ne te reconnais plus.

– Mahnaz, arrête. Tu ne peux pas comprendre. Tu vis tranquillement à l'étranger et tu débites les slogans dont on te rebat les oreilles là-bas.

– Ce n'est pas parce que je vis tranquillement que je n'ai pas le droit de parler ! Oui ! Je vis bien, mais je ferais n'importe quoi pour aider ma sœur ! La question est de savoir ce que toi, tu es prête à faire pour t'aider toi-même.

– Je t'en prie, laisse-moi tranquille. Je n'en peux plus. Je veux vivre paisiblement. J'accepte ma situation et ne veux pas que mes enfants aient à souffrir comme j'ai souffert ou comme souffrent les enfants de Mohsen.

– Autrement dit, tu t'es persuadée que tout va bien et que tes enfants n'auront aucun problème. Ils deviendront exactement comme leur père que tu trouves évidemment parfait.

– Non. Je ne veux pas qu'ils deviennent comme leur père. Hamidi n'est pas un homme patient. Il lui arrive d'être trop irascible et trop dogmatique. Je veux que mes enfants soient heureux et larges d'esprit.

– Imagines-tu qu'ils puissent y parvenir en suivant la voie que tu as choisie ?

– Je ne sais pas ! Je ne sais plus ! Quand ils étaient petits, je contrôlais tout, mais plus ils grandissent, plus je suis prise de doutes. Leurs questions et leurs revendications m'inquiètent. Malgré tout ce que j'ai fait, leur foi ne me paraît pas solide. J'ai peur de ne pas pouvoir les sauver.

– Les sauver de quoi ? a demandé oncle Mohammad.

– Des dangers qui rôdent au-dehors, de la corruption et de la perversité, du désespoir, de différents mouvements politiques. Je ne veux plus m'attirer d'ennuis pour des bêtises. J'en ai eu plus qu'assez.

– Tu ne peux pas les protéger toute ta vie. Il faut que tu leur fasses découvrir le monde extérieur pour qu'ils puissent apprendre à éviter ses dangers. Il faut que tu ouvres les portes et que tu les laisses faire leurs choix eux-mêmes.

– C'est bien là le problème. Hamidi est très strict. Il ne veut accepter aucun changement. J'ai peur qu'il ne finisse par éloigner les enfants de nous. »

Tante Mahnaz a enfin posé la question qui avait été sur toutes les lèvres : « Pourquoi l'as-tu épousé ? C'est un fanatique. Pardonne-moi, je ne veux pas provoquer de nouvelles tensions, mais cette idée me tracasse. Tu as une âme si bonne, un esprit si subtil ! Comment as-tu pu épouser un homme pareil ?

– Ce n'est pas une brute non plus, vous savez. Vous avez peut-être du mal à le croire, mais il ne manque pas de finesse et il peut être vraiment adorable. C'est un bon compagnon, et il n'a rien d'un poseur. C'est un vrai croyant. J'admets qu'il lui arrive d'être un peu dogmatique, mais il n'y peut rien. Il a été élevé comme ça. Son père a été assassiné par la SAVAK[1].

– Ce n'est pas parce que la SAVAK a tué son père il y a plus de trente ans que tout le monde doit approuver tout ce qu'il dit aujourd'hui. Nous n'y sommes pour rien. Tu imagines que mes enfants puissent se mettre à tuer des gens un jour parce que leur père a été assassiné par ce régime ?

– Non, bien sûr. Et il ne devrait pas être comme ça. Mais ce n'est pas sa faute. Il a passé toute sa vie dans la haine. Il lui arrive encore de faire des cauchemars où il voit son père torturé à mort. Il tremble comme un bébé quand il parle de son enfance, de leur dénuement, de leur solitude, de leur abandon. Même si je ne suis pas d'accord avec lui, je comprends pourquoi il est aussi strict. Il le sait. Il a essayé de changer, d'être moins virulent, de pardonner plus facilement. Il lui arrive encore de se mettre en colère, mais il apprend

1. Police secrète du shah.

à être plus tolérant. Si vous renonciez un instant à le juger pour lui témoigner un minimum de compassion, vous reconnaîtriez les aspects positifs de son caractère, et vous comprendriez qu'il est prêt à se sacrifier pour la justice.

– Quelle justice ? Sa justice ? Ou ce que moi, j'estime juste ?

– Il n'existe qu'une justice.

– Détrompe-toi. La justice est relative, et sa définition varie selon les idéologies. Voilà pourquoi on ne peut pas faire confiance à ton mari. Il risque de causer du tort à beaucoup de gens pour défendre ce qu'il considère, lui, comme la justice. Exactement comme un kamikaze.

– Non ! Il ne ferait pas de mal à une mouche ! Il a très bon cœur. Je t'en prie, Mahnaz, essaie de le comprendre. Ce n'est pas un monstre.

– Je regrette Maryam, mais je ne le supporte pas. Quand je vois sa barbe et ses chapelets, quand il évite mon regard, je ne peux pas m'empêcher de frissonner. Il est l'incarnation même de ce que je tiens pour la source de mes malheurs.

– Pauvre Hamidi ! Il s'est plaint que tu lui jetais des regards haineux. Je n'ai pas voulu le croire. Je lui ai dit qu'il était parano. Je l'ai accusé de chercher quelqu'un à qui reprocher l'assassinat de son père. Je lui ai dit qu'il était trop critique. Mais il a protesté qu'il n'y pouvait rien. Il m'a expliqué que, quand tu le regardes comme ça, d'un air aussi vindicatif, il se sent immédiatement agressé. Mahnaz, si ça continue, vous ne pourrez jamais vous parler. Vous ne réussirez jamais à vous entendre et à surmonter votre antipathie.

– Pourquoi devrais-je m'entendre avec lui ? Tu peux aussi bien me demander de m'entendre avec un ennemi.

Non, non, il n'en est pas question, après tout ce que ces gens-là m'ont fait.

– Mais il fait partie de notre famille maintenant et il va bien falloir que tu l'acceptes, que ça te plaise ou non. Et si vous rentrez en Iran un jour, et que vous revenez au pouvoir ? Alors quoi ? Que ferez-vous au père de mes enfants ? L'enverrez-vous en exil ? Ou bien l'exécuterez-vous ? Mère avait raison. Tu n'es qu'une hypocrite. Tes beaux discours sur la liberté et la démocratie ne sont qu'une façade. Crois-tu que M. Shafaghi me soit sympathique ? Crois-tu que j'approuve ses idées ? Non, loin de là ! Mais je l'accepte parce qu'il fait partie de la famille. »

Tante Mahnaz s'est tue. Nous réfléchissions tous aux propos qui venaient d'être échangés. Comment faire pour aplanir ces différends ? Y avait-il moyen de s'entendre vraiment ? Mère a rompu le silence : « Nous avions décidé de ne pas parler politique. Cette conversation était-elle politique, ou n'était-il question que de la famille ?

– Maman, il n'est pas toujours possible de séparer la politique de la vie, a répondu oncle Mehdi avec un sourire crispé. Et encore moins dans notre cas, car la politique a profondément bouleversé nos existences. »

*

Les enfants ont déboulé dans le jardin, tous en même temps. Nous nous sommes retournés pour les regarder par la baie vitrée. Ils étaient si agités que nous avons immédiatement compris qu'il était arrivé quelque chose. Ardeshir a été le premier à nous rejoindre : « Conduisez-le à l'intérieur. Attendez, je vais vous aider avec sa jambe. Bien, maintenant tournez-vous et entrez à reculons. »

Quelqu'un portait un des enfants sur ses épaules, mais Nader me barrait la vue et je ne savais pas qui c'était. Je me suis écartée pour mieux voir. M. Hamidi a marché jusqu'au milieu de la pièce, Sam sur ses épaules. Il était hors d'haleine. Nous nous sommes précipités vers lui. Arrivé devant le canapé, il a cherché à faire descendre Sam pour l'allonger. Sam a hurlé de douleur. Mes oncles ont couru l'aider. Sam s'est calmé. Il avait le visage couvert d'hématomes et une croûte de sang au-dessus du sourcil.

Nous avons tous parlé en même temps : « Que s'est-il passé ? »

M. Hamidi s'est laissé tomber sur un siège, les bras ballants. Des gouttes de sueur ruisselaient sur son visage et allaient se perdre dans sa barbe touffue. Très pâle, il semblait hors d'état de nous répondre. Nous nous sommes donc tournés vers Ardeshir : « Eh bien ? Que s'est-il passé ? »

Ardeshir a répondu, visiblement très fier de retenir l'attention générale : « Il est tombé ! Il a fait une chute du haut d'une falaise ! Il a failli mourir. Et il s'est cassé la jambe. »

Il exagérait, de toute évidence. M. Shafaghi a fini par nous rejoindre en boitant. Je me suis demandé où ils s'étaient rencontrés. Tante Mahnaz s'est précipitée vers lui : « Que s'est-il passé ?

– Les enfants jouaient sur une butte. Je ne sais pas exactement ce qu'ils ont fabriqué, toujours est-il que Sam a dévalé toute la pente. » Il s'est tourné vers Mohammad. « Je crois qu'il a la jambe cassée. Faut-il le conduire à l'hôpital ? »

Oncle Mohammad s'est assis au bord du canapé et a examiné Sam. Nous l'observions sans mot dire. Tout le monde était fou d'inquiétude, et M. Shafaghi avait les yeux rouges et gonflés. Il avait l'air de souffrir autant que son fils. Sam s'est mis à hurler avant même qu'oncle Mohammad n'effleure sa jambe. « Écoute, fiston, a-t-il dit, je ne t'ai encore rien fait. Je vais simplement découper ton pantalon pour voir ce que tu as à la jambe. Je te promets de ne pas la bouger. »

Tante Mahnaz est allée à la cuisine et est revenue avec une paire de ciseaux qu'elle lui a tendue. Le mollet de Sam était contusionné et enflé, et il a pleuré pendant qu'oncle Mohammad examinait sa jambe. Comme je ne voulais pas voir ça, je me suis tournée de l'autre côté. Sara était debout dans un coin, en larmes, et mordillait le col de sa robe, tandis que Somayeh essayait de la consoler. J'ai cherché tante Maryam des yeux. Elle tendait un verre d'eau à M. Hamidi, puis a pris un mouchoir en papier pour lui éponger le front. Son visage exprimait clairement l'amour qu'elle éprouvait pour lui. Enfin, oncle Mohammad s'est levé et a dit : « Il n'y a pas de fracture. » Nous avons tous poussé un soupir de soulagement.

« Est-ce que quelqu'un pourrait m'apporter ma sacoche ? Je vais lui bander la jambe. Il faut qu'il se repose quelques jours et évite de prendre appui dessus. »

Le visage de M. Shafaghi s'est éclairé et tante Mahnaz s'est écriée : « Dieu soit loué ! »

Michael a tendu sa sacoche à son père et oncle Mohammad a entrepris de bander la jambe de Sam, qui avait cessé de pleurer dès qu'il avait entendu qu'il n'avait rien de cassé.

« Tu n'étais pas avec eux ? a demandé tante Mahnaz à son mari. Comment est-ce arrivé ?

– Je ne sais pas. J'étais assis sur un banc à bavarder avec un Iranien quand j'ai entendu les enfants crier. J'étais complètement perdu et je ne savais pas quoi faire. » Il s'est tourné vers M. Hamidi et lui a jeté un regard reconnaissant. « Heureusement, Hamidi est arrivé à temps. Je ne sais pas comment je m'en serais sorti sans lui. »

Oncle Mohsen a demandé à M. Hamidi : « Vous l'avez porté depuis là-bas ? C'est qu'il n'est pas léger !

– Vous me sous-estimez ! Je ne suis pas encore infirme au point de ne pas pouvoir porter un enfant !

– Mais dans votre état… »

Tante Mahnaz s'est tournée vers Mère en chuchotant : « Il est malade ?

– Tu ne sais pas ? Il a le corps criblé d'éclats d'obus. L'un d'eux s'est logé tout près du cœur, alors il ne doit pas faire d'efforts. »

Les sourcils de tante Mahnaz se sont relevés tandis que les coins de sa bouche s'affaissaient.

Le calme est revenu et tout le monde s'est occupé du dîner. Je suis sortie de la pièce. Je ne savais pas ce que j'avais. Tout allait bien, et pourtant j'étais malheureuse et agitée. Un sentiment amer m'isolait des autres. J'avais la gorge serrée. Pourquoi personne ne m'avait-il demandé ce que j'avais vécu ? Ils semblaient penser que je n'avais pas le droit de me plaindre. Je suis allée faire un tour au jardin, espérant que mes pensées douloureuses et ma vaine colère se dissiperaient. J'ai passé ma vie en revue comme si je feuilletais un album de photos, mais je ne voyais qu'un coin déchiré, froissé de chaque image. Des pages entières avaient été arrachées. Je ne savais pas où étaient passées ces sombres années, mais j'avais conscience que si je manquais cette occasion d'interroger ma famille, les vagues souvenirs que je conservais seraient perdus à jamais.

Entendant des pas derrière moi, je me suis retournée.

« Dokhi, viens, on va dîner, m'a dit Sanaz.

– Je n'ai pas faim.

– Personne ne t'oblige à manger. Viens au moins écouter papa et oncle Mehdi. Ils racontent des blagues marrantes.

– Laisse-moi tranquille. Je n'ai pas envie. »

Sanaz m'a regardée avec étonnement, penchant la tête pour essayer de mieux voir mon visage : « Pourquoi ? Il s'est passé quelque chose ?

– Non. Je préfère être seule, c'est tout. »

Elle a haussé les épaules et est rentrée. Je me suis promenée dans le jardin un moment, je me suis assise derrière les arbres, dans le coin le plus reculé et me suis adossée à la rambarde. Je ne sais pas combien de temps s'est écoulé ainsi. Des pensées décousues se bousculaient dans mon esprit. Pourquoi suis-je incapable d'être heureuse et de profiter de la vie comme les autres jeunes ? D'où viennent cette angoisse, cette peur et cette insécurité qui me rongent constamment ? Mère dit que, dans le fond, je suis une fille joyeuse, mais que des influences extérieures ont terni ma gaieté. Mais elle ne précise jamais ce que sont ces influences extérieures. Le bruit m'a ramenée au présent. Une agitation inhabituelle régnait dans la maison et dans le jardin. J'ai entendu la voix de Michael dans mon dos : « Tu es là ? Tout le monde te cherche. Qu'est-ce que tu fais ici, toute seule ?

– On me cherche ? Mais je ne suis pas perdue !

– Ça fait une heure qu'on t'appelle ! Pourquoi tu n'as pas répondu ?

– Une heure ? Je n'ai rien entendu.

– Viens. Rentrons vite avant que grand-mère ne fasse un infarctus. »

*

J'étais debout au milieu du salon. Les questions dont ils me bombardaient me faisaient tourner la tête.

« Où étais-tu ?

– Tu ne te sens pas bien ?

– Tu es malade ?

– Quelqu'un t'a dit quelque chose ?

– Tu as besoin de quelque chose ? »

Le sang m'est monté à la tête. Perdant toute maîtrise de moi, je me suis mise à hurler : « Mais qu'est-ce que j'ai fait ? Je n'ai plus le droit d'être seule un moment pour réfléchir ? Michael passe son temps dans son coin et tout le monde lui fiche la paix. Je ne suis partie qu'une heure, et regardez dans quel état vous vous mettez !

– Mais, ma chérie, tu ne vas jamais nulle part sans nous prévenir. Nous étions inquiets.

– Voilà ! Ça m'apprendra à rester toujours collée à vous. »

Ils m'ont regardée, stupéfaits. Oncle Mohammad s'est avancé vers moi :

« Très bien. À ton tour maintenant.

– À mon tour de quoi ?

– De dire ce que tu as à dire, ce qui te tracasse depuis si longtemps. Vas-y, parle. Interroge-nous. Je te promets que nous répondrons à toutes tes questions quelles qu'elles soient. »

Des larmes de colère ruisselaient sur mon visage.

« Alors dites-moi tout. Cessez de jouer à cache-cache. J'en ai plus que marre ! Qui suis-je ? Tout ce que je sais, c'est qu'Habib, le père que je n'ai jamais connu, était le quatrième enfant de cette famille. De ma mère, je ne sais rien du tout. Qui était-elle ? Pourquoi n'y a-t-il même plus une photo d'elle, une image, un nom, un objet, un souvenir quelconque ? Chaque fois que je pose la question, vous me dites qu'elle est morte. Mais pourquoi ? Quand ? Comment ? J'ai grandi dans le flou, dans l'incertitude. À vos yeux, je ne suis que le portrait de quelqu'un que vous avez perdu. Quand vous me regardez, c'est Habib que vous voyez. Vous m'aimez parce que je vous fais penser à lui. Vous vous montrez gentils avec moi parce que vous estimez devoir le faire pour lui. Mais je n'ai aucune valeur personnelle. Je ne compte pour rien. Vous ne me parlez jamais de ma mère. Pourquoi me refusez-vous la vérité ? Combien de temps encore devrai-je vivre avec ces cauchemars ? Je vous en prie, mettez fin à ce supplice, maintenant, tout de suite ! »

Je sanglotais et tremblais de tout mon corps. Ma voix résonnait bizarrement à mes oreilles. C'était la première fois que je criais autrement qu'en rêve.

Tante Mahnaz s'est approchée de moi, elle m'a prise dans ses bras et m'a dit : « Calme-toi, ma chérie. Tu es notre plus précieux souvenir. Tu nous es plus chère que nos propres enfants. Ne te mets pas dans un état pareil.

– Non, je ne me calmerai pas ! Je ne veux plus être une bonne fille ! J'avais tellement peur de perdre votre amour que j'ai toujours accepté tout ce que vous disiez. Mais c'est fini maintenant. Dites-moi la vérité, ou je pars et vous ne me reverrez jamais ! »

Ils m'ont regardée, incrédules. Je lisais sur leurs visages bouleversés qu'ils ne me reconnaissaient plus. C'est Mère qui a fini par rompre le silence : « Habib était mon quatrième enfant, et tout ce qu'il faisait me surprenait. Il n'était pas comme les autres. Il était si gentil, si généreux que j'en étais parfois gênée. Quand je voulais punir Mohsen, il s'interposait systématiquement et s'accusait à sa place. Tu te rappelles, Mohsen ?

– Bien sûr ! Ça me rendait fou ! On aurait dit que c'était lui l'aîné et qu'il était chargé de veiller sur moi.

– Il voulait protéger tout le monde, les plus âgés comme les plus jeunes. Il était toujours prêt à se sacrifier. Son père s'inquiétait pour son avenir. Il disait qu'il se ferait manipuler. Et c'est exactement ce qui s'est passé.

– Maman, il a choisi sa voie librement, est intervenu oncle Mohammad. Personne ne l'a manipulé. Fais attention à ce que tu dis. » Et il a tendu le menton vers moi.

« Je n'y peux rien, c'est comme ça. Quand il était en deuxième année de fac, il nous a annoncé qu'il voulait se marier. Nous sommes tombés des nues ! Nous avons essayé de lui expliquer qu'il était trop jeune. Il n'avait pas d'emploi, pas de maison. Il n'avait même pas fini ses études, il n'avait pas fait son service militaire. Il était loin d'être prêt à se marier. Mais il s'est obstiné. Il voulait absolument que nous allions voir la famille de cette fille pour demander sa main. Il ne s'était jamais opposé à ma volonté, mais cette fois, il s'est buté et a prétendu nous obliger à agir à sa guise. J'en voulais à celle qui avait réussi à voler le cœur de mon fils et à le convaincre de me tenir tête. Il a refusé de nous écouter et un beau jour, il l'a amenée à la maison. J'étais outrée, je ne savais pas quoi faire. En plus, elle n'était même pas vraiment jolie. Et elle était plus âgée qu'Habib, ça se voyait. Quand je l'ai fait remarquer, ils ne l'ont pas nié. Elle avait un sacré aplomb et m'a déclaré qu'ils allaient se marier, que ça me plaise ou non. J'ai compris qu'elle n'était pas commode. Malheureusement, je n'ai pas été assez intelligente pour masquer mon hostilité et lutter contre elle avec d'autres armes. Nous avons fait des recherches à son sujet. Elle vivait avec sa mère, mais nous n'avons rien pu apprendre sur son père. Nous ne savions pas s'il était mort ou s'il avait simplement quitté sa famille. Nous avons découvert plus tard qu'il était en Allemagne de l'Est. Tout en elle me déplaisait. Tante Shamsi disait que sa mère et elle avaient dû jeter un sort à Habib. Je connaissais mon fils. Il suffisait qu'elle lui donne l'impression qu'elle avait besoin de lui pour qu'il se sente l'âme d'un saint-bernard. Et elle a fini par gagner, Habib a fait ses bagages et il est parti. J'ai pleuré, je l'ai supplié, je l'ai menacé, je me suis évanouie, mais il s'est contenté de me regarder avec tristesse et il n'est plus jamais revenu. Ma vie n'était plus que ténèbres. Pourtant, je ne savais pas encore la vérité. Je croyais que c'était une simple histoire d'amour et je n'ai pas deviné dans quel pétrin il s'était fourré. Je ne sais pas s'ils se sont mariés parce qu'il avait rejoint ce groupe, ou s'il s'y est rallié après son mariage. Quoi qu'il en soit, elle m'a volé mon fils et a causé sa perte. Je ne lui ai jamais pardonné et je n'ai plus prononcé son nom depuis. »

Tante Mahnaz a pris la main de Mère : « Elle n'était pas seule responsable, a-t-elle observé. Il a agi comme il le voulait. Dokhi, ne te laisse pas trop ébranler par ce qu'elle raconte.

– Ne m'avez-vous pas demandé de lui dire toute la vérité ? s'est emportée Mère. Eh bien, c'est ma version de la vérité. Si ça l'ébranle, comme tu dis, je peux me taire.

– Non. Continue. »

Oncle Mohsen s'est levé, il a fait quelques pas et s'est pris la tête entre les mains. « Non ! Si nous voulons dire la vérité, nous devons aussi être justes avec cette innocente. Nous n'en avons jamais parlé pour ne pas te fâcher, maman, mais il n'en reste pas moins vrai que, malgré toute ta sagesse, tu perds la tête dès qu'il est question de tes enfants et tu es toujours prête à blâmer les autres.

– Inutile de parler de ça maintenant, Mohsen, a gémi Afsaneh. Laisse ta mère dire ce qu'elle veut. Tu pourras toujours expliquer le reste à Dokhi plus tard.

– Il ne s'agit pas de Dokhi. Si je tiens à tout dire, c'est pour décharger enfin ma conscience. Ça fait des années que maman présente cette jeune femme comme un monstre, et elle a tort. Maman, Habib était un bon garçon, c'est vrai, mais pour quelle raison crois-tu qu'elle tenait tellement à l'épouser ? Ce n'est pas elle qui l'a attiré dans ce groupe politique. Et leur mariage a été décidé par le groupe, pour le bien d'Habib. Notre vie à la maison était ordonnée et structurée, et Habib ne pouvait pas disparaître pendant plusieurs jours d'affilée sans vous dire où il allait. Nous devions toujours être rentrés à une heure précise, ce qui l'empêchait de rendre au groupe tous les services que les autres exigeaient de lui. La solution était qu'il se marie, et cette pauvre Malihe a été désignée pour être son épouse. C'était un membre convaincu et dévoué du groupe mais, en l'occurrence, le sacrifice a été plus grand pour elle que pour Habib. Elle lui a procuré un toit, lui a facilité la vie et elle a même fini par tomber amoureuse de lui. Je les ai vus ensemble plusieurs fois. Ils entretenaient une belle relation, et ils avaient des idéaux si nobles ! Malihe était l'égale d'Habib en bonté, en pureté et en altruisme. Peut-être que si elle n'avait pas accepté ce mariage, elle aurait, comme beaucoup d'autres, renoncé plus tard à la politique. Mais Habib l'a entraînée dans son naufrage et elle a fini par se noyer. Tu n'as pas le droit de parler d'elle comme tu le fais. »

Mère avait le regard dans le vide. « Comment ai-je pu être aveugle à ce point ? Étais-je si loin de lui ? Quand on m'a annoncé qu'il avait été tué au cours d'une descente de police, je n'y ai pas cru. Je voyais des gens arrêtés et emmenés tous les jours, mais je ne pouvais pas imaginer que cela puisse arriver à mon fils. C'était forcément une erreur. Mon fils était un artiste, qu'avait-il à voir avec la politique ? Mais quand son père est allé identifier le corps et qu'il est revenu voûté et blanc comme un linge, j'ai compris que c'était vrai. Je n'ai jamais voulu savoir à quel groupe il appartenait, ni pourquoi il était mort. À quoi bon ? Il ne me restait que mes yeux pour pleurer, voilà tout ce que je savais. Je n'ai jamais cherché à avoir des nouvelles de sa femme et, d'ailleurs, elle n'est pas venue nous voir.

» Quatre ans après la mort d'Habib, nous avons reçu un coup de fil de la prison d'Evin. Une voix brutale m'a demandé si j'étais la mère d'Habib Yousefi. J'ai failli m'évanouir. Les idées les plus folles se bousculaient dans ma tête. Je me suis dit qu'on nous avait peut-être menti, qu'Habib était peut-être encore en vie ! J'ai répondu que oui. La voix a repris : "Alors, venez chercher son enfant." J'ai laissé tomber le combiné. Le père d'Habib l'a ramassé. Je ne sais pas ce qu'on lui a dit, mais il a été convaincu que l'enfant dont il était question était bien celui d'Habib. Je ne pouvais pas croire qu'Habib ait un enfant de quatre ou cinq ans alors que nous n'en savions rien. Une fois de plus, j'étais furieuse contre celle qui m'avait volé mon fils. Je ne voulais pas la revoir. Mais, en même temps, j'étais folle d'impatience de serrer dans mes bras l'enfant d'Habib, tout ce qui nous restait de lui.

» Nous sommes allés à la prison. On nous a appris que sa femme avait été arrêtée au cours de la rafle durant laquelle Habib avait été tué. Elle était enceinte. Elle avait accouché d'une petite fille en prison et on lui avait permis de la garder, parce qu'elle avait expliqué n'avoir personne à qui la laisser. Sa propre mère était morte et elle ne voulait pas nous informer de l'existence de notre petite-fille. Elle avait peur que nous ne la lui prenions. Quand j'ai demandé pourquoi elle avait fini par accepter de nous la confier, ils m'ont dit qu'elle avait été exécutée. Pour la première fois, j'ai eu pitié d'elle.

» Je n'oublierai jamais le moment où ils nous ont amené Dokhi. Une jeune fille vêtue de l'uniforme de la prison la tenait par la main. Dokhi était maigre et pâle, et ses grands yeux noirs lui dévoraient le visage. Elle avait les cheveux coupés à la diable, et portait une robe dont l'étoffe était toute mince. Mon cœur s'est serré dès que je l'ai vue. Il n'y avait pas trace en elle de joie enfantine. Au contraire, son regard exprimait une peine si profonde que les larmes me sont montées aux yeux. Elle serrait les lèvres et ne voulait pas lâcher la main de la jeune fille. Celle-ci m'a dit : “Voici notre chère Iran-Dokht. Occupez-vous bien d'elle.” Elle s'est dégagée mais Dokhi s'est serrée contre elle et a essayé de se cacher derrière son dos. La fille a poussé doucement Dokhi vers moi en disant : “Dokhi, c'est ta grand-mère. Va la voir.” Mais Dokhi a répondu : “Non, maman ! Je t'en prie, ne me chasse pas ! Je te promets d'être sage.”

» Je n'y comprenais plus rien. “Elle vous a appelée maman ? lui ai-je demandé.

– Oui, m'a-t-elle répondu. Nous lui avons appris à nous appeler maman toutes les six. Comme ça, si l'une de nous n'est pas là, une autre peut s'occuper d'elle et être sa mère. Mais il ne faut pas qu'elle reste ici plus longtemps. Elle est notre unique source de joie dans cet enfer, mais son âme n'y résistera pas.

– Je ne veux pas partir ! Je ne veux pas !"

» La jeune fille l'a soulevée, me l'a mise dans les bras et a quitté la pièce en courant. La petite n'arrêtait pas de l'appeler : "Je promets d'être sage ! Je t'en prie, permets-moi de rester ! Je ne toucherai plus jamais à la valise !"

» J'étais perdue. J'étais vieille et voilà que j'allais devoir m'occuper d'une petite fille de quatre ou cinq ans, une petite fille franchement bizarre qui plus est. La voix du gardien l'a calmée instantanément et elle s'est mise à nous suivre comme un robot. Elle semblait avoir compris qu'elle n'avait pas le choix et devait se résigner à son sort. Elle ne pleurait pas, elle ne parlait pas. Elle ne se plaignait pas, mais ses yeux étaient si tristes que je ne supportais pas de la regarder. Dans la rue, rien n'éveillait sa curiosité. Le monde extérieur aurait dû être fascinant pour une petite qui avait grandi en prison, mais non. C'était comme si elle ne voyait rien. Elle était dans son monde à elle, un monde dont j'ignorais tout.

» Quand nous sommes arrivés à la maison, j'ai constaté qu'elle avait de la fièvre. Elle a été malade une semaine. Nous sommes allés voir plusieurs médecins et son état a fini par s'améliorer, mais elle restait faible et pâle. Il lui arrivait de rester assise dans son coin pendant des heures, à regarder le plafond. Elle ne nous dérangeait jamais, elle ne jouait pas, elle ne demandait jamais rien. En fait, ce n'était pas une enfant. C'était une adulte dans un corps de fillette. Il lui a fallu un an pour nous accepter, pour se sentir chez elle. Je me suis profondément attachée à elle. Je remerciais Dieu de m'avoir laissé ce petit ange quand Il avait pris mon Habib. Après la mort de mon mari, je me serais laissée dépérir si elle n'avait pas été là. Elle a comblé ma vie d'amour et d'affection exactement comme l'avait fait son père. À mon grand soulagement, elle ne parlait jamais de sa mère. Je pensais qu'elle l'avait oubliée. La seule chose qui m'inquiétait était ses cauchemars. Quand elle était petite, les médecins disaient qu'il était normal que les enfants de son âge fassent des cauchemars et que ça finirait par passer. Mais ça ne lui est pas passé. Ça s'est même aggravé. Vous avez bien vu qu'elle n'arrivait plus à respirer la dernière fois qu'elle en a fait un.

» Je sais bien qu'elle voudrait que je lui parle du passé, mais qu'elle n'ose pas me le demander. Si j'évite de le faire, c'est parce que je ne sais pas quoi lui dire. Comment lui expliquer qu'elle est née en prison ? Qu'elle y a passé quatre ans sans avoir commis le moindre crime ? Je ne sais pas ce qu'elle a subi là-bas, mais je suis certaine qu'elle a vécu des choses terribles. Ses cauchemars montrent bien qu'elle en garde d'affreux souvenirs. »

Je n'ai plus rien entendu. Je sortais d'un épais brouillard. Tout était noir, mais, dans mon esprit, des éclairs illuminaient des images décousues qui s'assemblaient peu à peu. J'ai entendu ma propre voix, déformée, demander : « Elles m'appelaient Iran-Dokht, pourquoi est-ce que vous m'appelez Dokhi ? » Je sentais l'odeur qui régnait dans la pièce – une odeur d'humidité, de cuisine et d'urine. J'ai continué, comme si je me parlais à moi-même : « On les a conduites dans une nouvelle cellule. Maman Goli a dit : "Nous ne sommes que sept ? Je n'y crois pas ! Et en plus, il y en a une qui n'est qu'une enfant." Elles avaient été entassées jusque-là à trente ou quarante par cellule, alors c'était le paradis pour elles ; d'autant plus qu'elles se connaissaient et se faisaient confiance. Maman Zari a demandé : "Vous êtes sûres qu'il n'y a pas de mouton ici ?" Je savais ce qu'elle voulait dire. Je connaissais tous leurs mots d'argot, parce que c'était en les entendant que j'avais appris à parler. Elles m'ont toutes serrée dans leurs bras et m'ont embrassée. C'est cette nuit-là qu'elles ont décidé d'être toutes ma mère pour que je ne sois pas seule s'il arrivait quelque chose à l'une d'elles. Les autres femmes que je croisais aux douches ou dans la cour, je les appelais tantes, mais à ces six-là, je disais maman. Cette nuit-là… personne ne voulait jouer avec moi cette terrible nuit… Elles parlaient, parlaient. J'étais habituée à leurs conversations silencieuses. Elles se rassemblaient au fond de la cellule, devant un évier crasseux, et faisaient semblant de laver des vêtements. Elles se tenaient par la main et chuchotaient… Ça n'en finissait pas. J'ai contemplé les hauts murs sales. L'ampoule poussiéreuse suspendue au plafond. Le trou recouvert de grillage, par lequel un œil invisible nous surveillait constamment. J'étais fatiguée. Combien de temps un enfant peut-il passer à regarder le plafond ? J'ai cherché ma poupée. Chacune de mes mamans en avait cousu un morceau. Elle avait une robe verte, des boutons pour les yeux, un brun, un noir. Elle n'était pas là ! Je ne trouvais pas ma poupée ! Je leur ai demandé où elle était, mais elles ne m'ont pas répondu. Je me suis approchée du lit à trois couchettes dans l'angle de la cellule. Celle du bas était couverte de vaisselle et de vêtements. J'ai sorti la vieille valise de sous le lit. Ses fermoirs étaient noirs et difficiles à manipuler. J'ai fini par réussir à les ouvrir et j'ai sorti tout le contenu de la valise. Tout au fond, il y avait un petit trou dans lequel mon doigt s'est coincé. Quand j'ai voulu le dégager, le fond de la valise s'est soulevé, comme s'il y avait quelque chose dessous. J'ai appuyé mon doigt plus fort, ça faisait mal, mais il a continué à s'enfoncer dans le trou. Ensuite je l'ai plié et j'ai tiré. Le fond de la valise est remonté avec lui, dégageant tout un tas de papiers. Nous aimions tellement le papier ! Nous nous en servions pour écrire ou pour dessiner. Les mères me fabriquaient des poupées en papier. C'étaient des poupées magiques. D'abord, on aurait cru qu'il y avait une seule poupée, mais, quand on la dépliait, on en découvrait toute une ribambelle, qui se tenaient par la main. Nous nous amusions beaucoup avec ces découpages. Maman me demandait : "C'est qui ?" Et je répondais en riant : "Maman Ashi, maman Parvin, maman Zari, maman Nahid, maman Malihe et maman Goli !"… Et maintenant, j'avais plein de bouts de papier ! Je les ai tous sortis de la valise. Soudain, une des mères a crié. Elles se sont précipitées vers moi et ont commencé à tout remettre dans la valise à toute vitesse. La porte de la cellule s'est ouverte brutalement. Les gardiennes… les gardiennes… Terrifiée, j'ai couru me réfugier dans un coin. Je me suis cachée derrière mes mères. Elles tremblaient. Je n'avais jamais vu leurs yeux exprimer une telle terreur. Les gardiennes ont pris les papiers et ma mère. Elles l'ont prise ! » Ma voix montait dans les aigus, j'étais incapable de la contrôler. « Elles l'ont prise ! Vous comprenez ce que ça veut dire ? Mais non, vous ne pouvez pas comprendre ! Vous n'avez jamais vu de choses pareilles ! Vous ne pouvez pas comprendre ce qui s'est passé quand elles l'ont ramenée ! »

J'ai repoussé un verre d'eau qu'on me tendait. J'ai entendu un bruit de verre brisé. J'ai posé les mains sur mes oreilles et j'ai hurlé à pleins poumons : « Elle n'avait plus de jambes ! Quand elles l'ont ramenée, elle n'avait plus de jambes ! Ma mère n'avait plus de jambes ! Deux gardiennes la tenaient, elles la traînaient. Elle ne pouvait pas marcher. Elles l'ont allongée et elle a dormi. Je me suis approchée d'elle. Maman Zari a appliqué sur ses jambes une pommade jaune qui sentait mauvais. Ses jambes étaient enflées et contusionnées. Elles étaient noires, et puis rouges, et plus haut, jaunes et vertes. C'était dégoûtant. Elle a pleuré toute la nuit. Cette nuit-là, aucune de nous n'a dormi. Quand elles sont revenues la chercher à l'aube, je me suis avancée. J'avais pris une décision. Je me suis arrêtée devant elles. Ma tête n'arrivait qu'au niveau de leurs cuisses. J'ai levé la tête pour voir leurs visages. "Emmenez-moi ! Emmenez-moi ! C'était ma faute !" Elles m'ont regardée. La grosse m'a écartée. Je crois qu'elle n'a même pas compris ce que j'avais dit. Elle s'est avancée vers ma mère et l'a emmenée. Je crois que j'ai hurlé toute la journée. "C'était ma faute ! Emmenez-moi ! C'était ma faute !"... »

Oncle Mohammad me serrait dans ses bras. Je tremblais si fort qu'il en tremblait aussi. Quelqu'un lui a tendu un verre. Il a cliqueté contre mes dents. Il m'a glissé un comprimé dans la bouche et j'ai avalé une gorgée d'eau. J'avais la tête contre sa poitrine et mes larmes trempaient sa chemise. Ses larmes à lui ruisselaient sur mes mains.

LE DIXIÈME JOUR

Je n'avais pas envie d'ouvrir les yeux. Tout ce que j'avais dit la veille au soir tournait en boucle dans ma tête. Mes souvenirs prenaient forme, mais le plus curieux était que je n'y découvrais rien de nouveau. C'était comme si tout avait déjà été là, dans un coin de ma tête, comme si j'avais toujours tout su. Maintenant pourtant, ces souvenirs étaient plus nets et leur imprécision ne pouvait plus me perturber. Bien qu'amers, ils m'étaient familiers. J'ai fini par ouvrir les paupières avec une sensation nouvelle et étrange.

Je distinguais un coin de ciel par la fenêtre. Il était clair, ce qui voulait dire que la nuit était finie et que le jour se levait. J'avais la bouche sèche. Je suis allée remplir un verre d'eau que j'ai vidé d'un trait. Un bruit a attiré mon regard vers l'angle de la pièce. Je ne distinguais qu'une silhouette sombre. J'ai haussé les sourcils, essayant de mieux voir. Était-ce Mère ? Pourquoi semblait-elle si petite ? Ses épaules frémissaient et j'ai compris qu'elle pleurait de nouveau. Je lui ai cherché un verre d'eau et suis allée m'asseoir à côté d'elle.

« Tu as soif ? »

Elle m'a regardée. Je ne distinguais pas bien ses traits à la lueur de l'aube. Elle avait la voix rauque. « Tu es réveillée. Comment vas-tu ?

– Ça va. J'ai la tête un peu embrumée, mais c'est sans doute à cause du comprimé que m'a donné oncle Mohammad. Bois un peu. »

Elle a pris le verre d'une main tremblante. Je me suis tournée vers son lit intact. « Tu n'as pas dormi du tout ? Tu as passé toute la nuit assise comme ça, à pleurer ? »

Mère sanglotait. Ses épaules se soulevaient violemment et elle a failli laisser tomber son verre. Je le lui ai repris des mains et l'ai posé sur la table.

« Que se passe-t-il ? Pourquoi pleures-tu ? »

Sa voix était presque imperceptible.

« Pourquoi je pleure ? Pour tout. Pour tous ceux que j'aime. Pour tous mes enfants. Pour Mohammad que je prenais pour un médecin prospère, mais dont j'ai découvert la solitude et les difficultés. Pour Michael qui ne sait plus qui il est et ne sait même pas s'il s'appelle Dariush ou Michael. Pour Mahnaz, ma fille si fière, que j'imaginais confortablement installée dans la plus belle ville du monde, et dont je viens d'apprendre qu'elle a eu du mal à élever ses deux enfants toute seule. Pour Mohsen, qui a toujours vécu près de moi, tout en regrettant de n'être pas parti. Pour mon jeune Habib qui a perdu la vie par idéalisme. Pour Maryam qui supporte tout avec le sourire. Et pour Mehdi, mon petit, qui n'avait plus qu'un semestre à faire avant de passer son diplôme et qui a dû s'exiler dans un pays où règnent le froid et la nuit. Pour toi, qui as perdu ton enfance, gâchée par des souvenirs amers. Pour Afsaneh, qui a toujours espéré partir pour le pays de ses rêves et qui a laissé l'envie aigrir les jours de sa jeunesse. Pour Siroos, élevé dans la peur et dans la haine, qui a été incapable de se bâtir une vie en Iran et ne voit pourtant pas d'autre solution, qui a oublié le sens de la vie et qui est déjà vieux, sans avoir jamais été jeune. Pour Nazila, qui a souffert de la vie tourmentée de ses parents et a fait de sa révolte un poignard qu'elle s'est enfoncé dans le cœur. Pour Nader qui en a été le témoin. Pour tous mes petits-enfants innocents qui ne parlent pas la même langue. Dont la vie nous est étrangère. Qui sont déracinés et ne savent pas qui ils sont réellement. On dit qu'un enfant heureux et qui réussit bien dans la vie fait le bonheur de ses parents. Mes enfants ne sont pas heureux. Aucun d'eux n'a joui d'une vie paisible et joyeuse ; pas plus ceux qui sont partis que ceux qui sont restés. Ils ont tous souffert. Comment pourrais-je ne pas souffrir ?

– Tu m'as toujours dit que dans la vie, il y a des moments de joie et des moments de chagrin, et que ce qui compte, c'est le résultat final. Tous tes enfants sont heureux et ne s'en sortent pas si mal. Je t'en prie, ne te tracasse pas. Tu es notre ancre. Si tu es malheureuse et désespérée, nous serons tous perdus. Tu es l'unique raison de notre présence ici. Tu es fatiguée. Allonge-toi et essaie de dormir un peu. Veux-tu que j'appelle oncle Mohammad ?

– Non, ma puce. Laisse-moi maintenant. Je vais prier et me coucher.

– Essaie vraiment de dormir, autrement, je réveille les autres et je leur dis que tu as passé la nuit à pleurer. »

*

Mère a fini par s'endormir. J'ai pris mon journal et je suis sortie sur la terrasse. La brise du petit matin était vivifiante. Je me suis mise à écrire. J'avais tant de choses à raconter. Malgré la peine qui m'accablait, j'avais l'esprit léger. J'avais l'impression de renaître. Tout au fond de moi, une petite voix me disait : « Mais non, ce n'était pas ta faute. » Je connaissais maintenant la source de mes angoisses. Je savais qui me manquait et à quoi je devais faire face. J'étais décidée à ne pas laisser la haine et les ténèbres régner sur mon âme. Je refusais qu'elles me brisent. Je me reconstruirais. Je voulais vivre ! J'ai levé la tête pour contempler les mille nuances de bleu du ciel. Je n'avais encore jamais remarqué d'aussi nombreuses couleurs au lever du jour. Les feuilles vertes au bout des branches se balançaient sur un fond azur, semblant voler dans le ciel. J'ai trouvé près de moi un plaid que Mère prenait parfois quand nous restions assis sur la terrasse, le soir. Je l'ai drapé autour de moi et me suis endormie, me laissant glisser dans le néant.

J'ai senti la chaleur du soleil et le regard lourd d'oncle Mehdi posé sur moi. J'ai entrouvert un œil et je me suis passé les doigts dans les cheveux. Oncle Mehdi a ri : « Tu t'étires et tu bâilles comme un chat. » J'ai ri, moi aussi. Toute froideur avait disparu de ses yeux. « Quelle heure est-il ? Les autres sont déjà debout ?

– Il est dix heures et quart. Tout le monde a fait la grasse matinée. Maman non plus n'est pas encore descendue.

– Évidemment ! Elle a pleuré toute la nuit.

– Ah bon ? Pourquoi ?

– À cause de ses enfants. Elle n'avait jamais imaginé tout ce que vous avez eu à endurer.

– Je crois que nous avons tous essayé de faire un peu de ménage dans notre tête hier soir.

– Oncle Mehdi, tu sais que c'est la première fois que tu m'adresses la parole en dix jours ?

– Vraiment ? Tu sais, c'est comme si j'avais eu un mur autour de moi qui m'empêchait de communiquer avec les autres. Quand j'y pense ! Je suis devenu un sacré couillon, tout de même. »

Ils ont tous fini par se réveiller. Ils avaient les yeux bouffis, mais n'évitaient plus le regard des autres. Et quand ils se croisaient, ils ne se collaient plus au mur comme avant.

Tante Mahnaz, Afsaneh et tante Maryam parlaient très vite en mettant la table du petit déjeuner. Oncle Mohammad a posé la main sur l'épaule de Siroos quand il est passé près de lui et lui a dit : « Ça va ? J'ai beaucoup de projets pour toi. »

Siroos l'a regardé et a répondu : « En fait, j'en ai un paquet, moi aussi ! »

Tante Maryam a demandé, inquiète : « Pourquoi est-ce que maman ne descend pas ? Vous voulez que j'aille la réveiller ?

– Non, a répliqué oncle Mohammad. Laisse-la dormir. Elle a besoin de repos. Si les petits ont faim, ils n'ont qu'à manger sans l'attendre.

– Ils ont déjà pris leur petit déjeuner et ils jouent dehors. Ils tiennent à profiter de leur dernière journée ici. »

Afsaneh a tendu un paquet à tante Mahnaz. Elle l'a déballé, surprise : « Quel magnifique chemisier ! Je m'en souviens ! Je t'avais demandé l'adresse du magasin où tu l'avais acheté.

– C'est pour toi. Je tiens à te le donner puisqu'il te plaît tant.

– Merci. C'est vraiment gentil. » Elle s'est levée et a déposé un baiser sur la joue d'Afsaneh.

Tante Maryam s'est tournée vers moi : « Tu as vu mon nouveau foulard ? Regarde l'étiquette ! C'est un modèle exclusif. Il est joli, non ?

– Oui. D'où vient-il ?

– C'est Mahnaz qui me l'a acheté. »

Tante Mahnaz a ri.

« Pourquoi est-ce que tu ris ?

– Tu sais ce que ça veut dire ? Ça veut dire que je t'aime bien, malgré ton hidjab !

– Je le savais. Tu n'avais pas besoin de me donner un foulard pour me le faire comprendre ! »

Assis sur le canapé, oncle Mohsen discutait avec oncle Mehdi. Je suis allée débarrasser une assiette posée sur la table basse pour entendre ce qu'ils se disaient. « Crois-moi. C'est possible. Beaucoup de gens sont rentrés. J'ai rencontré Abbas Rafiei dans la rue l'autre jour. Je lui ai demandé comment il avait réussi à revenir. Il m'a dit que beaucoup de ceux qui avaient quitté le pays illégalement ont obtenu maintenant l'autorisation de rentrer. Je vais m'occuper de tous tes papiers et faire une demande de passeport iranien pour toi. Même si tu décides finalement de ne pas vivre en Iran, tu pourras au moins venir nous voir. »

J'ai vu une étincelle d'espoir briller dans les yeux d'oncle Mehdi. Michael a demandé, tout excité : « Et moi ? Je pourrai venir aussi ?

– Bien sûr ! Aucun problème. Tu as vraiment envie d'aller en Iran ?

– Oui ! Maintenant que je vous ai retrouvés, je ne veux plus vous quitter. Jamais !

– Michael pense ce qu'il dit, a remarqué oncle Mohammad. Méfiez-vous ! »

Tout le monde a ri et tante Maryam a ajouté : « Tu seras toujours le bienvenu sous mon toit. »

La porte de la chambre de tante Mahnaz s'est ouverte toute grande. Sam tenait sa jambe blessée pliée et s'appuyait sur une canne qu'il avait trouvée. Son père le tenait par l'autre bras. Il a traversé le salon à cloche-pied et s'est assis sur un canapé. M. Shafaghi est allé à la cuisine, il a posé une tasse sur un plateau, a pris la bouilloire, mais elle était trop chaude et il s'est brûlé. Il a regardé autour de lui, cherchant une manique. Tante Mahnaz s'est portée à son secours et ils ont bavardé en disposant le fromage et le beurre sur le plateau.

M. Hamidi, l'air encore plus pâle et plus mince que d'habitude, a descendu l'escalier lentement. Comme tante Maryam s'approchait de lui pour l'aider, il a repoussé sa main et lui a chuchoté quelque chose à l'oreille. Il avait l'air gêné par tous les regards posés sur lui. Il s'est efforcé de marcher le dos bien droit, est arrivé devant le canapé et s'est assis. Tante Maryam est allée à la cuisine et lui a préparé un plateau comme celui de M. Shafaghi.

Sam a regardé fixement M. Hamidi qui s'est agité, mal à l'aise, et a fini par lui demander :

« Qu'est-ce que tu veux ? Pourquoi est-ce que tu me regardes comme ça ?

– Vous êtes vraiment allé sur le front ?

– Oui. Pourquoi ? »

Sam avait les yeux brillants. « Vous êtes monté dans un char ? Comment est-ce qu'ils tirent ?

– Il m'est arrivé une ou deux fois de me trouver dans un char, oui. Mais je ne saurais pas te dire comment ils fonctionnent. J'étais dans un autre régiment.

– Vous aviez quel genre d'armes ? Vous dormiez dans une tranchée, la nuit ? »

Meysam a couru vers eux en disant, tout fier : « Mon papa, il sait se servir de plein d'armes ! Pendant la guerre, il a tiré avec des RPG-7 !

– Vraiment ? »

M. Hamidi souriait. Son regard n'était plus vide comme quelques instants auparavant. Il s'est penché vers Sam et a entrepris de lui raconter quelque chose sur un ton très animé. Un par un, les autres enfants les ont rejoints.

M. Shafaghi a posé le plateau devant son fils et s'est assis en face de M. Hamidi. J'ai eu peur qu'ils ne recommencent à se disputer et je me suis tournée vers tante Maryam, mais elle écoutait tante Mahnaz et ne faisait pas attention à ce qui se passait dans notre coin. Je me suis approchée d'elle à pas de loup.

« Écoute, Maryam. Tu ne peux pas rester là sans rien faire. Vous devriez demander l'avis de spécialistes européens. Nous connaissons plusieurs excellents médecins à Paris. Emmène-le, juste pour un court séjour. »

Les sourcils de tante Maryam rejoignaient presque la racine de ses cheveux, reflétant l'étendue de son incrédulité. Ils auraient difficilement pu monter plus haut. Elle a laissé son regard posé sur tante Mahnaz un moment avant de répondre : « Il ne viendra pas. Tu sais comme il est têtu.

– Ne lui dis pas que c'est Shafaghi qui l'a suggéré. Organise ça toute seule. »

Il me semble que mes sourcils se sont haussés, eux aussi, et sont restés en l'air.

Oncle Mohsen et oncle Mohammad sont revenus de la terrasse. Oncle Mohsen s'est tourné vers M. Shafaghi et a lancé à haute et intelligible voix : « J'ai une réclamation à vous faire. Et nous ? Nous sommes trop bêtes, c'est ça ? »

Allait-il déclencher une querelle maintenant ? M. Shafaghi a répliqué : « Pourquoi ? Qu'est-ce que j'ai fait ?

– Vous avez offert des exemplaires de votre livre à Mohammad et à Mehdi. Et moi ? Je n'y ai pas droit ? »

Nous avons tous poussé un grand soupir. M. Shafaghi a souri. « J'ai eu peur qu'il ne vous plaise pas. J'ai remis dans ma valise l'exemplaire que j'avais apporté pour vous.

– Pourquoi est-ce qu'il ne me plairait pas ? Mohammad dit que c'est un ouvrage de recherche très intéressant.

– Je ne sais pas s'il est intéressant, mais c'est un ouvrage de recherche, ça, c'est sûr ! J'ai passé des années à l'écrire et je pense que j'ai dû écumer toutes les bibliothèques d'Europe. Je ne crois pas qu'il y ait un seul livre sur l'Iran antique que je n'aie pas lu.

– Ce dont Mohammad m'a parlé paraît franchement passionnant. Est-ce vraiment le résultat de fouilles récentes ? »

M. Shafaghi s'est redressé sur son siège et a paru plus grand. Il s'est mis à parler avec enthousiasme. Nous nous sommes tous rassemblés autour de lui. Ce qu'il racontait était si captivant que j'ai regretté qu'il n'enseigne pas dans notre université. M. Hamidi l'écoutait en silence. M. Shafaghi s'est tourné vers lui et a dit : « J'en ai aussi apporté un pour vous. Ça vous ferait plaisir ?

– Bien sûr ! J'adore les ouvrages documentaires. En fait, un de mes plus grands regrets est de n'avoir pas pu poursuivre mes études, comme vous. J'ai toujours eu envie d'apprendre, depuis que je suis tout petit.

– Pourquoi ne l'avez-vous pas fait ?

– Je n'ai pas eu le temps. Au lieu d'aller à la fac, j'ai été envoyé sur le front où on nous a fourré un fusil entre les mains, au lieu de livres. Ensuite, j'ai été surchargé de responsabilités. Malheureusement, il est trop tard maintenant. »

*

Nader et Sanaz sont revenus de la plage, l'air abattu. Ils étaient manifestement les seuls à avoir été aussi matinaux. J'avais de la peine pour eux. Ils allaient avoir du mal à se quitter. Nous aurions tous du mal à nous quitter. Nous venions enfin d'apprendre à mieux nous connaître, et il était déjà temps de se dire au revoir.

Tante Mahnaz a levé les yeux vers le palier. « Maman ne descend pas ? Elle dort encore ? » Elle m'a jeté un regard interrogateur.

« Elle a passé toute la nuit à pleurer.

– C'est notre faute. Nous n'aurions pas dû discuter de tout ça devant elle.

– Maman avait l'intention de nous faire parler, a fait remarquer oncle Mehdi, et on peut dire qu'elle a réussi. »

En entendant les pas de Mère, nous nous sommes tous retournés. Tante Mahnaz s'est approchée d'elle : « Bonjour, maman. Comment vas-tu ? »

Elle était pâle et visiblement fatiguée, mais n'avait pas l'air triste. Seuls ses yeux gonflés trahissaient qu'elle avait pleuré la nuit dernière.

« De quoi est-ce que vous n'auriez pas dû parler devant moi ?

– De tout ce que nous avons déballé hier soir. Je crois que ça t'a perturbée et empêchée de dormir.

– Non ! Je suis tellement contente que nous ayons pu parler. C'était le but même de ce voyage. Il y a eu certains propos terribles, mais après tout, c'était la vérité. Nous nous sommes tellement éloignés au fil des ans que la seule chose qui nous réunissait encore était notre nom. Si nous nous étions séparés sans nous parler, nous ne nous serions plus revus. Maintenant, nous savons que la vie n'est facile nulle part. Une mère ne prend évidemment aucun plaisir à apprendre toutes les épreuves qu'ont traversées ses enfants, mais c'est la vie, avec ses hauts et ses bas. Tout ce qui compte, c'est que nous ne sommes pas seuls. Je vous quitterai le cœur léger aujourd'hui. Je ne vous reverrai peut-être pas, mais je vous demande de vous soutenir mutuellement et d'être toujours là les uns pour les autres, où que vous viviez. »

La journée a été bien occupée. Après le petit déjeuner, nous avons commencé à faire nos bagages et à rassembler nos affaires. « Ces dix jours ont passé si vite, a soupiré tante Maryam, je n'arrive pas à y croire. Nous repartons ce soir, et nous ne savons même pas quand nous nous reverrons !

– Il n'est pas question que nous nous perdions de vue à nouveau, a répondu oncle Mohammad d'un ton ferme. Je vous promets que la prochaine fois, nous nous retrouverons tous à la maison. »

Nous avons consacré les dernières heures à faire des projets d'avenir. Les adieux ont été douloureux, mais ils débordaient d'amour et d'affection.

*

Le sol fuit sous mes yeux. Des arbres clairsemés semblent avancer avec moi, tandis que, dans le lointain, les montagnes violettes sont parfaitement immobiles. Mère est assise en face de moi. Elle paraît étrangement calme, sans la moindre trace de l'excitation qui avait marqué notre précédent trajet. Elle n'a pas l'air triste, non plus. Oncle Mohsen et Afsaneh sont assis près de nous, de l'autre côté de l'allée centrale. Afsaneh soupire : « C'est tellement loin. À quelle heure arrivons-nous ? »

Il la regarde : « Tu es si pressée ? La maison te manque ?

– En fait, oui ! »

Je repense aux dernières paroles d'oncle Mohammad : « Dokhi, tu ne veux vraiment pas partir avec moi ?

– Je ne peux pas, mon oncle. Je m'appelle Iran-Dokht. Il me reste tant de tâches inachevées à accomplir. Tant de gens à retrouver. Je viens d'apprendre qui je suis et il faut que je me reconstruise. C'est toi qui dois venir.

– Je viendrai. Nous viendrons tous. Je te le promets. »

TABLE

Les Éditions Points s'engagent
pour la protection de l'environnement
et une production française responsable

Ce livre a été imprimé en France, sur un papier certifié issu de forêts gérées durablement, chez un imprimeur labellisé Imprim'Vert, marque créée en partenariat avec l'Agence de l'Eau, l'ADEME (Agence de l'Environnement et de la Maîtrise de l'Énergie) et l'UNIC (Union Nationale de l'Imprimerie et de la Communication).

La marque Imprim'Vert apporte trois garanties essentielles :

- La suppression totale de l'utilisation de produits toxiques
- La sécurisation des stockages de produits et de déchets dangereux
- La collecte et le traitement de produits dangereux

RÉALISATION : NORD COMPO À VILLENEUVE-D'ASCQ
IMPRESSION : CPI FRANCE
DÉPÔT LÉGAL : AVRIL 2023. N° 148131 (3051510)
IMPRIMÉ EN FRANCE